KA

銃
母
肩

**>エレナ** ELENA

サラとチームを組んでいる二人組のハンター。情報収集、指揮を担当。動体センサーや高性能スコープなどを使った各種情報収集と、その解析を得意とする。

**>サラ** SARA

エレナの相棒。火力担当。胸部にナノマシンを蓄えており、ナノマシンを消費することによって身体能力を大幅に強化することができる。

『だから振り返るなって言ったのに』

私はアルファよ。よろしくね。

>Author : nahuse >Illustration : gin >Illustration of the world : yish >Mechanic design : cell

# リビルドワールド I
# Rebuild World
## 上 誘う亡霊

The advanced civilization that once dominated the world has crumbled away, and a long time has passed. People rallied the fragments of wisdom and glory scattered all over the world and spent a long time rebuilding human society.


Author
ナフセ

Illustration
吟

Illustration of the world
わいっしゅ

Mechanic design
cell


RW

# 第1話　アキラとアルファ

少年の頭を食い千切ろうと、犬に似た肉食獣が牙だらけの大口に力を込めている。地面に倒れている少年は、その肉食獣に上に乗られて押さえ付けられながらも、左手に持った瓦礫を相手の大口に渾身の力で押し当てて、何とか抗っていた。

肉食獣は少年に噛み付き直すどころか、異常なまでの咬筋力で獲物を瓦礫ごと喰おうとしている。少年の命をその硬さで辛うじて繋いでいるものが、牙から伝わる圧力に屈してひび割れていく。

少年が必死の険しい表情を浮かべながら右手の拳銃で獣を銃撃する。至近距離で撃ち出された銃弾が獣に着弾する。だがそれでも獣は死なない。むしろより強く少年に力を掛けてきた。

引き金を引き続け、次々に着弾させる。だがそれでも獣は死なかった。そして敵を殺し切る前に、引き金を引いても沈黙する銃口が、少年に弾切れを伝えた。

「クソッ！」

既に眼前まで迫っている獣の顔を、瓦礫を握った左手で押し返しながら空の銃で必死に殴り続ける。抵抗を止めれば死ぬだけだと、諦めずに全身全霊の力を込めて抗い続ける。

そして少年よりも早く、獣が先に限界を迎えた。死にかけながらも最後まで獲物を食い殺そうとしていたが、遂にゆっくりと崩れ落ち、ようやく息絶えた。

少年は自身に覆い被さっていた獣を残った力を振り絞って退かすと、倒れたまま大きく息を吐いた。

「……考えが甘かったか？」

そう口に出した後、思わず出た弱音を叱咤するように首を横に振る。

「……いや、違う！　これぐらいは覚悟してた！　ちょっと死にかけた程度のことで、諦めて帰って堪るか！」

厳しい表情で身を起こし、息を整える。命を賭けてここまで来たことに意味と価値を与える為に、気力を振り絞って立ち上がる。

続けてペットボトルの水を頭から被り、獣の返り血で血塗れの顔と頭から血を洗い流す。そして拳銃に弾丸を詰め直すと、気合も一緒に入れ直した。

「……よし。続きだ」

広大な都市の廃墟の中を、少年は再び進んでいった。

辺りには半壊したビルが立ち並んでいる。地面は瓦礫だらけだ。人気は無い。少年の足音も、足下の小石を蹴った音も、先程の銃声も、周囲の静寂に飲まれて消えていく。

汚れで変色しているただの服と、整備状態の怪しい拳銃。少年はたったそれだけの装備でこの場を探索していた。それは少年の境遇を無視すれば、この場の危険性をまるで理解していない自殺紛いの装備だった。

少年もここに来る前からそれを知っていた。そして先程殺されかけたことで、身を以て知ったつもりだった。だがそれでも、旧世界の遺跡と呼ばれるこの場所がどれほど危険なのかを正確に理解するにはほど遠かった。

故障による暴走で目標を無差別に襲う自律兵器。既に死に絶えた製作者の命令に従って今も外敵を排除し続けている警備機械。野生化した生物兵器の末裔。過酷な環境で突然変異を繰り返している動植物。

それらは生物や機械の区別無く、東部に住む人々からモンスターと呼ばれている。旧世界の遺跡は、その危険なモンスター達の住み処だ。先程少年を襲った肉食獣もその一種だ。

少年はそれを知った上で、自分の意志で、死を覚悟してこの場に足を踏み入れた。それはその危険に見合う価値のあるものがここに有るからだ。

その価値は実際に死にかけた後でも変わらない。だからこそ、それを求めて先に進む。スラム街の子供という安値の命よりは遥かに高額なものを求めて。その自身の命を賭け金に乗せて。

少年の名は、アキラといった。

◆

ここはクズスハラ街遺跡の外周部と呼ばれている場所だ。アキラが住むクガマヤマ都市から一番近い遺跡であり、また都市の経済圏内に存在する遺跡の中では最も大規模な遺跡でもある。

モンスターに襲われた後も遺跡探索を続けていたアキラが溜め息を吐く。

「……ろくな物が無いな。命賭けでここまで来たっていうのに。……もっと奥まで行かないと駄目か？」

顔を少し上げて遺跡の奥に視線を向ける。その先には高層ビルが立ち並ぶ遠景が広がっている。その光景は無数のビルで形作られた地平線の先まで続いていた。

霞む遠景から軽く判断しただけでも、奥の建物ほど規模も巨大で外観の状態も良い。周辺の半壊した建物の状態とは雲泥の差があった。

（何とかしてあそこまで行けば、凄く高値の遺物が手に入る、か？）

得られるかもしれない大金がアキラの欲を刺激する。わずかに悩み迷ったが、すぐに嫌そうに首を横に振り、自分に言い聞かせるように口に出す。

「いや、無理だ。流石に死ぬ」

廃墟と化している周囲と、立派な景観を維持している奥部。その差異はその状態を維持する環境の差だ。

つまり、奥部では旧世界時代の高度な自動整備修復機能が現在でも稼働しているのだ。その周辺の警備機械なども、当時の驚異的な技術で製造された高い性能を維持したまま稼働しており、部外者の侵入を武力で排除し続けている恐れが極めて高い。

それらの警備機械が警備する区域から、アキラのような子供が生還する可能性など皆無だ。

「この辺だって、俺には厳しいんだ。やめろ。これ以上奥には行くな。……よし」

アキラは何とか欲を振り払ってその後もしばらく遺跡探索を続けたが、これといった成果は無かった。

軽く項垂れて溜め息を吐く。下がった視線の先には白骨死体が転がっていた。

　既に似たような白骨死体を数回見付けている。その都度、所持品でも残っていないかと死体の周囲を探してみたのだが、金目の物は全く見付からなかった。

（……この先客も所持品は無しか）

　既に誰かが持ち去った。あるいは自分と同程度に無謀な者が、ろくに装備も揃えずにここに来て、その無謀に相応しい末路を迎えただけ。アキラはそう思って少し憂鬱になっていた。

（……このままだと日が暮れる。不味いな。今日はもう帰るか？　下手に意地を張って残れば、この白骨死体の仲間入りだ。危険な遺跡から生還した。その経験が最大の収穫だってことにして……）

　アキラが無意識に顔を歪める。思い付いた言い訳は、何でも良いから成果が欲しいという未練を消し去るには弱かった。

　既に一度モンスターと戦って死にかけている。ここで帰ってしまえば、その命賭けの勝利すら完全な無駄骨となる。それを嫌がる心が、アキラの決断を鈍らせていた。

　探索継続か、それとも撤退か、顔をしかめながら悩み迷う。頭の中で天秤が揺れ動く。だが選択を迷う程度には、無意識に理解もしているのだ。このままずるずると探索を続けてしまい、闇夜の中でモンスターにまた襲われるようなことになれば、次は死ぬと。

　その思いが選択の天秤をわずかな諦めと共に撤退の方へ大きく傾け始めた時、アキラの目の前を小さな光る何かが横切った。

（……何だ？）

　光は夕暮れのビルの影の中を揺れながら宙を飛んでいる。発光しながら飛ぶ指先よりも小さな虫の、その淡い光だけが浮いているように見える。

　アキラはわずかに警戒したが、遺跡に棲息するモンスターには見えず、すぐに警戒を解いた。そのまま淡い光に釣られて視線を動かしていくと、通りの先、乱立する廃ビルの陰からより強い光が漏れていた。淡い光は通りを進み、通りの角から漏れる光の中に溶けていった。

怪訝な顔でそちらを見ていると、他にも複数の淡い光がアキラの後ろから顔の横を通り過ぎていき、通りの角の先へ向かっていく。振り返って後ろを確認するが、その先には暗がりが広がるだけで、向かってくる光などは確認できなかった。

もう一度角の方を見る。するとまた淡い光が自分の後ろから角の先へ向かっていく。アキラは訳が分からず困惑していた。ただ、廃ビルの暗がりの中で見るどこか幻想的でもある光は、酷く興味を引かれるものだった。

アキラはしばらく立ち止まっていた。だが少し迷ってから角の方へ進み始めた。光源は不明だが、何か有るかもしれない。命を賭けてここまで来たのだ。何でも良いから成果が欲しい。その思いが勝ってしまった。

欲と興味に負けたアキラが、警戒しながら角の先を覗き込む。そしてその先の光景を見た途端、衝撃で硬直した。

アキラの視線の先では、小さな淡い光が集まって大通りの一部を輝かせていた。その幻想的な光景の中心に、一人の女性が立っていた。

女性は神秘的で非現実的な美しさを備えていた。更に端麗な容貌と美麗な肢体を余す所無く周囲に晒していた。つまり全裸だった。

肌はスラム街の住人のものとは比べようも無いほどに美しく、きめ細やかな肌の光沢は、都市の上位区画に住む女性達が財と執念と旧世界の技術を以て磨き上げた輝きを超えていた。

肢体の美しさは芸術的ですらあり、腰まで伸びたわずかな劣化も見られない髪が見事な艶を放っている。老若男女問わず見惚れるであろう顔立ちに浮かぶ凛とした表情が、その佇まいを際立たせていた。

魂を奪われる。そう表現できるほどにアキラは彼女に見惚れていた。彼女の飛び抜けた美しさは、アキラのさほど長くない人生の中で見た全ての女性と

比べても、比較対象に想像さえ含めても、比類無きものだった。アキラの中にある美人の基準を一目で大幅に書き換えていた。

　アキラの後ろから飛んできた淡い光が、彼女の指先に止まる。光が彼女に吸い込まれるように消える。彼女が纏っている輝きがわずかに増した。その光景に、アキラは魅入られていた。

　自身の指先に向けられていた彼女の視線が、不意にアキラの方へ向けられる。アキラと彼女の目が合う。彼女はアキラにその裸体を余す所無く見られているのにもかかわらず、アキラをじっと見詰める以上の反応を返さなかった。その所為でアキラも我に返る契機を失い、そのまま彼女をじっと見続けていた。

　不意に、彼女が非常に嬉しそうに笑う。そして、一歩アキラに近付いた。

　見知らぬ誰かが自分に近付こうとしている。その認識がわずかな警戒心を抱かせた。その瞬間、アキラは一気に状況を理解し直した。惚けていた表情を激変させると、怯えすら感じられる非常に険しい表情で彼女に銃を向け、叫ぶように制止する。

「動くな！」

　彼女は異常の塊だった。

　旧世界の遺跡は危険なモンスターの住み処だ。訓練を積んだ武装集団ですら死にかねない場所だ。彼女はそのような場所に一人で武器も持たずに隠れもせずに立っている。辺りを警戒する素振りすら無い。衣服を何一つ身に着けておらず、裸体を隠そうともしない。ビル風が砂や埃を巻き上げているのに、髪にも体にもわずかな汚れすら付いていない。

　加えて見知らぬ誰かから銃を突き付けられていて、更に震えで誤って引き金を引いても不思議の無い状態だと一目で分かるのにもかかわらず、彼女は全く動揺せず、一切警戒せず、危機感の欠片も感じさせない態度でアキラに近付いてくる。

　気が付けば、周囲の幻想的な光は全て消え去っていた。幻想を取り除かれてただの暗がりに戻った廃墟を背に、裸体のまま笑って近付いてくる彼女の姿は、異質そのものだった。

　既にアキラは彼女に対する認識を、極めて得体の知れない未知の何かに切り替えていた。微笑みながら近付いてくる彼女に向かって、再び叫ぶように警告する。

「う、動くなって言ってるだろ!?　それ以上近付くな！　撃つぞ！　本気だぞ！」

　普段のアキラなら警告などせずに既に撃っている。相手が丸腰だと一目で分かること。彼女の表情から敵意を感じられないこと。訳の分からない状況で混乱していること。それらがアキラの指を鈍らせていた。

　しかしそれにも限度がある。警告を無視して近付いてくる相手に引き金を引こうとする。

　その瞬間、彼女の姿がアキラの視界から忽然と消え失せた。アキラは瞬きすらしていなかった。だが彼女がどこかに素早く移動したような過程は全く見えなかった。一切の前触れ無く、一瞬で、完全に姿を消していた。

　アキラの顔が驚愕で激しく歪む。混乱しながら周囲を見渡すが、彼女の姿はどこにも見えない。

『大丈夫。危害を加える気は無いわ』

　自分の真横から、誰もいないはずの場所から、アキラは彼女の声を聞いた。反射的に声の方へ顔を向けると、すぐ横、手を伸ばせば届く至近距離に彼女がいた。いつの間にか服を着て、目線を合わせる為に少し屈んだ体勢で、微笑みながらアキラをじっと見ていた。

　この異常な状況は、既にアキラの未知への対応力を超えていた。超過した精神負荷がそのまま得体の知れない恐怖に変換され、アキラの精神を蝕み始める。

　アキラはその恐怖に歯を食い縛って耐えていた。半狂乱になって慌てふためくのを何とか堪えていた。正気を失った者から死ぬ。スラム街で生き延びた経験がアキラの意識を支えていた。

　アキラが再び銃を彼女に突き付けようとする。銃を握ったまま腕を彼女の方へ伸ばし、必死に銃口を押し当てようとする。

本来その動作は出来ないはずだった。彼女との距離が近過ぎる所為で、腕を伸ばすと彼女にぶつかるからだ。

しかし、それは出来てしまった。アキラがその動作を終えた時、アキラの両手は彼女の胸に手首までめり込んでいた。

両手からそこに何かが有るという感触は一切伝わってこない。視覚を信じる限り、彼女は確かにそこに存在する。だが両手の触覚は、そこには何も無いとアキラに示し続けていた。

余りの出来事にアキラは銃を構えた体勢のまま思考を停止した。両手は彼女の胸にめり込んだままだ。

彼女はアキラの反応を取り戻そうとして、しばらくの間目の前で手を振ったり声を掛けたりといろいろ試していた。だがアキラはそのまま呆然(ぼうぜん)とし続けていた。

◆

かつて世界を席巻(せっけん)していた高度な文明が滅び、半壊した都市の跡、原型を失いつつある建造物、壊れて動かなくなった道具などから、かつての英知と栄華を想像するのが困難になるほどの長い年月が流れた。

雨粒さえも改造され作り替えられた世界で降る雨は、その膨大な年月の中で、地平の果てまで続く廃墟を崩壊させ続けながら、天まで届く木々を育て、地上に住む者達の命を支え続けていた。

今では旧世界と呼ばれる過去の文明は、その高度な技術で多くのものを生み残した。

材質不明の瓦礫の山。半分崩壊したまま宙に浮かぶ高層ビル群。服用するだけで四肢の欠損すら治療する薬。そして、人を殺すには余りにも過剰な威力の兵器群。他にも様々なものが、その文明が滅んだ後も、世界中に散らばっている。

それらは今では旧世界の遺物と呼ばれている。かつての英知と栄華、その欠片だ。

人々はその欠片を掻き集め、長い時をかけて人類社会を再構築した。万能な魔術と見間違うほどの高度な科学力を誇った文明さえ滅ぼした何かですら、その担い手である人類を滅ぼすことは出来なかったのだ。


人類の生存圏の東部と呼ばれる地域には、統治企業と呼ばれる組織が管理運営する企業都市が無数に存在する。クガマヤマ都市もその一つだ。

クガマヤマ都市はその一部を巨大な防壁で囲っている。壁の内側も外側もどちらも同じクガマヤマ都市なのだが、そこには明確な格差が存在していた。

防壁の内側には、企業の幹部などの富裕層や権力者達が住む上位区画と、比較的裕福な一般人が住む中位区画が存在している。外側は下位区画であり、主に経済的な事情で防壁の内側に住めない者達が住んでいる。都市の外である荒野と呼ばれる危険地帯に近い部分には、スラム街も広がっていた。

アキラはスラム街に幾らでもいる子供達の一人だ。

つまり、サイボーグのような機械的強化処置もされておらず、生体改造のような生物的強化処理も受けておらず、ナノマシン等による身体能力の強化も施されていない、身体的にごく普通の子供だ。

専門性の高い技術も保持しておらず、学校教育等による教養も無い。親もおらず、他の保護者もいない。金も無く、食事も足らず、いつ死んでも不思議は無く、死んでも誰も気にも留めない。そのようなスラム街にはありふれた子供の一人だ。

荒野を住み処にしているモンスター達は時折都市を襲撃する。真っ先に襲われるのは荒野と接しているスラム街であり、その住人達だ。

アキラはモンスターの襲撃を三度生き延びた。一度目と二度目の襲撃は、ただひたすら走って逃げ回り、物陰に隠れて生き延びた。名も知らぬ誰かが時間を稼いでくれたおかげで、アキラの代わりに襲われ、食われ、殺されてくれたおかげで、辛うじて逃げ延びた。

　契機は三度目の襲撃だった。その時アキラは犬に似た小型モンスターから逃げ切れず、偶然持っていた拳銃だけで殺し合う羽目に陥った。

　真面（まとも）な訓練も受けていないほぼ素人の腕前で、モンスターの頭部に三発も命中させることが出来たのは、奇跡的な確率の幸運だった。だがその程度の幸運ではアキラが生き延びるには足りなかった。モンスターはその程度では死なず、血塗れの顔でアキラに駆け寄り、獲物を食い殺そうと大口を開けた。

　モンスターの異様に大きな口に腕を食い千切られる前に、アキラは反射的に自身の拳銃をその口に突っ込んで引き金を引いた。

　相手の口内で撃ち出した銃弾が、硬い頭蓋骨の防御を発砲前に突破して、敵の頭部に内側から着弾する。そしてそのまま脳を破壊して絶命させた。

　完全に絶命するまでのわずかな時間に強く噛まれた所為で、モンスターの歯が腕にかなり食い込んでいた。だがそれでも何とか腕と命を失わずに済んだ。

　三度目の襲撃を生き残った後、アキラはハンターになって成り上がると覚悟を決めた。ハンター稼業の危険性を一応知ってはいたが、自力でモンスターを倒せたことで、自信を、希望を持ってしまったのだ。

　この世界にはハンターと呼ばれる人々がいる。金と名誉を荒野に求める者達だ。

　荒野は都市の外であり、モンスターが蠢（うごめ）く危険地帯だ。安い銃が無駄に出回っている非常に治安の悪いスラム街でさえ、荒野と比べれば遥かに安全。そう思えるほどに危険な場所だ。

　しかし同時に莫大（ばくだい）な金と力をもたらす場所でもある。荒野には旧世界の遺跡が、旧世界の遺物が存在しているからだ。

　人々を襲うモンスターは、現存する旧世界の遺物でもある。生物系モンスターは高度な生体技術の実物例であり、機械系モンスターは貴重な機械部品の宝庫だ。都市に持ち帰れば相応の金になる。

　更に遺跡から極めて貴重な遺物を持ち帰れば、都市すら買える大金が手に入ることも有る。現在でも稼働し続けている旧世界の遺跡、特に軍事施設等を掌握して完全に制御できれば、国を興すことすら可能だ。

有能なハンターは持っている力も金も桁違いだ。危険な遺跡から貴重な遺物を持ち帰るごとに金と力を増していき、より危険で稼げる遺跡に向かう。

その繰り返しの果てに、異常なまでに高性能な旧世界製の装備で武装し、旧世界の技術を取り入れた高度な兵器を保持するまでに成り上がった者は、時に都市すら超える権力と戦力を持つ個人に成り得る。

アキラは確かに自力でモンスターを倒した。だがそれはモンスターだらけの荒野から生還できる確率がゼロでは無くなったという程度の意味でしかない。

しかしそれでも賭けに出るには十分だった。スラム街で現在の生活を続けていれば、いずれは死ぬのだ。そこから這い上がる為には、賭けに出るしかないのだ。

その日、アキラはハンターを目指して立ち上がった。今日よりましな明日を目指して。

◆

アキラは得体の知れない美女と出会った後、その時の余りの出来事の所為で呆然とし続けていた。その側で彼女はアキラが平静を取り戻すのを微笑みながら待っていた。

そのまましばらく時間が流れた。アキラの理解を超える状況はいまだ継続中だ。しかし自身を害するような出来事は何も起こっていないので、少しずつ落ち着きを取り戻し始めていた。そしてある程度まで混乱が治まった辺りで、アキラの目の焦点が虚空から眼前の彼女の顔に戻った。

彼女はそれに気付くと、アキラに改めて微笑んだ。

『大丈夫？　ちゃんと私のことが見える？　私の声も聞こえている？　ここはどこ？　あなたは誰？』

受け答えが出来る程度には冷静さと平静を取り戻したアキラが怪訝な表情で問いに答える。

「……見えてるし、聞こえてるし、ここはクズスハラ街遺跡で、俺はアキラだ」

彼女がとても嬉しそうに笑う。

『良かった。私はアルファよ。よろしくね』

アキラがアルファに対する警戒心を下げる。取り敢えず、自分を害する様子は無い。得体の知れない存在であることに変わりは無いが、敵意が無いのなら過剰に警戒する必要も無い。今は遺跡の中にいるのだ。余分な警戒心はモンスターなどの直接的な敵への警戒に振り分けた方が良い。そう判断したのだ。

「……それで、アルファさん？　は、幽霊じゃ……ないんだよな？　触れないけど」

『そうよ。証明しろって言われても困るけれど。理解してもらえないことや、ある程度の語弊を前提に説明すると、あなたが見ている私は拡張現実の一種なの』

話を明らかに理解できていないアキラに対して、アルファが笑って少し詳しく説明する。

脳が視覚と聴覚を処理する過程に外部から追加の情報を送り込むことで、アキラにアルファが実在するように認識させている。

アキラの脳には特異な形式の情報に対応した無線の送受信機能があり、その追加情報を取得している。それが生まれ付きのものか、何らかの変異によって生成されたものなのかは分からない。

この会話も空気振動を介さずに、脳が声帯に出す指示情報と、聴覚に割り込ませた音声情報を遣り取りして実現している。互いの視認も同様の方法で行っている。

アキラはアルファからそれらのことを要約して説明された。だが全く理解できなかった。それはその表情からアルファに正しく伝わった。

アルファが更に要約して、最低限の内容に纏めて言い直す。

『私の姿はあなたにしか見えない。私の声もあなたにしか聞こえない。だから気を付けないと虚空に向かって話し掛ける変な人だと思われる。取り敢えず、それだけ分かっていれば良いわ。あと、私のことはアルファでいいわよ。私もアキラって呼ぶわね』

　アルファは説明の最中もアキラに微笑んでいた。その微笑みにはスラム街に住む薄汚い子供に対する侮蔑も警戒も哀れみも全く無い。それがアルファに対する評価を上昇させていたことに、させられていたことに、アキラは気付いていなかった。

「……分かった。それで、アルファはこんな場所で何をやってるんだ？」

『ちょっとした頼み事があって、私を知覚できる人を探していたの。最低でも、私と話が出来る人をね』

　そこでアルファが少し残念そうに笑う。

『その人がハンターだと更に都合が良かったのだけれど、まあ、そこまで都合良くはいかなかったわね』

　するとアキラが少し戸惑った様子を見せる。

「えっと、何でハンターだと都合が良いんだ？」

『その頼み事の内容が、所謂ハンター稼業の依頼のようなものだからよ。あ、別にハンターではないと絶対駄目って訳ではないのよ？　だから話を聞いてほしいの。良いかしら？』

　アルファは表情を笑顔に戻して話を続けようとした。アキラが少し迷った後に、躊躇いながら答える。

「その、俺は一応ハンターなんだけど……」

　アルファが少し驚いた様子を見せる。

『え？　アキラはハンターだったの？　その歳で？ハンター歴はどれぐらいなの？』

「い、いち」

『一年？』

「……一日。今日、ハンターになりました……」

　アルファが微妙な表情を浮かべる。二人の間に沈黙が流れていく。

「……いや、何でもない。忘れてくれ」

　アキラは既にハンターとして生きていく覚悟を決めていた。だから自分がハンターであることを隠すような真似はしたくなかった。

　しかしハンターとしての実力も無いのに、他者にハンターだと名乗るのは良くなかったかもしれない。そう思い直して自身の発言を取り消した。

　ハンターとは呼べない者に用は無いだろう。アキラがそう思って立ち去ろうとする。

　だがアルファは笑ってアキラを呼び止めた。そして意欲的に話を続ける。

『そう言わずに話ぐらい聞いてもらえないかしら。これも何かの縁。折角出会えた訳だしね』

　真面なハンターを名乗れる実力などアキラには無い。それはアルファも分かっている。しかし他に自分を認識できる人間がいないのも事実だ。更に現時点でアキラの実力が極めて未熟であることは、長期的に見ればアルファにとってマイナスの判断材料ではなかった。

『依頼内容は、私が指定する遺跡を極秘に攻略すること。報酬として私がアキラをいろいろサポートしてあげるわ。これは前払分よ。更に成功報酬として、遺跡を攻略したら、高額で売れる旧世界の遺物を進呈するわ』

　予想外の内容にアキラが思わず声を大きくする。

「本当か!?」

　アルファはアキラの反応に内心でほくそ笑みながら、外では自信を感じさせる好意的な笑顔を浮かべる。

『本当よ。はっきり言って、こんな美味しい依頼を受けられるなんて、アキラは残りの人生の幸運をたった今使い切ったわ。だからこの依頼を受けないと大変よ？　もう幸運なんて残っていないから、私のサポートで補っておかないと生きていけないわ。多分ね。どう？』

　アキラの中の捻くれた部分が、アルファの発言を疑えと指示を出している。しかしアキラにはアルファが自分を騙そうとしているようには見えなかった。

（……第一、俺みたいなガキを騙して何の意味が有るんだ？　俺に金なんか無いことぐらい見れば分かるだろう。それとも俺をからかっているだけか？　それに仮に本当だとしても、こんな得体の知れない相手からの依頼なんて引き受けても良いのか？）

　そう疑った後で、アキラは自分にとって当たり前のことに気付いて、考えを改めた。

得体の知れない相手だからこそ、何らかの裏や事情が有るからこそ、自分に話を持ち掛けているのだ。普通の人間が自分など相手にするはずが無いのだ。ならばチャンスは生かすべきだ。そう考えて、覚悟を決めた。

「分かった。どこまで出来るか分からないけど、俺はその依頼を受ける」

アキラは自分でも驚くほどに強い覚悟を込めて、ハンターとして、初めての依頼の承諾を告げた。

アルファがとても嬉しそうな表情を浮かべる。

『契約成立ね』

そのまま微笑みを絶やさずに話を続ける。

『では、早速前払分のサポートを始めるわ』

そして、突然その表情を極めて真剣なものに変えた。

『死にたくなかったら、10秒以内に右のビルの中に飛び込みなさい』

「急に何を言って……」

アキラは怪訝な顔でもっと詳しく聞こうとした。

だがアルファの有無を言わせぬ真剣な表情に、思わず言葉を止めた。

『……8、7、6……』

その間にもアルファのカウントが進む。嘘(うそ)では無いのなら、この場に留まれば、死ぬ。アキラはそれを理解した。

「……ッ！」

その瞬間、アキラは即座に全力で右のビルに向かって走り出した。

それを見送るアルファの表情が不満げなものに変わる。

『……遅い』

アルファにとって、アキラが行動に移るまでに要した時間は、自身が要求する基準に満たないものだった。だが出会って間も無いことや、一応間に合ったことを考慮して、現状では及第点と評価する。

カウントが始まってからちょうど10秒後、遺跡の奥から飛んできた砲弾がその場に着弾した。爆炎がアルファの姿を包み込み、瓦礫が四方に飛び散っていく。

　それが収まった時、アルファの姿は消えていた。吹き飛ばされたのではない。瞬時に移動したのでも無い。初めから、そこに実在などしていなかった。

◆

　アキラがビルの中に飛び込んだ瞬間、背後から爆発音が響いた。爆煙混じりの爆風が体の横を駆け抜けていく。

　驚いて爆発音の方向へ振り向くと、つい先程までいた場所が砲弾による攻撃で半壊していた。固い地面に亀裂が走っており、その周囲が焼け焦げていた。あと数秒あの場に留まっていれば確実に死んでいた。それを理解させるのに十分な光景だった。

　アキラは突然の出来事に恐怖よりも先に呆気（あっけ）に取られていたが、アルファが何の前触れもなく目の前に現れたことで我に返った。

「い、今のは……」

　アルファは先程と同じ真剣な表情で階段を指差している。

『次は階段を駆け上がって。8、7、6……』

「……ッ！」

　アキラが必死の形相で階段に向かい急いで駆け上がる。背後から再び爆発音が響く。爆風が階段を通ってアキラを追い越していく。階段を必死に駆け上がっていると、先回りしていたアルファが踊り場で上を指差していた。

『上階へ急いで。5、4……』

　アキラは悲鳴を上げている肺と両脚の抗議を無視して、全力で階段を駆け上がり続けた。

　その様子を見たアルファは、今度は大分速かったと判断して、わずかに笑った。

◆

　アキラはその後もアルファの指示通りに走り続け、息も絶え絶えの状態でビルの屋上に辿（たど）り着（つ）いた。辺りを軽く見渡し、屋上の端で手招きしているアルファの姿を見付けると、息を整える暇も無くそこへ向かう。

そしてアルファにある程度近付いたところで、相手の微笑みにも、手招きの動作にも、先程のような緊急性は無いことに気付いた。すぐに走る速度を大幅に落とし、限界に近付いていた息を整え始める。そしてアルファの側に着くと、大きく息を吐いた。

「……アルファ。さっきのは何だったんだ？」

屋上の端に立つアルファが、微笑みながら下を指差す。

『いろいろ説明する前に、まずは自分で見た方が早いわ。ゆっくり下を見て。少しずつ、静かにね』

アキラが怪訝な顔で指示通りに下を見る。そして顔を大きくしかめた。その視線の先では、先程アキラを襲ったモンスター達が何かを探すように地上をうろついていた。

モンスター達の体長は2メートルほどで犬に似た外見をしている。それだけならば強靱（きょうじん）な肉体を持つ大型犬なのだが、その犬の背中からは小型の機銃が生えていた。更には複数のロケット弾のような物が生えている個体や、小型のミサイルポッドを背負っている個体なども見えた。様々な火器を体から生やした犬の群れが外敵を探して周囲を徘徊（はいかい）していた。

アキラは前に戦ったモンスターに似た犬の群れを見て、あれには銃器の類いは付いていなかったと思いながらも顔を歪める。

「何なんだあれは……」

『あれはウェポンドッグよ。元々は都市部の警備を行う為の人造生物で、体から銃火器とかが生えているけれど、あれでも機械ではなくて生物側なのよ』

アキラが視線をアルファに戻すと、アルファが悠長に解説を続ける。

『多分街の警備の為に生成された個体で、この辺りの警備を受け持っていたのでしょうね。個体差も有るけれど、成長するに従って背中から生える火器が強力になるのよ。あのミサイルポッド付きの個体が群れのリーダーだと思うわ』

聞いて損の無い内容だが、アキラは別にモンスター達の解説を求めた訳ではなかった。それでも聞いてしまえばいろいろ疑問も湧いてくる。

「何で生物から銃火器が生えるんだよ。おかしいだろ?」

アキラの素朴な疑問に、アルファがちょっとした豆知識を教える感覚で答える。

『生体部分がナノマシンの保持保有機能を兼ねているから、金属等(など)の原材料を経口摂取すれば、材料に応じた火器が背中に生成されるのよ。恐らく既に当初の設計とは大分かけ離れた存在に変異しているわ。現状の環境に応じて独自に仕様変更でもしたのでしょうね』

専門家が聞けば驚愕するであろう貴重な知識を聞いているのだが、アキラにはその価値も内容も分からなかった。辛うじて理解できたことは、生物から銃器が生えるという不可解なことにも、一応説明可能な原理が存在するということだけだ。

アルファの表情は襲撃時の真剣なものから余裕を持った微笑みに戻っている。アキラはそのアルファの様子から恐らく今は安全なのだろうと判断して緊張を解き、安堵(あんど)の息を吐いた。

アルファが得意げに笑いかける。

『どう? 私のサポートが有って良かったでしょう? あのままあの場に残っていたら死んでいたわよ?』

「……分かってる。おかげで死なずに済んだ。ありがとう」

モンスターの襲撃による興奮と動揺の名残。死ぬ気で走って乱れた呼吸。得体の知れない人物への捻くれた警戒。助けてもらった感謝。とにかく落ち着こうとする意志。アキラはその他諸々(もろもろ)が入り交じった複雑な表情を浮かべていた。

アルファは魅力的な微笑みでアキラの警戒心を削(そ)ぎながら、相手の表情を観察して内心を探っていた。

『どう致しまして。私の高性能ぶりを堪能(たんのう)してもらったところで、これからのことを話したいのだけれど、良いかしら』

「ああ」

アルファが非常に大切なことを伝えるように、相手を見詰めながら一度しっかりと頷(うなず)く。

『アキラには私が指定する遺跡を攻略してもらうわ。ここではない別の遺跡で結構な高難易度よ。はっきり言って、今のアキラの実力で攻略するのは不可能。私の凄いサポートが有ったとしても途中で確実に死ぬわ。生還どころか生きて辿り着くことすら無理。だからアキラにはその前段階として、遺跡攻略の為の装備と技術を手に入れてもらうわ。それを当面の目標にして……』

話が長々と続きそうな気配を感じて、アキラが少し言いにくそうに口を挟む。

「あの、ちょっと良いか？」

アルファが愛想良く微笑む。

『何？　よく分からないところが有ったら、遠慮せずに何でも聞いて』

アキラはアルファの妙な愛想の良さにわずかにたじろいだ。そして躊躇い気味に尋ねる。

「そうじゃなくて、その、それも大切な話だってことは分かるんだけど、今後の予定とかこれからの話は後回しにして、まずはここから生きて帰る為の話を優先してもらっても良いか？」

アルファが話を止めて意味有りげに微笑む。そしてアキラを無言でじっと見続ける。アキラがわずかに表情を固くする。

（……不味い。途中で口を挟まない方が良かったか？）

ウェポンドッグ達は今もビルの周囲を徘徊している。いつまでも屋上に隠れ続ける訳にもいかない。何とかしてこの窮地を乗り越えなければ、アキラにはこれからなど存在しない。

その不安と焦りから思わず口を挟んだのだが、そもそもアルファの機嫌を損ねれば、この窮地を乗り越える手段そのものが消えかねないことに、アキラは今更ながら気付いた。

アキラの顔に焦りと不安が滲(にじ)み出(で)る。アルファはそれを確認すると、気にした様子も見せずに笑った。

『分かったわ。私も落ち着いていろいろ話を聞きたいし、まずはここから脱出してクガマヤマ都市まで戻りましょう。話の続きは遺跡を出てから。それで良い？』

「ああ。頼む」

生還の見込みが大幅に増えて、アキラは安堵の息を吐いた。

だがその安堵を叩き潰すように、アルファが微笑みながら新たな指示を出す。

『それなら今から下に戻って』

アキラが驚きで吹き出し咳き込んだ。そこから何とか回復した後は、アルファに唖然とした表情を向けたまま立ち尽くしてしまう。

アルファはそのアキラの様子にも全く動じずに少し先に進んだ後、自分の指示通りに動こうとしないアキラに向けて、催促するように手招きする。

『どうしたの？　早く行きましょう』

我に返ったアキラが慌てながら抗議する。

「いや、ついさっきそこから逃げてきたんだろう!?　何でそこに戻るんだ!?　下にはまだモンスターがうろついてるんだぞ!?」

『指示の理由を懇切丁寧に説明しても良いけれど、ゆっくり移動しながらにしましょう。アキラが私のサポートを信頼できないって言うのなら仕方無いけれどね。無理強いはしないわ』

アルファはそう言い残すと、アキラを置いてビルの中に続く出入口の方へ歩いていく。

銃器も生えていない一匹と戦っても死にかけたのに、下には銃器を生やした群れがいる。その死地へ戻る恐怖がアキラの足を止めていた。

だがアルファの姿がビルの中に消えるのを見ると、歯を食い縛ってその後を追う。

自力で都市まで生還する自信は無い。そして少なくとも先程の死地を乗り切れたのはアルファのおかげだ。だから一見無謀であっても、その指示に従うことが、生還の可能性を最も上げる選択のはずだ。

今はそう信じて、得体の知れない人物の下へ急いだ。

ビルの中に入ると、アルファが出入口のすぐ側で、待っていたと言わんばかりに微笑んでいた。アキラは妙な敗北感と気恥ずかしさを覚えながら、階段を下りていくアルファの後に続いた。

一度必死に駆け上がった階段を、今度はかなりゆっくりと下りていく。途中で何度も一時停止を指示されてその都度立ち止まり、再開の指示を受けて再び下りていく。

「……それで、何で下に戻るんだ？　危なくないのか？」

『凄く危険よ』

アルファはあっさりとそう答えた。一瞬絶句したアキラが、慌てて聞き返す。

「ちょっと待ってくれ！　危険なのか？」

『モンスターが徘徊している場所よ？　安全な訳が無いでしょう？』

「そ、それはそうだけど、そういう話じゃないだろう。ちゃんと説明してくれ。移動しながらなら懇切丁寧に説明してくれるんだろう？」

『アキラがクズスハラ街遺跡からクガマヤマ都市まで無事に生還する為には、まずはこのビルから脱出する必要が有るわ。アキラに屋上から飛び降りても死なずに済むような実力が有るとは思えないから、階段を使って下りる必要が……』

説明するまでも無いことまで細かく話そうとするアルファに、アキラは不満と不信を覚えて顔をしかめると、少し強い口調で口を挟む。

「分かった。これだけ教えてくれ。アルファの指示通りに動けば、俺はちゃんと生きて帰れるんだな？」

アルファが真顔で答える。

『アキラが自力で何とかするよりは、高い確率で生還できると思うわ。上でも言ったけれど、無理強いはしないわよ。私の指示を信用できないのなら、私もアキラをサポートしないわ。するだけ無駄だからね』

アルファはアキラをじっと見ながら返答を待っている。アキラの返答次第でアルファとの関係は決裂だ。

しばらくしてから、アキラが少し自己嫌悪気味に項垂れながら答える。

「……ごめん。悪かった。アルファの指示に従うから助けてくれ」

アルファが機嫌を直したように微笑む。

『分かったわ。改めてよろしくね』

危なかったと内心で安堵したが、それでも不安は残る。アキラがおずおずと尋ねる。

「……あと、出来れば不安を抑える為に、あの指示の理由をなるべく分かりやすく、簡潔に要点だけでも教えてほしい」

『良いわよ』

あっさりそう答えたアルファが、その理由をずらずらと羅列していく。

ウェポンドッグの行動パターンには個体差がある。敵を見付けるとどこまでも追跡するもの。特定の範囲から出ないもの。敵を見失った場合に周辺の索敵を続けるもの。すぐに持ち場に戻るもの。様々だ。

それらの個体の差異を見極めた結果、あの時点でアキラが下に戻れば、帰り道で遭遇するモンスターの数が激減すると判断した。

ウェポンドッグの火器の弾薬は体内の製造臓器から生成されている。そして体内に保持できる弾薬量には限りがある。保有している弾薬を一度使い切ると、新しい弾薬が生成されて火器に再装填されるまで時間がかかる。

その間なら、たとえまたウェポンドッグに見付かったとしても、走って逃げる途中で後ろから撃ち殺される可能性が大分下がる。

食い殺そうとしてくる可能性もある。だが噛み付けるほどの至近距離なら、威力の低い拳銃でも倒せる可能性が増える。

その大きな要素に加えてその他あらゆる要素を比較検討した結果、下に移動するという指示を出した。

アルファがそれらのことを説明した後で、笑って締め括る。

『かなり簡潔に説明したけれど、もう少し詳しい方が良いかしら？』

長い。アキラはそうも思いながらも、それを先に聞いていれば違っていたとも思い、まだ少し不満げな様子を見せていた。

「……いや、十分だ。……その説明を屋上でしてくれれば良かったのに」

するとアルファは、幼い子を説き伏せるように微笑みながら付け加える。

『危険な状況では、悠長に説明している余裕が無いことの方が多いのよ。例えば、アキラが3秒後に眉間を撃ち抜かれるとして、そのことを丁寧に説明していたら回避行動までの猶予は何秒あると思う？ゼロよ』

「そ、それはそうだけど……」

『伏せて、と、端的に指示しても、何でだって、聞き返されたら結果は同じ。私はアキラに触れられないから、アキラを力尽くで床に伏せさせることは出来ないの。私の端的な指示に対して即座に動けないのなら、やっぱりアキラは死ぬわ』

自分の死を持ち出されて黙ってしまったアキラに、アルファが微笑みながら更に付け加える。

『ちなみに、私が今こうして説明しているのも、今ならある程度は安全だと判断したからなのよ？』

「……。分かりました」

アキラはアルファの話に納得しつつ、聞けば聞くほど自分の短慮を指摘する内容が返ってくる気がして、やや項垂れて頷いた。

一階まで戻ってきたアキラが表情を険しくする。そこには先程自分を殺しかけた攻撃の跡が生々しく残っていた。すぐに周囲を見渡してモンスターがいないことを確認する。そして大丈夫そうだと判断すると、軽く息を吐いて緊張を緩め、その表情を和らげた。

だがその緩みと安堵も、アルファが再び真剣な表情で話し始めるとすぐ消え去った。

『アキラ。これから遺跡を脱出するのだけれど、私が今から言う指示をしっかり聞いて、そして可能な限りその指示通りに動いて。私の指示以外の行動を取るたびに、死ぬ確率が上がるわ。分かった？』

「あ、ああ」

『今から30秒以内に、全力でビルの外に走り出して。ビルを出たら左に曲がって、そのまま何があっても振り返らずに全力で道形に走り続けて。分かった？』

「……わ、分かった」

悠長に指示の理由などを聞いていれば時間切れになる。それぐらいはもうアキラにも分かっていた。強く念押ししたアルファに、アキラは怯えと緊張の混ざった険しい表情でしっかりと頷いた。

アルファがアキラに道を譲るように横に移動する。そしてアキラを見ながらビルの出口を指差した。

アキラが引きつった表情でビルの外を見る。そこにも先程の攻撃の跡が残っている。死地の光景だ。

今からそこへ勢い良く飛び出さなければならない。必死になって逃げ出した場所へ駆け出す為に、意気込みを乗せて少し前傾姿勢を取る。しかし足は床に貼り付いたままだ。

アキラは躊躇していた。理解と納得と行動は別だ。理解して納得したが、それを行動に移せるだけの覚悟が足りていなかった。

アルファが秒読みを始める。

『5、4、3……』

時間切れになったらどうなるのだろうか。アキラは一瞬だけその結果を想像して、覚悟を決めてビルの外へ駆け出した。

半壊した高層ビルの谷間を全力で走り続ける。とにかく急いで走り続ける。すぐに息が切れ、走る速度が落ち始める。それでも必死に走り続ける。心肺機能が悲鳴を上げる。舗装された固い地面を蹴り続けている両脚が痛みを訴える。その痛みを我慢してひたすら走り続ける。

辺りにモンスターの姿は無い。誰かが交戦しているような音なども聞こえない。アキラは少しだけこのまま全力で走り続けることを疑い始める。

辺りの静寂が遺跡の中には自分しかいないと伝えているように感じられる。肺と脚と心臓が罵声を浴びせながら休息を要求し続けている。アキラは苦痛を訴える身体の要求に、ある程度耳を傾けながら走り続ける。

前方には何もいない。後方からも何も聞こえない。もう大丈夫なんじゃないか。そのような思考が無意識に浮かび、わずかに気が緩み始める。その途端、走り続けて溜まっていた疲労と痛みがアキラの意識を一気に掌握してしまった。

もう大丈夫だろう。わずかに緩んだ頭が吐いたその言葉に流されて、アキラはちょっとだけ休息しようと立ち止まり、後方の安全を確認する為に振り返った。あれ程念押しされたのにもかかわらず、アルファの指示に逆らってしまった。

アキラが硬直する。その視線の先、少し離れた場所には、大型モンスターの姿があった。群れではなく一匹だけだったが、その巨体の迫力はアキラを襲ったウェポンドッグの群れを超えていた。

そのモンスターは少し前に見たウェポンドッグに似た外見をしていた。背中からは巨大な大砲を生やしている。しかし犬の部分は群れを作っていたウェポンドッグ達とは異なり、8本脚で脚の位置も非対称という、全体的に歪で、機能美に喧嘩を売っている姿をしていた。

犬に似た歪んだ頭部には、右には縦に二つ、左には一つの目が付いていた。目の大きさも不揃いで、頭部の歪み方から考えても真面な視界を確保できているのかどうか怪しい状態だ。

だがそれらの目は、アキラの姿をしっかりと捉えていた。

モンスターが大口を開いて咆哮を上げる。更に背中の大砲が砲火を上げる。発射された砲弾がアキラから少し離れた位置に着弾して爆発した。着弾地点の瓦礫が派手に吹き飛ばされた。

飛び散った瓦礫が爆発の衝撃の大半を受け止めて、更に残りを分散させて周囲に伝わる衝撃を軽減していた。そのおかげでアキラは弱い爆風を浴びただけで済み、負傷を免れた。

モンスターが背中の大砲をもう一度撃とうとする仕草を見せる。だが砲弾は発射されなかった。弾切れだ。すると大口を開いて再び咆哮を上げ、不揃いな脚でアキラを目指して走り出した。

アキラは振り返ってモンスターの姿を見てから、ずっと呆然と立ち尽くしていた。モンスターが走り出した後も動けずにいた。

『走って！』

アルファの姿はどこにも見えないが、声だけはアキラの耳に強く響いた。その叱咤でアキラがようやく我に返る。即座に死に物狂いで走り始めた。

だが既に大分接近を許してしまっていた。振り返らずに走り続けていれば、もっとモンスターとの距離を稼げていた。事前の警告通り、アキラはアルファの指示に逆らったことで、自分が死ぬ確率を大幅に上げてしまった。

苦痛という全身からの訴えをアキラは全て無視して走り続けた。後方から聞こえるモンスターの足音はどんどん大きくなっている。

歪な脚部の所為でモンスターの走りは比較的遅い。おかげでまだ追い付かれずに済んでいる。だが巨体を支える脚で地面を踏み付けるたびに、地を揺らし轟音（ごうおん）を響かせている。それは巨体の重量と、それを支える脚力の凄（すさ）まじさをアキラに有り有りと伝えていた。

その音が響くたびに、振動が伝わるたびに、アキラの精神が容赦なく削り取られていく。その脚で踏み潰されたらひとたまりもないことは確実だ。

必死に走り続けるアキラの横にアルファが現れる。わずかに浮いて滑るように併走しながら、真剣な、だが少し呆（あき）れの混ざった表情を浮かべていた。

『だから振り返るなって言ったのに。聞いていなかったの？』

アキラが必死の形相で訴える。

「悪かった！　次はちゃんとする！　だから何とかしてくれ！」

『分かったわ。私がタイミングを指示するから、振り返って銃撃して』

その無謀とも思える指示に、アキラが思わず顔を強く歪めて叫ぶように聞き返す。

「銃撃!?　あんなやつ相手にこんな拳銃でどうしろって言うんだ!?」

アルファが敢(あ)えて素っ気無く答える。

『嫌なら良いのよ。無理にとは言わないわ』

「お願いします！」

アキラは貴重な呼吸の機会を消費して叫ぶように答えた。アルファが少し満足げに微笑む。

『下手に狙おうと思わないで。正面に銃口を向けて、素早く全弾撃ち尽くすこと。タイミングが命よ。可能な限り合わせて。良いわね？』

「分かった！」

アルファが指を折りながら秒読みを始める。

『5、4、3……』

このままなら死ぬだけだ。もうやるしかない。アキラが必死の表情でそう覚悟を決める。

『……2、1、ゼロ！』

合図と同時にアキラは素早く振り返り、狙いも付けずに銃を構えて即座に引き金を引いた。

ちょうど銃口の先の位置に、モンスターの巨大な眼球が存在していた。至近距離で発砲された弾丸が、眼球を突き破ってモンスターの頭部に撃ち込まれた。

アキラは半狂乱に近い状態で撃ち続けた。次々に撃ち出される銃弾がモンスターの頭部の中身を掻き回し、多大な損傷を与えていく。

だがそれほどの負傷を与えても、モンスターはその強靭な生命力で即死を免れていた。しかし瀕死(ひんし)に違いは無く、死ぬまでのわずかな残り時間で出来たのは、断末魔の叫びを上げることだけだった。その絶叫が遺跡に大音量で響き渡った。

絶命したモンスターの巨体がその場に崩れ落ちる。それでもアキラは全弾撃ち尽くした拳銃をモンスターに向けたまま引き金を引き続けていた。モンスターの頭部から流れ出る血と完全に動かなくなった巨体を見て、ようやく引き金を引くのを止めた。

「……た、倒せた……のか？」

アキラは荒い呼吸を続けながら、本当に倒したのかどうか確証を持てないまま、警戒しながらモンスターを見続けていた。そして息が整い始め、興奮も少し治まってきた辺りで、流れ出る血に沈んだ巨体の様子を改めて見て、ようやく倒した実感を得た。

『アキラ』

そのままへたり込もうとしていたアキラが声の方へ顔を向ける。そして少し緩んだ表情で礼と謝罪を告げようとする。だが微笑みながら遺跡の外を指差しているアルファを見て、再び顔を引きつらせた。

『10秒以内に……』

アキラは最後まで聞かずに必死の形相で走り出した。

アルファはそのアキラをその場で見続けていたが、不敵に微笑むと忽然と姿を消した。後にはモンスターの死体だけが残された。

迫ってくるモンスターから死に物狂いで逃げていたアキラには気が付く余地など無かったが、逃げるアキラの背後では様々なことが起こっていた。

モンスターはアキラにしか見えないというアルファの姿を知覚しており、アキラのすぐ後ろにいたアルファを食い殺そうとしていた。

アルファは自身の姿を囮にしてモンスターの動きを誘導していた。そして絶妙に位置を調整した上でモンスターに自身を食い付かせた。

モンスターは確かに噛み付いたのにもかかわらず、その感触が全く無いことに混乱し、わずかに動きを止めてしまった。

アルファはその隙を衝いてアキラにモンスターを銃撃させた。振り向いたアキラがモンスターの眼球を銃撃するように、自身を食い付かせた時にモンスターの位置、状態、体勢を的確に操って、容易く撃破させた。

ウェポンドッグの群れはアキラがアルファの依頼を引き受けた途端に現れた。遺跡の外を目指して必死に走り続けるアキラがその関連性に気付くことは無かった。

◆

ウェポンドッグの襲撃から何とか脱したアキラは、その後も必死に走り続けて、クズスハラ街遺跡の外まで何とか辿り着いた。そこもまだそれなりに危険な場所ではある。だがそれでも遺跡の中よりは安全だ。

アルファは先回りをしていたかのように姿を現してアキラを迎え入れた。疲労でへたり込んでいるアキラに優しく話し掛ける。

『休んだままで良いけれど、話の続きをしても良いかしら？　アキラには私が指定する遺跡を攻略できるほどの装備と実力を身に着けてもらう。ここまでは良いわね？』

アキラが荒い呼吸を整えながら頷く。

「ああ。続けてくれ」

『装備はお金を稼いで買うか、遺跡に潜って手に入れることになるわ。実力の方は、訓練と実戦で身に着けるしかないわね。安心して。私のサポートによる最高品質の訓練が受けられるから、すぐ上達するわ』

アキラには訓練の内容が全く予想できない。だが自信満々に説明するアルファの様子から、とても効果的な訓練を付けてくれるのだろうと思った。

「それは凄く助かるけど、そこまでしてもらって良いのか？」

『気にしないで。これも報酬の前払分よ。それにアキラに私の依頼を完遂してもらう為だから、私の都合でもあるの。前払分だからって貰い過ぎだと思うのなら、その分だけきつい訓練に耐えることで応えてくれればいいわ』

「わ、分かった。出来る限り努力はする」

アキラはアルファの不敵な微笑みに訓練の過酷さを感じてたじろぎながらも、しっかりと頷いた。

アルファも満足そうに頷く。

『当面の目標は、高性能な装備を手に入れる為にも稼げるハンターになることよ。アキラにはハンターオフィスにハンター登録だけを済ませた自称ハンターを早く卒業してもらわないとね。……一応聞くけれど、ハンターの登録はもう済ませたのよね？』

アキラが懐からハンター証を取り出す。見るからに安っぽい紙切れに、東部統治企業連盟認証第三特殊労働員の文言と、ハンターとしての認証番号、登録者の名前が記載されていた。

アルファがその幾らでも偽造できそうなハンター証を見て、一応確認を取る。

『……ハンター証って、そんな安っぽい作りのものだったかしら。勘違いしないで。別にアキラの話を疑っている訳ではないの。ハンター証として使えるなら問題無いわ。……大丈夫よね？』

「……大丈夫だと思う。多分」

ハンター登録を済ませた時、施設の職員からハンター証として渡されたのは間違いなくこの紙切れだ。

だがそのハンター証から漂う何とも言えない安っぽさを改めて指摘されると、アキラもだんだん不安になってきた。

『どこでハンター登録を済ませたとか、いろいろ聞いても良い？』

「分かった」

アキラはその時の様子をアルファに話しながら、嫌な出来事も一緒に思い出してわずかに顔を歪めた。


アキラはクガマヤマ都市の下位区域にあるハンターオフィスでハンター登録を行った。

スラム街の外れにあるその派出所は、潰れかけの酒場のような外観だった。看板は半分壊れており、文字も薄れている。それでもハンターオフィスのマークだけは一応視認できる状態で残っていた。それが無ければ、そこが派出所だと気付くのも難しい状態だ。

アキラの応対をした職員はまるでやる気の感じられない風体をしていた。

ハンターオフィスの職員は東部でも人気の職種で有能な者が多い。だがその男からそのような雰囲気は感じられない。人気職とはいえスラム街付近の勤務を嫌がる者は多く、この男も左遷されてここに流されてきたのだ。やる気も能力も相応だった。

アキラが緊張しながら職員に手続きを頼む。

「ハンター登録に来ました。登録の処理をお願いします」

職員が面倒そうに舌打ちをした後で読みかけの雑

誌を脇に置く。そしてスラム街の子供への応対を明らかに嫌がっている様子を見せながら職務を進める。

「……名前は？」

「アキラです」

職員が手元の端末を操作する。近くのプリンターから安っぽい紙に印刷されたハンター証が出力されると、雑な手付きでそれを取り、アキラに投げ渡す。そして仕事は済んだとばかりに再び雑誌を読み始めた。

アキラは受け取ったハンター証と職員を交互に見ながら困惑していた。ハンター登録にはもっといろいろな手続きがあると考えていたのだが、名前を聞かれただけで終わってしまったからだ。本当にハンター登録が済んだのか不安になり、思わず声に出す。

「お、終わり？」

職員が嫌そうな表情で雑誌からアキラに視線を移す。

「終わりだ。とっとと帰れ」

「名前を聞くだけで終わり？　他にもいろいろ聞いたりするんじゃ……」

職員が心底面倒だという表情で、手でアキラを追っ払う仕草をしながら言い放つ。

「すぐにくたばるお前から、何か聞くことでも有ると思ってるのか？　どうでも良いやつのどうでも良い情報なんかどうでも良いんだよ。別にお前の名前だってどうでも良いんだ。規則だから聞いてるだけで、偽名だろうが何だろうが知ったことか」

アキラは既に知っていたはずの自身への評価を再認識して、ハンターオフィスから黙って出ていった。

アキラはアルファにハンター登録時のことを話し終えた。そのアキラが自分のハンター証をじっと見ている。その目には、現状を理解しつつ、そこから意地でも這い上がろうとする意志が込められていた。

アルファがアキラを元気付けるように微笑む。

『取り敢えず、訓練は読み書きからね。情報の取得は非常に重要よ。安心しなさい。私のサポートは超一流だから多少の読み書きぐらいすぐに習得できるわ』

「分かった。頼む。……何で文字が読めないって分かったんだ？」

『そのハンター証だけれど、登録者の名前が、アジラになっているわ』

その雑な仕事とどこまでも軽んじた対応に、アキラは思わずハンター証を握り潰してしまいそうな自分を必死に抑えていた。

アルファが苦笑しながら提案する。

『取り敢えず、クガマヤマ都市に戻りましょうか。話の続きはそこでしましょう。読み書きの勉強が終わるまでは、私が代わりに読んであげるわ』

アキラは黙って頷いた。ハンター証を仕舞い、クガマヤマ都市へ向けて歩き出す。アルファも並んで歩いていく。

アキラが不愉快な気分を紛らわす為に軽く尋ねる。

「そういえば、クズスハラ街遺跡で倒したモンスターは何て名前のやつなんだ？」

『ウエポンドッグよ』

「……えっ？　全然違うように見えたけど、あれも同じ種類のモンスターなのか？」

『恐らく自己改造の仕様変更に失敗した個体なのでしょうね。だからアキラでも倒せるほど弱かったのよ』

「あいつ、見掛け倒しだったのか？」

『そこは解釈次第ね。あのモンスターにはアキラでも倒せるような致命的な弱点があって、幸運にもその弱点を衝いただけかもしれないわ。アキラが今からあれともう一度戦っても問題なく倒せるって言うのなら、見掛け倒しって解釈でも良いと思うわ。勿論、私のサポート無しでよ？』

「絶対無理だ」

『それなら、それだけ私のサポートが凄いってことね。感謝してくれても良いのよ？』

どこか得意げに悪戯っぽく笑って礼を催促するアルファに向けて、アキラが半分自棄になったように笑って答える。

「ありがとうございました」

感謝は本心だ。失態を補ってもらった恩もある。だがその感謝を笑って催促されると、それを素直に表に出すのは、いろいろと捻くれているアキラには少々難しかった。

『どう致しまして』

アルファはそれを察したように、その上で少しからかうように、楽しげに笑って返した。

◆

ハンター稼業の一日目。アキラはアルファと出会い、命賭けの遺跡探索を何とか生き延びて、無事に都市まで帰還した。

この日から、アキラとアルファの数奇なハンター稼業が始まった。

# 第2話　覚悟の担当

アキラが巨大なウェポンドッグに追われている。大きく歪んだ顔。非対称の8本脚。背中から生えた大砲。それを支える巨大な体躯。そのどれもが逃れられない死を連想させるものばかりだ。その全てを持った怪物から死に物狂いで逃げていた。

後ろから殺意の籠もった咆哮が響いてくる。巨体を支える太い脚が地を揺らしている。大砲から撃ち出された砲弾が周囲に降り注いでいる。状況は絶望的だ。

「あんなやつ相手にこんな拳銃でどうしろって言うんだ!?」

その悲鳴のような叫びも、遺跡に響き渡る咆哮と砲撃音に飲み込まれて消えていく。応える者はいない。死の気配はもう背後まで迫っていた。

遂にアキラは自棄になり、振り返って銃撃した。ウェポンドッグの顔面に銃弾が撃ち込まれる。そのまま引き金を引き続けて撃ち続ける。全て命中した。

だがそれは何の意味も成さなかった。ウェポンドッグは銃弾を浴びてもたじろぎすらしない。逆にその巨体からは考えられない速度でアキラに飛び掛かり、獲物を食い殺そうとその大口を開いた。

アキラは自分の体よりも大きく開いたモンスターの口を見て、絶対の死を感じ取った。そしてその通りに、食い千切られた。

飛び起きた場所は見慣れたスラム街の裏路地の隅。いつもの寝床だった。アキラが少し硬直したまま、混乱と恐怖の残った顔で呟く。

「……夢？」

すぐ側にいたアルファが微笑みながら挨拶する。

『おはよう。よく眠れた？』

その瞬間、アキラは反射的にその場から飛び退きアルファへ銃を向けた。得体の知れない誰かが、いつの間にか側にいたという危機に対する強い警戒を示していた。

アルファは少し驚いた様子を見せたが、機嫌を損ねずに優しく話し掛ける。

『ごめんなさい。驚かしてしまったかしら？』

アキラの表情が怪訝な様子を残しながらも、危険な見知らぬ誰かへ向けるものから、恐らく安全な知人へ向けるものへと変わっていく。

「…………アル、ファ？」

アルファはアキラとは対照的に笑顔を浮かべている。

『そうよ。忘れてしまったの？』

アキラはようやく昨日の出来事を思い出した。緊張を解いて安堵の息を吐き、銃を下ろして気不味そうに謝る。

「……悪かった。ちょっと驚いたんだ。起きた時に誰かが側にいると、大抵強盗とかなんだよ」

『良いのよ。気にしないで』

アルファの全く意に介していない様子から、本当に怒っていないと判断したアキラは、折角できた協力者を失わずに済んだと思って安心した。

（……良かった。そもそもアルファに銃なんか効かないんだから、銃を向けられてもそんなに怒ることでもないんだろう。危なかったな。……それにしても、夢で良かった。アルファと出会ってなければ、あっちが現実だったんだろうな）

ささやかな騒動はあったものの、アキラの昨日までとは全く違う新しい日々が始まった。

◆

クガマヤマ都市のスラム街は都市の外側、荒野との境界辺りに広がっている。治安も経済も劣悪で、外からはモンスターが、内からは強盗が、弱者を食い物にしようと跋扈する都市の掃き溜めだ。この掃き溜めから抜け出す為に、アキラはハンターになったのだ。

都市はそのスラム街で朝夕の一日二回食糧の無料配給を行っている。アキラはこの配給の列に基本的に毎日並んでいた。

早朝、配布時刻までにはまだ結構な時間があったが、既に列が出来ていた。アキラはアルファと一緒にその最後尾に加わった。

配給の列には大人しく整然と行儀良く並ばなければならない。騒ぎを起こしたり割り込んだりすると、その人物には食料が配給されない。場合によっては配給そのものが中止となる。当然、その原因となった者は後で袋叩き（ふくろだた）きに遭う。

これは都市による無言の教育でもある。スラム街の住人であっても列の並び方ぐらいは学んでもらった方が都市側にも都合が良い。そして都市側の規則を守らない者がいる場合、スラム街全体が不利益を被ると認識させるのにも都合が良いのだ。

それらの教育の成果もあり、袋叩きに遭って死亡した者達の犠牲を積み重ねた結果、基本的に物騒なスラム街にもかかわらず、配給の列は整然とした落ち着きを保っている。

そして配給所は自力で食料を買えない貧困者をスラム街に纏める機能でもある。同時に最低限の治安維持の手段でもある。

金も食料も無いからといって大人しく飢え死にする者ばかりではない。どん詰まりの者がスラム街に不自然に供給されている銃器を手に取って強盗に転職するのを、最低限の食糧供給である程度防いでいた。この配給のおかげでアキラも何とか生き延びていた。

アキラはいつものように配給の列に並びながら、アルファの異常性を改めて思い知っていた。

見惚れるほどに整った顔立ち。輝くような髪の光沢。きめ細やかな肌の艶。異性を誘う魅惑の肢体。その身を包む露出過多の服装。アルファはこれだけでも注目を集めない方が不自然だ。

加えて所謂旧世界風と呼ばれる特有のデザインの衣服も人目を引くには十分だ。アキラのような者から見ても非常に高価なものだと分かる質の違いも明らかだ。

旧世界の技術に携わる者がその細部を見れば、間違いなく旧世界の高度な技術で製造された代物だと識別できる。旧世界の遺物としても高額なのは間違いなく、注目に値する品だ。

それだけ注目を浴びる要素を集めれば、普通なら軽い騒ぎが起こっても不思議は無い。だがそれにもかかわらず、周りの者達は誰一人アルファに反応していない。

それはアルファを認識できる者は本当に自分だけなのだと、アキラに実感を以て納得させるのに十分なものだった。

アキラがアルファに小声で話し掛ける。

「他のやつには本当に見えないんだな」

『そう言ったでしょう？　信じていなかったの？』

不服そうなアルファの様子に、アキラが少し慌てながら小声で弁解する。

「いや、そういう訳じゃなくて、基本的に見えないってだけで、他にも見えるやつがいるんだろうと思ってたんだ。俺には見えているんだから、他にも見えるやつがいても不思議は無いだろう？」

『ああ、そういうこと。その辺の話はいろいろ説明が大変で長くなるのよ。後でゆっくり話しましょう』

アルファはアキラとは対照的にはっきりとした声で答えている。その澄んだ声に反応しているのもアキラだけだ。アキラもはっきりと答えていれば、幻聴と会話する不審者が出来上がっていた。

配給が始まり、アキラの順番が来る。今回の食料を受け取って列から少し離れる。

この距離もアキラのような子供にはかなり重要だ。離れ過ぎると折角貰った食料を奪いに来る者が現れるのだ。配給の邪魔をしないように、後で袋叩きにされないように、暗黙的に揉め事を起こさないと決められている距離で食べてしまうのが一番だ。

奪う側も奪われる側も、銃ぐらいは持っている。不要な殺し合いを避ける為にも重要だった。

今回の配給品は、透明な包装の中に入ったサンドイッチのような物だった。包装には識別コードである文字列が記載されている。アキラはそれをじっと見ていた。なかなか食べ始めない。

アルファが少し不思議そうに声を掛ける。

『食べないの？』

遺跡から発掘された動作状態の怪しい生産装置が生み出した合成食料。土壌の汚染状況の確認が困難な農地で試験的に栽培した野菜。生物系モンスターの食用に回しても恐らく安全だと考えられる部位の肉。それらを原材料にした加工品などが、有り余る善意で、金の無い者でも手に入るように、無料で提供されている。

　そしてそれらの食料をスラム街の希望者に一定期間提供した後にしばらく様子を見る。それで死亡者や突然変異者が続出しなければ、その原材料は一定の安全確認が済んだと判断されて一般に値を付けて販売される。そして別の安全性未確認の何かが、新たな食料の原材料となる。

　それがこのサンドイッチだ。パンも具材も、その手の何かだ。

「……。食べる」

　配給側はそれらの事情を一々説明などしない。だが受け取る側も薄々は気付いている。アキラも朧(おぼろ)げにだが何となく察している。しかし食べないという選択肢は無い。食べなければ餓(う)えて死ぬからだ。

　スラム街を無料の食料で生き延びた者達は、その善意の見返りを支払うことになる。配給場所であるスラム街の立地の所為で、時折都市を襲撃するモンスター達と真っ先に戦う羽目になるのだ。

　人間を食い殺すようになった変異動植物や、人間を攻撃対象にする自律兵器などを相手に、スラム街に不自然にばらまかれている銃火器と新鮮な自身の肉体で、都市の防衛隊が駆除を終えるまでの時間稼ぎを強いられる。強制ではないが、どちらにしろ逃げ場など無い。

　それを繰り返せば、襲撃を生き残った者達から、モンスターと戦えるほどの実力を身に付ける者も出てくる。その者達は大抵ハンターとなり、上手(うま)くいけば遺跡から遺物を持ち帰り、都市の経済を潤す。その利益の一部は配給所の維持費にも使われている。

　つまりアキラはある意味で、都市の思惑通りにハンターを目指したのだ。

　力の無い者は逃れようのない選択を強いられることもある。だが選んだのはアキラ自身だ。選ばされたのだとしても、そこに後悔は無かった。

　サンドイッチの味は微妙だった。無料であることと安全性云々を別にしても、好き好んで食べたくなるものではなかった。

　ハンターとして成り上がり、安全で美味しい食事を毎日食べる。アキラは味も安全性も微妙なサンドイッチを食べながら、その夢を叶える手助けをしてくれるという者に何となく視線を向けた。

　アルファは優しく微笑んでいた。

◆

　再びクズスハラ街遺跡にやって来たアキラが、アルファの案内で遺跡の中を進んでいる。

　遺跡は道の一部が倒壊したビルの瓦礫などで埋まっている所為で、注意しないと下手な迷路より迷いやすい。また乱立している廃墟の中が遺跡に適応したモンスター達の住み処になっていることもある。一帯にモンスターによる独自の生態系が構築されている場所もある。

　遺物を求めて遺跡に入るハンター達は、その過程でその障害となるモンスター達を撃退する。時には奥に進みやすいように遺跡内の道の整備なども行う。そして強力なモンスターと遭遇し、返り討ちに遭って命を落とす。

　それらの繰り返しにより、遺跡は奥部ほど進みにくい地形の上に、棲息するモンスターも強力になる傾向にあった。当然、到達者も少なくなるので、貴重な遺物も大量に残っている。つまり、奥部ほど危険で稼げる場所になりやすいのだ。

　アキラもそれぐらいは知っていたので、昨日は遺跡の外周部、それもかなり外側の辺りを探索していた。

　しかし今日はアルファの勧めで遺跡の奥を目指していた。流石にアキラも躊躇したが、自信満々な様子のアルファに説得されて、結局はその提案に従うことになった。

奥に進まなければ高額な遺物は手に入らない。自分が案内するので、アキラがその指示に従う限りは大丈夫だ。アルファにそう言われてしまうと、アキラも引き下がるのは難しい。成り上がる為にハンターになった。そしてアルファと取引してここにいる。そのアルファが一定の安全を保証しているのに先に進めないようでは、成り上がることなど出来ないからだ。

初めの内はアルファの指示通りに黙って進んでいた。しかししばらくすると、アキラは少しずつアルファを訝しみ始めていた。アキラには意味が有るとは思えない指示が続いていたからだ。

廃ビルの壁に背を付けながらゆっくり進む。指定されたビルの中に、見えている出入口からではなく、近くの瓦礫の山をよじ登って窓から入る。その後すぐに先程見えていた出入口から外に出る。同じ道を何度も通る。しばらく道の中央で立ち止まる。同じ道を数回往復してから奥に進む。それらを指示通りに続けてはいたが、無駄なことを繰り返しているようにしか思えなかった。

ウェポンドッグに襲われた時、アルファの指示を無視した結果死にかけた。そして無謀にも思える指示に従って生き延びた。その経験もあって、指示の理由を一々聞くのもどうかと思い、黙って指示に従っていた。

しかし一見無意味に思える行動を取るたびに、わずかな不信感が少しずつ積もっていく。

そして、アキラは遂に耐え切れなくなった。

「……なあ、アルファ」

『何？』

「もしかして、道に迷ってたり、適当に進んでたりしてないか？」

アルファがはっきりと答える。

『していないわ』

「……本当に？」

『本当よ』

「同じ道を何度も通っている気がするんだけど……」

『その必要が有ったからよ。危険なルートを迂回したら、結果としてそうなっただけよ。そこにそれ以上の理由を求めるのなら、アキラの運が悪い所為ね』

アルファは軽く微笑んでそう答えた。アキラの顔がわずかに歪む。

「……俺の所為なのか？」

『そうよ』

アルファは再びそう言い切った。そのはっきりとした口調と態度には、アキラの反論を封じる程度には説得力があった。しかし溜まっていた不満と不信を払拭するほどではなかった。

その後もしばらく遺跡の中を進んでいく。そしてある路地の出口の手前で、アルファが振り返って再び似たような指示を出す。

『戻るわよ』

「……またかよ」

アルファがアキラの横を通っていく。アキラもいい加減うんざりしながらも振り返って後に続こうとする。しかしそこで、ふと足を止めてしまった。

路地の先には大通りが見える。アキラはその先の様子が気になってしまった。その先の光景を見て、引き返すだけの理由を少しでも発見できれば、今までの一見無意味に思える指示にも納得して、不満も一気に解消するはずだ。そう思ってしまった。

（……ちょっと、ちょっとだけだ。ほんの少し見るだけだ）

アキラはそう言い訳して、路地から少しだけ顔を出して警戒しながら大通りを見た。しかしそこには今までの光景と大して変わりのない荒れ果てた遺跡の姿が広がっているだけだった。

（……やっぱり何も無いじゃないか）

アキラが更に不満を募らせた瞬間、アルファが非常に強い口調で叫ぶ。

『すぐに戻りなさい！』

その直後、アキラの視界の先、その中の何も無いように見える空間から、何の前触れも無く轟音と閃光が放たれる。その閃光と砲撃の衝撃がモンスターの光学迷彩機能を一瞬だけ低下させ、その姿を露わにさせた。それを見た途端、アキラの表情が凍り付く。アキラが何も無いと思っていた場所には、迷彩機能を有効にしていた巨大な機械系モンスターが存在していた。

大型口径の弾頭がアキラから少し離れたビルに直撃する。ビルはその一撃で爆音、爆風、衝撃と共に半壊した。大量の巨大な瓦礫が辺り一帯に降り注ぐ。その衝撃で地面が揺れ、アキラの足下を強く揺らした。

余りの驚きで固まっているアキラをアルファが怒鳴り付ける。

『急いで戻る！　死ぬわよ！』

我に返ったアキラは死ぬ気で走り出した。路地は周辺のビルに砲弾が着弾した所為でかなり揺れており、瓦礫まで降り注いでいた。そこを必死に走り続けた。

アキラはアルファの指示に従ってさほど離れていないビルの一室に何とか避難した。砲撃音と振動はいまだに続いている。天井から塵や細かな破片が降り続けていた。

アルファが厳しい表情と声をアキラに向ける。

『今のは危なかったわ。危うく死ぬところだったわ。私の指示通りに動いていれば、あんな目に遭うのは避けられたのよ？』

アキラは部屋の隅で項垂れていた。しばらく黙ったままだったが、ようやく小さな声で答える。

「……ごめん」

その短い謝罪には強い自己嫌悪が籠もっていた。その声も誰でもすぐに分かるほどに暗く沈んだものだった。

アルファが厳しい表情を少し哀しげな微笑みに変える。そして優しい声を出す。

『指示の内容に不満が有ったのかもしれないけれど、私はアキラの不利益になるような指示は出さないし、後で細かく質問してくれれば、アキラが納得するまで答えるわ。何を話せば良い？』

アルファが笑顔で促すが、アキラは黙ったままだった。アルファの笑顔が少し陰る。だがすぐに相手を気遣うように微笑む。

『……昨日出会ったばかりでいろいろと信じられないところは有ると思う。それは仕方無いわ。でも私もアキラが死んだら凄く困るの。だから死なせない為に最善を尽くすわ。難しいかもしれないけれど、出来れば、それだけでも信じて』

気遣われている。アキラにもそれぐらいは分かった。罪悪感を覚えながら何とか答える。

「……分かった。疑って悪かった」

『良いのよ。私もアキラにすぐに全面的に信頼してもらえるとは思っていないわ。こういうのは積み重ねないと。お互いにね』

アルファの口調も表情も、アキラをどこまでも気遣っていた。それでアキラは少し気力を取り戻した。そして、気を切り替える為にも、空元気でも、装うだけでも意味が有る。そう思って気力を振り絞り、無理矢理笑った。

「……。そうだな。俺もちゃんと積み重ねるよ。次は、どうすれば良いんだ？」

アルファがアキラの様子を確認する。そしてその精神状態がある程度回復するまでは、下手に動かさない方が良いと判断する。

『外の状況が落ち着くまではここで待機よ。一応モンスターがこの辺りから離れていくように誘導しているけれど、それなりに時間がかかると思うわ』

「誘導って、アルファはそんなことも出来るのか？」

軽い驚きを見せているアキラに、アルファが少し得意げな笑顔を向ける。

『相手と状況によるけれどね。あの機械系モンスターは、自動操縦で外敵を襲い続けるタイプの自律兵器よ。その類いの機械は周囲の状況を把握する為に、映像を含む外部情報を周辺の監視装置からも取得している場合が有るの』

ある意味で、アキラも似たような原理でアルファを認識している。だがそこまでは気付けずに、単に興味深く話を聞いていた。

『今回は運良くモンスターの映像処理に使用される外部映像に割り込めたわ。あのモンスターは偽物のアキラの映像に向かって攻撃し続けているはずよ。初めの攻撃もそれでアキラの位置を誤認させたのよ』

そんなことまで出来るのかと、アキラは更に驚いた。するとアルファが少し意味深に笑う。

『自身の視覚情報のみで判断するタイプのモンスターだったら無理だったわ。危なかったわね』

アキラが少し怪訝な顔になる。

「……もし、そっちのタイプだったら、俺はどうなっていたんだ？」

アルファが笑ってはっきりと答える。

『勿論、あの砲撃が直撃して木っ端微塵になっていたわ』

「そ、そうか」

アキラは少し顔を引きつらせた。だがアルファの明るい態度に引き摺られたのか、自己嫌悪で項垂れるような様子は無かった。

『もう少し話でもしましょうか。そうね。何か私に聞きたいこととかは無いの？　何でも良いわ。適当に言ってみて』

何でも良いと言われてしまうと逆にすぐには思い付かない。しかし優しく微笑みながら質問を待っているアルファを見ると、特に無いと答えるのも躊躇ってしまう。これも一応はアルファの指示であり、積み重ねる為に、その指示に応えないといけないとも思う。

アキラは聞くことを探してアルファとの出会いから思い返してみた。そしてあることを思い出した。

「それじゃあ聞くけど、アルファと初めて会った時、何で全裸だったんだ？」

アルファは今も服を着ている。出会った後もすぐに服を着た。つまり意図的に全裸だったことになる。あの時は余りの衝撃でそれどころでは無かったが、今になって思い返せば非常に不自然だ。

アルファが少し不敵に悪戯っぽく微笑む。その様子をアキラが少し怪訝に思った途端、アルファは服を消して、その魅惑の裸体を露わにした。

アルファは恥じらう様子も見せずに惜しげも無く肌を晒し、艶めかしく起伏に富んだ肉体の造形を一切隠さずにアキラに見せ付けている。そして少し誘うような仕草で楽しげな声を出す。

『どう？』

驚きながらも見惚れていたアキラが、我に返った途端に慌て始める。

「どうって……、いや、良いからまずは服を着てくれ！」

アルファは満足そうに微笑むと服を元に戻した。

『なかなか魅力的な体でしょう？　人目を引くと思うでしょう？　注目を集めるとは思わない？　あの時のアキラも、周りより私の方をよく見ていたしね』

「し、仕方無いだろう!?」

淡い光の幻想的な光景より、アルファの裸体に見惚れていたのは事実だ。アキラはそれを見抜かれていたことに少し焦りながら言い訳した。

するとアルファがアキラには意外なことを教える。

『つまり、それが理由よ。さっきの質問の答えね』

アキラが慌てていたのも忘れて少し不思議そうに聞き返す。

「どういう意味だ？」

『私の姿を認識できる人を効率的に探す方法ってことよ。遺跡に来る人はただでさえ少ない上に、私を知覚できる人は更に少ないわ。そのわずかな人が確実に反応して、加えて不要な警戒を抑えられる格好。それをいろいろ試したら、全裸が一番だったのよ』

「俺は思いっきり警戒したんだけど」

『それでも、見た瞬間に走って逃げたりはしなかったでしょう？　もし私を認識した時に、その姿が銃火器で武装した屈強な兵士だったりしたら、アキラはどうしていたと思う？』

アキラはその状況を想像してみた。淡い光の中に立つ者は、見るからに重武装の屈強な兵士。周囲の幻想的な雰囲気を吹き飛ばすのに十分な格好だ。そしてそれをこっそり見ていた自分と目が合ったと考える。

「まあ、逃げるな。多分全力で逃げ出すと思う」

『そうでしょう？　私が武装していないと一目で判断できて、その上で誰かの興味を確実に引いて、私を認識していると判断できる分かりやすい反応を引き出しやすい格好となると、全裸が一番なのよ』

そこでアルファが軽く苦笑する。

『まあ、それでも、アキラにあそこまで警戒されるとは思わなかったわ。ごめんなさいね』

アキラがわずかに顔をしかめる。指摘されると確かに過剰反応だったかもしれないと思う。その説明に一応は納得もした。だが自分に裸を見せて、からかって遊んでいるようなアルファの態度に、少しだけ言い返したくなる。

「……でも、やっぱり全裸はどうかと思うぞ？」

『良いのよ。所詮は作り物。目的さえ達成できるのなら、私は気にしないわ』

「作り物？」

『ええ。私の姿はコンピュータグラフィックスで作成されたものなの。だから私の外見は自由自在に変更できるわ』

その証拠だとでも言わんばかりに、アルファがその姿をアキラよりも幼い少女のものに変えた。

アキラが驚いて思わず声を出す。

「うおっ!?　アルファ、だよな？」

アルファがまだまだ幼いものの成長後の美貌を期待させる顔立ちで、それでも同一人物だと示す大人びた笑顔を向ける。

『そうよ。どう？　可愛(かわい)いでしょう？』

「えっ？　ああ」

アキラは驚いてはいるが、相手の外見に対しては特に好意的な反応を示していない。アルファがそれを察して、また姿を変える。

『勿論、逆も可能よ』

少女の姿が妙齢の女性の姿を経由して、そのまま老婦へと変わる。顔に多くの皺(しわ)を作りながらも、積み重ねた年月が生み出した品の良い雰囲気を纏っていた。

「おー、凄いな。本当に自由に変えられるのか」

アキラは感心したように驚いている。だが相手の容姿に対して、何らかの好みを示している様子は無かった。アルファはそれを確認すると、姿を一度初めのものに戻した。

『これだけではないわ。体型も髪型も、服装も含めて好きなように変えられるのよ？』

アルファが得意げに笑ってその姿を次々と変えていく。背を伸ばしたり縮めたり、痩せ気味の体型や丸みを帯びた体型にも変えていく。髪を短くしたり、床に着くほど長くしたり、明確に重力を無視した髪型にしたり、更には髪を七色に輝かせたりもした。

服装もどこかの学校の制服のようなものから、社交界で着るようなドレス、派手な水着、迷彩服、パイロットスーツ等、様々なものに変え続けた。そこには実在しているかどうかも怪しいほどに尖ったデザインの服も含まれていた。

アキラは次々に変わるアルファの姿に、初めの内はただ驚いていた。だがしばらくして余裕を取り戻すと、様々な衣装でポーズを取るアルファの姿を夢中で見ていた。

スラム街で過ごすアキラに、娯楽等は無いに等しい。踊るようにポーズを変えて、舞うように様々な衣装を身に纏うアルファの姿は、アキラを魅了するのに十分なものだった。

アキラはアルファを眺め、アルファはアキラを観察する。当初ランダムに変化していたアルファの姿が、その年齢、体型、髪型、衣装等が、少しずつ自分の好みに沿うように移り変わっていったことに、アキラは気付いていなかった。

楽しげな、妖艶な、穏やかな、魅惑的な、優しげな微笑みを浮かべながら、アルファはアキラを観察し続けていた。

『服装とかのリクエストが有るなら何でも受け付けるわよ。あ、それとも全裸の方が良い？　全裸。やっぱり全裸の方が、この魅惑の裸体を堪能できるから、そっちの方が良いかしら？』

その誘うような言葉に、アキラがまた少し慌てて出す。

「何でも良いから服は着てくれ！　何でそんなに全裸押しなんだ!?」

『アキラも今の内からそういうのに慣れておいた方が、後でハニートラップとかに引っかからずに済むと思ったのよ。そういう訓練も必要だと思わない？』

思う、と答えたら大変なことになりそうだ。アキラはそう考えて苦笑いを浮かべた。そして率直な感想の代わりに、照れ隠しを兼ねて少し拗ねたように答える。

「……こんな子供を引っかけるやつはいないよ」

アルファが逃げ道を塞ぐように反論する。

『今のアキラを引っかける人はいないかもしれないけれど、大金を稼ぐ有能なハンターを引っかける人は山ほどいると思うわ。アキラがそんなハンターになった時に、そういう人達にいろいろ邪魔をされたくないのよ。昔から女性で身を崩す男性は多いのよ？』

それほど稼ぐハンターになりたいとは思うが、なれるかどうかと問われれば、そこまでの自信は無い。その自信の無さがアキラの口調に出る。

「……俺、そんなハンターになれるのかな？」

それに対して、アルファが自信満々な態度で答える。

『なれるわ。何しろアキラには私のサポートが有るのだからね。少なくともアキラの意志以外は、私が誓って絶対に何とかするわ。意志とかやる気とか覚悟とか、そういうもの以外はね。流石にそれだけはアキラに頑張ってもらわないと、私にはどうしようもないわ』

アキラはしばらく黙っていたが、やがて強い覚悟をはっきりと表情に出した。

「分かった。意志とやる気と覚悟は、俺が何とかする」

アルファはとても嬉しそうに、満足げに笑った。その笑顔はアキラの覚悟を称える為のものであり、アキラの意志を自身の思い通りに誘導できたことへの評価でもあった。

# 第3話　命賭けの対価

　ハンターが命を賭けて危険な遺跡に向かう理由は、遺跡に眠る旧世界の遺物を取得する為だ。

　旧世界の遺物の定義は様々だ。広義では旧世界の非常に高度な科学技術に関連する全てのものを意味する。狭義では旧世界時代に製造された品々のことを指す。

　極めて高度な技術で製造された精密機械は当然として、何の変哲も無いコップであっても、それが旧世界製であれば一応は旧世界の遺物だ。当然だが、遺物の価値としては前者の方が上だ。

　そしてハンターにとっては高値で換金できる品となる。もっともその目利きが出来る者ばかりではないので、大半の者は遺跡に転がっている物の中からそれらしい物を持ち帰り、鑑定に出して金に換える。

　基本的に現在の技術では再現不可能な品ほど高値で売れるが、時には予想外のものが予想外の値段で売れることもある。安物のアクセサリーやありきたりな日用品にしか見えない物が、実は旧世界製で異常なまでに高性能な品だったということもある。

　ある遺跡で発見された小さなナイフは、軽く力を入れただけで肉や魚はおろか鋼やコンクリートすら容易く引き裂き、同時にどんなに力を込めても人間を切れないなど、一見矛盾した機能を有していた。

　更に幾度と無く鋼鉄を両断しても切れ味は全く落ちなかった。水に浸けても刃が錆びることは無く、王水に浸しても反応を示さなかった。

　企業の研究所がナイフの安全装置らしきものを解除すると、明らかに刃が届いていないにもかかわらず、戦車を乗員ごと両断した。その直後にナイフは粉々に砕け散った。

　類似の品は数多く見付かっている。現在の科学技術は、それらを解析することで成り立っている。もっとも、有能な研究者が自身の生涯と引き替えに得た英知を以てしても、その原理が解明された技術はごくわずかであり、ほとんどはよく分からないまま使用されているのが現状だ。

　だからこそ、旧世界の遺物は高値で取引されている。その遺物を求めて、今日も大勢のハンターが自身の命を賭けて遺跡に向かっていた。アキラも、その一人だ。


　アキラはアルファの指示への疑念から勝手な行動を取ってしまい、その結果巨大な機械系モンスターに襲われて死にかけるという失態を犯してしまった。そしてその自責の念から酷く落ち込んでいたが、アルファの励ましなどもあって立ち直った。その頃には外から聞こえていた砲撃音なども既に消えていた。

　アルファが外とアキラの両方の様子から遺跡探索の再開を決める。

『外も落ち着いたようだし、そろそろハンター稼業に戻りましょうか。アキラ。今度はちゃんとお願いね？』

　アキラが真面目な顔で頷く。

「大丈夫だ。今度はちゃんと指示通りに動く。約束する」

『よし。行きましょう』

　アルファは満足げに笑って返すと、再びアキラを先導して歩き始めた。アキラも真面目な顔でその後に続いた。

　ビルを出て、先程巨大な機械系モンスターと遭遇した場所を通る。倒壊したビルの横を通り、瓦礫を乗り越えて進んでいく。そして先程の戦闘の跡が残る場所を抜けて、更に進んでいく。

　アキラの安っぽい拳銃では太刀打ちできないのは当然として、それなりの対モンスター用の武装であっても勝ち目など欠片も無い存在が、見えない状態で近くをうろついていた。この経験は良くも悪くもアキラに強い影響を与えていた。表情も自然と険しくなる。

　だが湧いてくる怯えを覚悟で塗り潰し、アルファの指示に従っていれば大丈夫だと信じて、アキラは慎重に進んでいた。

　アルファはアキラのその様子に満足しながら、そこら中にモンスターが潜んでいる遺跡の中を、それらと絶対に遭遇しないように異常なほどに的確に案内し続けていた。

更にしばらく進む。既に遺跡の外周部とは呼べないほど奥に辿り着いていた。そこでアルファが遺跡に乱立しているビルの一棟を指差す。

『アキラ。ここで遺物を集めるわ』

アキラが指定された廃墟を興味深そうに見上げる。命を賭けて遺跡の奥深くまで来たのだ。どうしてもそれだけの成果を期待してしまう。

だがアキラには今まで何度も通り過ぎた他の廃墟と同じような場所にしか見えない。少なくともわざわざここまで足を運んだ意味がある建物とは思えなかった。

「何でここを選んだのか聞いてもいいか？」

アキラは何となくそう尋ねた後で、この問いはアルファを疑っていることになるかもしれないと思い、少し焦った。だがアルファは自信に満ちた笑顔を返してきた。

『いいわよ。中で遺物を探しながら説明するわね』

これなら期待できそうだ。アキラはアルファの笑顔を見てそう思いながら、先導するアルファに続いて機嫌良く中に入っていった。

アルファが指定した建物は旧世界時代の商業施設だった。アキラはその中を過去の盛況の面影を見ながら進んでいく。

ひしゃげた棚の近くには穴の開いた壁があり、掠れた血痕が残る床の上には機械系モンスターの残骸が散らばっている。生物系モンスターの大きな骨の側には、人間の骨が装備の破片と一緒に散らばっていた。

多種多様な商品で溢れていた、かつての光景の名残。その一部として残る数多くの遺物。その遺物を求めてここまで来た大勢のハンターが、大量のモンスターと交戦した痕跡だ。

現存している旧世界製の建築物は頑丈なものが多い。その建物の壁に穴が開き、天井が焦げている。それはこの場で行われた戦闘の激しさを分かりやすく示していた。それほど強力に武装したハンター達が、同様に強力なモンスター達と殺し合ったのだ。全てはこの場にあった旧世界の遺物を手に入れる為に。

散らばっている数多くの死体は、ここにその危険を冒す価値が有ったことを示していた。或いは旧世界の遺物という欲に抗えなかった者達の末路でもあった。

『ここを選んだ理由だけれど、第一に、安全面から。遺跡の機械系モンスターは、大抵は施設防衛用の警備装置とかなのよ。その警備の一環で生物系モンスターを排除することが多いの。つまりその手の場所では、生物系モンスターの脅威が下がるのよ』

「でもそれって、代わりに機械系モンスターに襲われるだけじゃないのか？」

『機械系モンスターは設定通りの警備ルートや警備場所を厳守することが多いの。だからその警備パターンを把握すれば遭遇する危険性を格段に下げられるのよ』

実際にこの建物も機械系モンスターである警備機械が巡回している。それらと遭遇しないのは、アルファの的確な案内のおかげだ。

『逆に生物系モンスターは状況に応じて棲息域を変えたり、結構気まぐれに移動したりして、遭遇予測が難しいの。だから私と一緒なら、機械系モンスターの割合が多い場所の方が比較的安全なのよ』

アキラはスラム街の路地裏では知り得ないそれらの話を興味深そうに聞いていた。

「なるほど。そういう考え方も有るのか。でも、そのパターンの把握ってどうやるんだ？」

『そこはいろいろ方法が有るの。でもそれをちゃんと、アキラが正しく理解して納得できるまで詳しく説明すると何十年もかかるから、その説明は省くわね』

そこでアルファが不敵に悪戯っぽく微笑む。

『それとも、ちゃんと聞きたい？　後で細かく質問してくれれば、アキラが納得するまで答えるって言ったしね。良いわよ？　話しても』

「あ、うん。遠慮しておく」

アキラはアルファの話を冗談だと捉えていた。初めから話す気は無いとも思っていた。だが、聞きたいと自分も冗談を返したら、本当に延々と話を聞かされそうな気配を感じて、少したじろぎながら話を流した。

アルファが予想通りの反応に微笑みを返す。

『そう？　まあ、気が変わったら言ってちょうだい。それでここを遺物収集場所に選んだ理由の続きだけれど、もう一つの理由は、遺物の厳選の為よ』

「厳選って、ここにはそんなに高価な遺物が残ってるのか？」

『遺物の価値も重要だけれど、その前にアキラでも持ち帰れることの方が重要よ。売れば大金になるものを見付けても、それが10トンぐらいの重さが有る品だったら、アキラにはどうしようもないでしょう？　逆に片手で軽く運べる物だったとしても、モンスターの横に有ったら持ち帰るのはちょっと無理よ』

「まあ、確かにな」

『アキラでも死なずに持ち帰れて、結構価値が高い遺物がそれなりに見付かりそうな場所。ここを選んだのは、その辺の兼ね合いを考えた結果よ』

アキラはアルファの説明を聞いて、命を賭けてここまで来た価値はあったのだと納得した。そしてそこから逆に思い付く。

「……あれ？　そうすると、俺が昨日探していた辺りには、もう本当に大したものは残っていなかったってことか？」

『あの辺の遺物はもう取り尽くされているわ。アキラのような子供でも遺物収集に行ける場所に、今も高価な遺物がたっぷり残っているのなら、大勢のハンターで賑(にぎ)わっているはずよ。そうでしょう？』

「……確かにそうだな」

昨日の自分は命を賭けて徒労を続けていた。アキラはそう思ってしまい、今更ながらに疲労感を覚えていた。

「頑張って遺跡に行けば高値の遺物が見付かると

思っていたけど、無謀だったか」

　少し気落ちしているアキラに、アルファが励ますように微笑みかける。

『その無謀のおかげで私と出会えたのだから、命を賭けて遺跡に行った価値は十分に有ったと思うわよ？　それがどれだけ幸運なことなのかは、これからの日々でたっぷり実感できるわ。期待していなさい』

　アキラが気を取り直したように軽く笑う。

「そうだな。期待してる」

『任せなさい』

　アルファは自信満々の笑顔を返した。

　正確には、遺跡の外周部には安値の遺物ならば、探せばそれなりに見付かる程度には残っていた。それらはそこらのハンターにとっては見向きもしない価値しかないが、スラム街の子供の基準ならば十分高価な物だ。

　つまり、アキラはそこまで徒労をしていた訳ではない。そして、アルファはそれを分かった上で、アキラを意図的に遺跡の奥に案内していた。

◆

　遺跡を訪れるのはハンターだけではない。企業も巨費を投じて遺跡に部隊を送り込んでいる。他にも多くの者達が、時に助け合い、時に殺し合いながら、遺物収集を続けている。この遺跡は割に合わない。そこを訪れる全ての者がそう判断するまで。

　それでも割に合わないと判断する基準は各自で異なっている。

　まずは企業が手を引く。企業の私兵は運用に多額の資金を投じているだけあって、装備も実力も非常に高い水準にある。それにより、人員損失時の損害も非常に高額になる。現在の技術では再現不可能な旧世界製の生産装置など、極めて入手困難であり企業間で武力込みの争奪戦になる類いの遺物以外では、早々に見切りを付けて手を引く。普通の遺物はハンター達から金で買えば済むからだ。企業など潤沢な資金を保持する組織は、金で買えるのであれば金で済ませる。

　次に一般的なハンターが手を引く。持ち帰る遺物から得られる報酬とモンスターの脅威を冷静に分析し、利害を天秤に掛けて、十分余裕を持って引き上げる。

　そして最後に実力者と無能が手を引く。その実力でぎりぎりまでモンスターを撃退し続けて遺物収集を続ける者と、欲にかられて引き時を誤り死んでいく者だ。

　こうして、遺跡から高価な遺物が減り続け、代わりに死体が積み上がり続ける。そして見付かる遺物の量と積み上がった死体の量から、この遺跡は割に合わないと全ての者から判断された時、遺跡はようやく寂れていくのだ。


　アキラが探索している廃墟には、かなり高額な遺物が少なからず残っていた。それはこの場所が、しっかりと武装したハンター達であっても割に合わないと引き上げた危険地帯である証拠だ。

　アキラは本来なら絶対に辿り着けない強力なモンスターがはびこる領域に足を踏み入れていた。

　もっともアキラには遺物の価値など分からない。アルファの指示に従ってそれらしい物を紙袋に詰めていく。この紙袋もここで見付けた物だ。事前に用意した袋は遺物の重量に耐え切れずに破けてしまった。

　持ち帰る遺物を詰め込んだ紙袋を、アキラは少し不安な表情で見ていた。紙製の買物袋はかなり薄く、頑丈そうにはとても見えない。

「……都市に帰るまでに、破れたりしないよな？」

『大丈夫よ。この紙袋も旧世界製。つまり旧世界の遺物よ。見た目より頑丈だから心配無いわ』

「なるほど。旧世界の技術か。凄いな」

　アキラが今度は袋の中を見る。中にはアルファが厳選した遺物が詰め込まれている。

　鞘付きのナイフが1本。用途不明の機械部品が幾つか。回復薬だと教えられた箱が数箱。包帯に見えいる。

る物。腕時計のような物。他にも様々な物が入って
　厳選の基準には、アキラのような子供でも持ち運べる物という内容が入っている。その為、どれも小物ばかりだ。

　アキラは何となくそこからナイフを取り出して手に取った。ナイフはそこらの露点に並んでいても不思議の無い普通の形状だ。鞘から出すと、丸められている刃が現れる。全く切れそうに見えない。

「……このナイフも旧世界製、なんだよな？　何か凄かったりするのか？　全然そうは見えないけど」

『それなりに切れる製品のはずよ。安全装置は付いているけれど、一応下手に触らないで』

「分かった」

　アキラがナイフを袋に仕舞う。袋にはまだ詰め込めるだけの空きが残っており、そこまで重くもなかった。

「……まだ入るよな。もう少し持って帰らないか？」

　折角ここまで来たのだ。出来れば限界まで持って帰りたい。そのアキラの未練に対して、アルファが真面目な表情で首を横に振る。

『駄目。それが限界よ。帰りにモンスターと遭遇したらそれを持って逃げないといけないの。荷物が嵩張ったり重かったりで逃げ遅れたら死ぬわ。欲張らないの』

　アキラも命は惜しい。そしてアルファの指示には出来るだけ従おうと決めている。残念に思いながらも、しっかりと頷いて未練を切り捨てた。

「……分かった。それで、これ、全部で幾らぐらいになるんだ？」

『それは私にもちょっと分からないわ。遺物の買取額も需要に応じて変動するしね。それと、全部売る訳ではないわ。ナイフは自分用に残しておきなさい。医療品も売らない方が良いわ。ちょっとした怪我でも治療が不十分だと後々大変になることも多いから、保険だと思っておきなさい』

「そうすると、売れる遺物は更に減るのか……」

『必要経費よ。我慢しなさい』

「……分かった」

アキラは売れる遺物が大分減ったことを少し残念に思いながらも、これでも今の自分には大成果だと思い直して気を切り替えた。

『それじゃあ、帰りましょうか。帰りも大変だと思うけれど、十分注意してね』

「ああ。分かってる」

『あのモンスターの警備地域を、今度はそこそこ重い荷物を持って通るの。荷物の所為で動きが鈍って見付かったりしたら、今度こそ木っ端微塵になるかもしれないわ。本当に注意してね？』

アルファがそう言って意味有りげに微笑むと、アキラが顔を引きつらせる。

「だ、大丈夫だ」

『じゃあ、出発ね』

アキラが再度緊張した様子でアルファの後に続く。アルファは楽しげに笑っていた。

アキラは何とか遺跡の外まで戻ってきた。ここはまだ荒野であり十分危険な場所だ。

しかし見えないモンスターがうろついている遺跡の中と比べれば格段に安全であるのも事実だ。まだ生還したとは呼べない段階だが、それでも無意識に区切りを付けて緊張を緩めてしまう。その所為で緊張で忘れていた心身の疲れを思い出し、大きく息を吐いていた。

アルファがその様子を気遣うように微笑んで声を掛ける。

『疲れたのならしばらく休む？　周囲の警戒は私がするから安心して良いわよ』

「そうだな。でも俺も早めに都市まで戻りたいから、少しだけにする」

『分かったわ。じゃあその間は雑談でもしましょうか』

雑談といってもスラム街の路地裏を一人で生き抜いてきたアキラに話の種など無い。基本的にアルファが話し、アキラが相槌(あいづち)を打つ形になっていた。

『そういえば知っている？　あのクガマヤマ都市は

元々このクズスハラ街遺跡を攻略する為に作られたのよ？』

「へー。そうなんだ。詳しいんだな」

『私はこれでも結構物知りなのよ。まあ東部の情報が中心で、西部や中央部の情報はさっぱりだけれどね』

「西部か……。俺もよく知らないけど、人外魔境だって話は聞いたことがある」

『私もよくは知らないのよね。科学技術とかが全く発展していないとか、魔法使いがいるとか、眉唾の話をちょっと知っているぐらいよ』

「中央部は、確か、国家……だったか？　何かそう呼ばれている組織がたくさん有るんだっけ？」

『そうらしいわ。その中央部より東側を東部と呼ぶの。東部統治企業連盟、通称統企連の支配地域のことを指すこともあるわ。アキラは中央部とかに興味があるの？』

「いや、そんなのより東部の一般常識とかを先に知りたい。俺はまだ文字も読めないんだ」

『分かったわ。読み書きの他に、その辺の一般教養もアキラの訓練に加えておくわね。任せておきなさい』

「そ、そうか。ありがとう」

『どう致しまして』

アルファの至れり尽くせりの申し出に、アキラは感謝しながらも少し怖くなった。無料の代償は高く付く。その手の思考が染み付いているからだ。

アルファはそのアキラに優しく微笑んでいる。誰よりも、アルファ自身の目的の為に。

◆

クガマヤマ都市まで戻ってきたアキラは、早速ハンターオフィス運営の買取所に向かった。

この手の買取所は都市の防壁の内外に複数存在している。そして立地によって利用者が大きく異なる。防壁内の買取所は一流のハンター達を主な顧客にしている。持ち込まれる遺物も相応に貴重なものばかりで、時には企業が争奪戦を繰り広げて買取価格を上げていく。

アキラが向かったのは下位区画の買取所だ。それもスラム街に近い立地で、利用者も駆け出しハンターやスラム街の住人などが大半の、買取所の格としては最低に近い店舗だ。

その為、そこには本来は遺物専用の買取所であるにもかかわらず、安値の遺物どころか遺物ですらない品も持ち込まれていた。そしていつの間にか遺物以外でも基本的に安値ではあるが買い取るようになり、スラム街の住人達の貴重な収入源になっていた。

アキラは買取所に入ると、売却する遺物を紙袋から出して買取用のトレーに載せる。そしてトレーを持って窓口の列に並んで順番を待った。アルファの助言通り、ナイフと医療品は売らずに残す。

窓口の職員はノジマという中年の男だ。ノジマは、アキラの格好を見てスラム街の子供だと判断し、それ相応の対応をしようとした。だがトレーに載っている遺物を見て対応を切り替える。買取品がスラム街で拾えるような品ではないことに気付いたのだ。

「ハンター証があるなら出せ」

アキラが紙切れのような自分のハンター証を提示すると、ノジマはそれを受け取り、手元の端末を操作した後で、三枚の硬貨と一緒に返却した。買取品はトレーごとノジマの後ろの棚に置かれた。

アキラがその三枚の硬貨を見る。100オーラム硬貨が三枚で、300オーラムだ。

オーラムとは坂下重工が発行している企業通貨だ。坂下重工は統企連を構成する五大企業の一社であり、オーラムはその発行元である坂下重工の統治下、つまり坂下重工を主軸とする経済圏内で主に使用されている。クガマヤマ都市もその一部だ。

300オーラムの価値は人それぞれだ。クガマヤマ都市の下位区画の一般人ならば、安めの食事の一食分だ。上位区域の住人にとってはコップ一杯の水の代金にもならない端金だ。

危険な遺跡で命を賭けた成果。巨大なモンスターに襲われて危うく死にかけたが、アルファのサポートのおかげで辛うじて生き長らえて、本来なら絶対に到達できない場所から持ち帰った遺物の代金。それが今アキラの掌に載っている。たった三枚の硬貨、300オーラムとなって。

アキラは非常に不満そうな表情で掌の300オーラムを見ていた。そして湧き上がった感情のままに、険しい顔で顔を上げる。するとその反応を見越していたノジマと目が合った。

アキラが自分でもよく分からない何かを口に出そうとする前に、ノジマが真面目な表情で釘を刺すように説明する。

「お前にもいろいろ言いたいことが有るんだろうが、ハンターランク1、信用無し、実績ゼロのハンターの、初回の買取代金は300オーラム固定だ。得体の知れないゴミクズ同然かもしれない何かに、調べもせずに300オーラムも支払ってくれることをむしろ感謝しろ」

アキラはその言い分を理解はした。一定の納得もした。だがそれでもその表情は険しい。完全には納得できないからだ。だが同時に抗議しても無駄だということも理解していた。

ノジマがそのアキラの様子を見ながら続ける。

「買取品の査定が終わるのは早くても明日だ。査定が終わったら次回の買取時に残りの金額を支払う。査定金額が300オーラムを下回ったら、逆にそっちに払ってもらう。高値で売れるものを持ってきた自信があるのなら、また何か売りに来い。本人確認はハンター証で行う。ハンター証を無くしたら信用も実績も一からやり直しだと思え。以上だ。質問は？」

アキラが何とか口を開く。

「……明日、また来れば良いのか？」

「査定が終わっていればの話だ。高価な遺物ほど査定に時間が掛かる。査定が終わっていても、次回の買取品が無い場合も駄目だ。ちゃんと何か持ってこい。前回分の支払いは、次回の買取品をこっちに渡した後だ」

ノジマの態度は厳しいものだったが、そこにはわずかではあるがアキラを気遣うようなものが含まれていた。

　アキラのような子供がハンターを目指して、何とか遺物を持ち帰って買取所に来るのはそう珍しいことではない。ノジマはそういう子供を数多く見ている。だが2度目の買取に来る者は少数だ。それはハンターとして生きるのを諦めたか、死んだかのどちらかだ。10回目の買い取りに来る者などほんの一握りだ。

「今日お前がどれだけ無茶をしたかは知らん。だがな、ハンター稼業で食っていくのなら、その無茶をこれからずっと続けていくことになるんだ。この程度のことで心が折れたんだったら、もうやめとけ。死ぬぞ」

　アキラが真剣な表情で答える。

「嫌だ。命賭けなのはスラム街だって同じだ。俺は這い上がる。絶対にだ」

　覚悟を決めた人間は相応の強さを得る。そしてその強さが生き残る可能性を引き上げる。ノジマはアキラの言葉に確かな決意を感じて軽く笑った。

「そうか。まあ、気を付けな」

　こいつは大丈夫かもしれない。ノジマはそう思ってわずかに機嫌を良くした。

　アキラが買取所の外で掌の３００オーラムをじっと見ている。一度は割り切った。だがそれでも思うところは有る。少し気落ちした心を吐き出すように溜め息を吐き、遺跡で命を賭けた対価を懐に仕舞った。

　アルファがアキラを励ますように笑う。

『大丈夫。対価の残りを受け取るのが少し遅れるだけよ。期待して待っていなさい』

　アキラは気を取り直し、表情を引き締めて深く頷いた。

「……そうだな。そうだ。これぐらいで凹んでたまるか」

　少々無理矢理に気力を取り戻すと、その意気に乗って次の計画を立てる。

「アルファ。明日また遺跡に行く。構わないか？」

『勿論よ』

アキラは寝床にしている裏路地に向かった。今日は早めに休み、万全の体調で明日の遺物収集に臨む。そう意気込んでいた。

だがその望みは叶わず、次の遺物収集は翌々日となった。裏路地でスラム街の住人に襲われたのだ。買取所に何かを持ち込んだ者なら金を持っていると踏んで買取所を見張っていた者達だった。

３００オーラム。たったそれだけの金を奪う為に、命賭けで稼いだ金を奪われない為に、アキラと襲撃者達はスラム街の裏路地で殺し合った。

勝者はアキラ。だが腹に被弾した。普通なら十分に致命傷だ。

その命を繋いだのは、遺跡で手に入れた回復薬だった。その効果は劇的で、腹に被弾したのにもかかわらず、たった一日の休養を挟んだだけで、体調は万全になった。

自分はまだまだ遺跡どころかスラム街でも死にそうになる程度の者でしかない。アキラは改めてそう自覚した上で、それでも再び遺跡に向かう。ハンターとして成り上がる為に、ここで止まる訳にはいかない。そう決意を新たにした。

# 第4話　旧世界の幽霊

　買取所で遺物を売り、裏路地で襲われ、一日休養を挟んだ次の日、アキラは再び訪れたクズスハラ街遺跡の中を慎重に進んでいた。今回は前回の轍は踏まない。初めからアルファの指示通りに動いている。

　アルファはそのアキラの様子に、態度と動きの両方に満足して機嫌良く微笑んでいた。

『その様子なら、体は問題無いようね』

「ああ。よく分からないけどすこぶる調子が良いんだ。一日休んだだけなのに、撃たれる前より調子が良い。ちょっと怖いぐらいだ」

　アキラの体調は非常に良かった。倦怠感の欠片も無く、意識もいつもより冴え渡っている。指先にまで力がみなぎっているような感覚さえ覚えていた。

　前回の遺跡探索と同じように、瓦礫をよじ登るなど体に負担の掛かる動きもしているが、問題無く奥に進めている。先日撃たれたのが嘘のようだった。

　アキラはそれを改めて自覚して不思議そうにしていた。するとアルファが何でもないことを教えるように話す。

『それは恐らく回復薬の効果よ』

「回復薬？　怪我があんなに早く治ったのには驚いたけど、撃たれる前より体調が良くなったのとも関係があるのか？」

『念の為に回復薬の用量をかなり増やしたから、恐らく銃創以外の怪我も一緒に治療されたのよ』

「あの撃たれたやつ以外に、怪我なんてしてなかったはずだぞ？」

　ますます不思議そうにするアキラとは対照的に、アルファは変わらずに微笑んでいる。

『昨日、アキラから今までの生活の話をいろいろ聞いたでしょう？　そこからの推察になるけれど、アキラの体には長年の過酷な生活でかなりの負担が掛かっていたのだと思うわ。それこそ、細胞単位でね』

「いや、確かに裏路地の生活はきついけど、それはちょっと大袈裟じゃないか？　今までも普通に動けてたし……」

アキラが少し怪訝な顔を浮かべていると、アルファから長期の栄養失調等が身体にどれほど甚大な被害を与えるかなどについて説明された。その理解が進むにつれて、アキラの表情が複雑なものになっていく。

「……つまり、俺はある意味ずっと瀕死の状態だったってことか？」

アルファが少し得意げに微笑む。

『アキラが今まで普通だと思っていた状態は、実はそれほど酷い状態だった。まあ、そういうことよ。助かって良かったわね？』

アキラが少し顔をしかめる。自分が送っていた日々の酷さを改めて思い知ったこともあって、良かった、と軽く答えて済ませるには、少々難しい複雑な感情が胸中に湧いていた。

だがそれらの気持ちに取り敢えず蓋をする。今は気持ちの整理をするような状況ではない。そう理由を付けて、熟考して気付いてしまえば山ほどの疑念、不信、蟠り（わだかま）を生みかねない無数の要素から目を逸ら（そ）し、指示に集中して先を急いだ。

アキラは遺跡の中を順調に進んでいた。少なくともアキラ自身はそう思っていた。モンスターとの遭遇も無い。アルファの指示も普通の内容で、どこかに潜んでいる大量のモンスターの間を掻い潜（くぐ）っているような様子も感じられなかった。

指示にしっかり従っていれば大丈夫だろうという考えもアキラに安心感を与えていた。それは緊張を和らげ、危険な遺跡の中を移動している最中だというのに、思考を周辺の警戒以外のことに振り分ける余裕さえ生み出した。

その余裕が、実は結構気になっていたことに対して、遺跡探索の最中だからと閉ざしていた口を開かせる。

「アルファ。ちょっと聞いても良いか？」

『良いわよ。何でも聞いて』

「何でそんな格好をしてるんだ？」

アルファの服装は過剰なまでにフリルで装飾された純白のドレスだ。両袖と下半身が煌びやかな大量の布地で装飾されていた。

『あら、そんなに似合わない？　それとも、着替えの催促？　こういう服はアキラの好みからそんなに外れているの？』

アルファが少し芝居がかった動きで軽く舞うように回り、美しくも挑発的に微笑んだ。何層にも積み重なった布地がその動作に併せて流れるように舞い、輝く長髪が一呼吸遅れて宙に弧を描く。素肌を晒す背中の代わりに、大胆に開いた胸元がアキラの前に現れた。

アキラはそのどう考えても遺跡探索には場違いなアルファの格好について尋ねたのだが、思わずその姿に見惚れた所為で当初の疑問を一時忘れてしまい、アルファからの問いに普通に答える。

「……いや、似合ってるとは思う。まあでも、俺の好みって話なら、俺はアルファと初めて会った時の格好の方が良いと思うけど……」

普段はまず見掛けない旧世界製の衣服が放つ独特の雰囲気や、アルファとの非常に印象深い出会いの衝撃などもあって、アキラはアルファが最初に着ていた服を結構気に入っていた。アルファがそれを分かった上で楽しげに笑う。

『初めて会った時の格好……、つまり全裸ね！』

次の瞬間、アルファの服が消失し、煌びやかな布地で隠されていた芸術的で魅惑的な裸体が、再び惜しげも無くアキラの眼前に晒される。途端にアキラが慌て始めた。

「違う！　その後の服装だ！　服を消すな！　戻せ！　何でそんな全裸押しなんだ!?」

アルファが再びドレス姿に戻って軽く笑う。

『高精度な演算処理で綿密に計算して生成された私の裸体に興味が無いなんて、アキラは随分子供なのね。色気より食い気の年頃なの？』

アキラが少し意地になって少々強がる。

「そうだよ。間違いなく俺は子供だよ。食い扶持を稼がないとすぐに飢え死にするから色気より食い気だ。……それで、その格好の理由は？」

　初めて会った時にアルファが全裸だったことには明確な理由があった。それならば、遺跡探索には全く似つかわしくない今の格好にも何らかの意味が有るのかもしれない。アキラはそう思って何となく尋ねただけだ。別にどうしても知りたい訳ではない。アルファが真面に取り合わないのならば、もう深く聞く気は失せていた。

　だがアルファからアキラをからかう態度が消える。微笑んではいるが、少し真面目に話し始める。

『私の姿は一種の拡張現実だって説明したわよね？　旧世界の施設にはその手の拡張情報を発信しているところも多いの。そして私はその送受信システムに介入して拡張情報を広域に発信しているわ』

　アルファの様子を見て、アキラも真面目な態度になる。だが話の意図が分からず少し困惑していた。

『アキラはその情報を直接取得して私と会話までしているけれど、情報を取得できる装置さえ有れば、私の姿を見るぐらいのことは普通の人でもできるのよ』

　そこまで言ってから、アルファが表情をもう少し真面目なものに変える。

『それで、前にも説明したと思うけれど、覚えている？　ほら、私を認識できる人を効率良く探す為に、何らかの反応を得やすい格好をしていたって話よ』

「覚えてるけど、まだそれを続けて……」

　アキラがそこで言葉を止める。そしてかなり険しい表情を浮かべた。

「……つまり、誰かに見られているのか？　その装置を使っているやつが近くにいるのか？」

　アキラの返答と同時に、アルファの表情から笑顔が消えた。

『ええ。絶対に振り返っては駄目よ。ずっとアキラを尾行しているわ。後ろの方から結構距離を取って、今もアキラを見ているわ』

　アキラの表情が一気に険しくなる。アルファの表情は状況の深刻さをアキラに分かりやすく伝えていた。

◆

アキラ達の後方の大分離れた場所から、アキラの様子を探る男達がいた。カヒモとハッヒャという二人組のハンターだ。

カヒモ達がクズスハラ街遺跡の外周部しかうろつけないような駆け出しハンターではないことは、その装備を含めた風貌からも明らかだ。

ハッヒャは体の一部を機械化しており、頭部の両目がカメラのようになっていた。カヒモは生身だが荒野用の武装をしっかりと揃えていた。

カヒモは双眼鏡で、ハッヒャはカメラのようになっている両目、その望遠機能で、素人には絶対に気付かれない距離からアキラを観察していた。

カヒモが怪訝な顔を浮かべる。

「あのガキ、随分奥まで行くんだな。あんな手ぶら同然の装備で遺跡の奥に行くなんて自殺と変わらん。何を考えてるんだ？」

ハッヒャがカヒモの疑念を笑って流す。

「何も考えてない馬鹿ってだけさ。そういう馬鹿だから常識に囚われずに遺物を見付けられたんじゃねえのか？　ここの外周部にはもうろくなものが無い。それがこの辺のハンターの常識だ。さっさとあいつを襲って遺物の場所を吐かせた方が手っ取り早かったかもな」

カヒモが少し不機嫌な声を出す。

「おい、口を割る前に誤って殺したら不味いって、俺を止めたのはてめえだろうが」

ハッヒャが緊張感に欠ける様子で軽く笑ってカヒモを宥める。

「そう言うなよ。あんなガキが遺跡のここまで奥に行くとは思わなかったんだ。お前だって外周部のどこか、その辺の廃ビルとかだと思ってたんだろ？」

「まあな。スラム街のガキが一人で遺跡のこんな奥から生還するとは普通は思わねえ。この辺はもう結構危険だ。もう少し奥なら俺達だって危ない」

「だろう？　そんなに怒るなよ」

カヒモ達は興味本位でアキラを観察している訳ではない。ろくに武装もしていないスラム街の子供が、買取所に高値の遺物を持ち込んだ。その話を聞き付けてのことだった。

クズスハラ街遺跡の外周部には金になる遺物はもう残っていない。それがこの辺りのハンター達の共通認識だ。だが絶対に無いと思っている訳でもない。瓦礫で埋もれた場所の中などに、大量の遺物が眠っている可能性が残っているからだ。

倉庫に続く通路が何らかの理由で塞がれていたが、モンスターの攻撃の余波などで偶然通路に穴が開いて入れるようになった。非常に見付けにくい場所にあるビルの出入口を誰かが偶然見付けた。その手の事例は数多く報告されている。当然だが、誰もが自分で探すのは割に合わないと判断する程度の稀な頻度での話だ。

その手の発見が起きると、既に寂れた遺跡に大勢のハンターが再び群がることも多い。発見者が一度では持ち帰れないほどに大量の遺物が残っていれば、残りは当然ながら早い者勝ちになる。その為その手の情報に網を張っている者はそれなりにいた。カヒモ達もそうだった。

スラム街の子供が高額な遺物を買取所に持ち込み、その金を巡って殺し合いも起こった。その情報を得たカヒモ達は内容を精査した上でその話を信じた。つまりスラム街の子供でも行ける場所に高値の遺物が有ると判断した。

更にその場所をクズスハラ街遺跡の外周部だと断定した。ただのスラム街の子供が生還できそうな遺跡など、クガマヤマ都市の周辺にはそこしかないからだ。

その子供が遺跡のどこかで偶然遺物を見付けたのなら、発見場所が倉庫か何かで他にも遺物が大量に残っているのなら、近い内にまた同じ場所へ行くだろう。そう判断したカヒモ達はその遺物を横取りする為に動き出した。そして遺跡で待ち伏せしてそれらしい子供を探し、アキラを見付けたのだ。

カヒモはアキラを捕まえて場所を吐かせるつもり

だった。だが戦闘になりうっかり殺してしまうのは不味いとハッヒャに止められたので、アキラの後をつけて遺物の場所まで案内させる方針に変更した。しかし再びそれもどうかと思い始めていた。

「ハッヒャ。やっぱり今からでも力尽くで口を割らせようぜ。相手はろくに武装もしていないガキ一人なんだ。うっかり殺さないように注意すればいい。お前も手っ取り早い方が良いだろう?」

ハッヒャから返事は返ってこなかった。カヒモが怪訝な顔をする。

「おい、どうかしたのか?」

ハッヒャがようやく呟くような声を出す。

「……ガキが一人だけ……なんだよな?」

「一人だけだろ? 他にどっかに隠れているようには見えねえぞ」

カヒモが不思議に思い、愛用の双眼鏡で再度アキラの近辺を見渡した。

この双眼鏡はなかなかに高性能で、かなり遠方でも高い解像度で鮮明に見ることができる。また真夜中でも映像を昼間のように補正する機能や、不可視光線を識別して簡単な光学迷彩を見破る機能も付いている。更に人やモンスターなどの姿を識別して強調表示する機能まで備わっている。

これだけ高性能な双眼鏡になると、遺跡が発信している拡張現実の情報を取得して追加表示するネットワーク機能も付いている製品も多い。だがこの双眼鏡には付いていない。

カヒモは過去に機械系モンスターからそれらの機能を逆に利用された経験があった。それで普通なら見えるはずの敵の姿を映像処理で消されてしまい危なく死ぬところだった。その手痛い経験から今は全てローカルで処理する双眼鏡を愛用していた。

「いねえよ。周囲にモンスターの姿も無い。あのガキだけだ」

ハッヒャが表情を歪めて少し言いにくそうに答える。

「あー、えーとな、先に言っておくが、俺は薬とかはやっていないし、酔ってもいない。お前をからかうつもりも無ぇ」

「だから何だ。さっきから何か変だぞ？」

「……あのガキの側に、女が見えるんだ」

「女？」

カヒモが怪訝な様子で再度確認する。だがそれらしい者は見えなかった。

「いや、いない。やっぱりガキだけだ。女の姿なんかねえぞ」

　ハッヒャは少し顔色を悪くしている。

「……お前には見えないのか？　俺には見えるんだよ。凄え美人の女がさっきからずっとガキの道案内をしてるんだ」

「それならその女の格好を言ってみろ。詳しくだ。どんな格好だ？」

「……高そうな白いドレスを着てる」

「ドレス？　ここをどこだと思ってるんだ？　遺跡の中だぞ？」

　カヒモが敢えて疑い深く尋ねると、ハッヒャが冷静さを失ったように声を荒らげる。

「本当だ！　嘘じゃねえ！　酔っ払ってる訳でもねえ！　幻覚でもねえ！　俺だって遺跡に行く時は流石に酒も薬も抜いてるって！」

　カヒモはそのハッヒャの態度から嘘は吐いていないと判断する。しかし自分には見えないことも事実であり、怪訝な様子を強くした。そしてしばらく思案し、その辻褄を合わせるものに思い至る。

「ハッヒャ。お前の両目のパーツは確か拡張機能付きだったよな？」

「ああ。高い金を出して改造したって自慢してた野郎のパーツを移植したやつだ。ネットワーク機能を何度も自慢してたっていうのに、遺跡であっさりくたばった野郎のだ。結構高性能で便利なんだが、たまに勝手に情報を受信して、俺の視界にいろいろ拡張表示するのが難点だ」

「正規商品以外のパーツに手を出すからだ。どうせそれも、どこかの遺跡でくたばったやつから剝がされたものをそいつが買ったんだろう。そいつがくたばった理由も、突然の機能障害とかで視界がおかしくなった所為だろうな」

「うるせえな。改造費とか安かったんだ。良いじゃねえか。遺物を探す時に便利なんだよ。ただ、制御装置があいつの頭と一緒に吹っ飛んだから、機能の切り替えが上手く出来ないんだよな。制御装置を追加するのにも金が掛かるから、その辺は後回しにしてるけどな。何で急にそんなことを聞くんだ？」

カヒモが表情を真面目なものに変える。

「その女は遺跡の道案内機能かもな。俺には見えないがお前には見えるってことは、立体映像ではなく視界を拡張表示して追加するタイプだ。遺跡の一部の機能が生き残っていて拡張情報を発信しているのかもしれない。それでお前のパーツが変な情報を取得したのかもな。所謂旧世界の幽霊ってやつだ」

ハッヒャが驚きながらアルファの姿を再度注意深く確認する。

「……あれが？　本物にしか見えねえぞ？　あの女には影だってちゃんと有る。あの格好以外に不自然な箇所は無い。視界に拡張表示されるものは、大抵現実と何らかの差異があるんだ。影が無かったり、伸びる方向が変だったり、壁を突き破っていたり、そういう不自然さが有るんだ。あれにはそれが全く無いぞ。不自然なところはこんな場所でドレスを着てるってことだけだ。……いや、それだけで凄え変だけどさ」

カヒモの真面目な態度が無ければ、ハッヒャはその話を冗談だと思って笑って流していた。アルファの姿にはそれだけの現実感が存在していた。

カヒモが真面目な態度で続ける。

「その女がクズスハラ街遺跡の道案内機能の一部なら、旧世界の技術で表示されていることになる。その手の不自然さや違和感を覚えさせないぐらいに高い技術で描画されているんだろうな」

「……そうか。あれが旧世界の幽霊ってやつなのか。初めて見た。凄えな」

ハッヒャは興味深そうな視線をアルファに向けていた。自分にしか見えない女がいるという不気味さは、相棒がその話を信じたことと、更に自分でも納得できる理由が添えられたことで、そのまま強い興味に変わっていた。

　カヒモがそこに付け込んで何かを思い出したように話を続ける。

「……そういえば、クズスハラ街遺跡には怪談が有ったな。誘う亡霊……だったか」

「それ、俺も知ってるぞ。遺物を餌にしてハンターを遺跡の奥に誘い込んで殺す幽霊の話だろ？　多くのハンターが誘われて、生きて帰ってきたやつはいないって話だ。死んだハンターが仲間を求めて、生きているハンターを誘い込むんだ。最近は老若男女どころか、犬やら猫やらいろんな姿で誘ってくるんだってな」

　カヒモは軽く頷いて肯定を示した後、話の主導権を握るような表情と口調で続ける。

「遺物収集に来て遺跡でくたばるなんてのは、ハンターの死に方じゃ普通だ。そこで重要なのは、生きて帰ってきたやつがいないのに、何でそんな怪談になるか、だな」

「……そういえば、何でだ？」

「答えは、付いていかなかったやつがいるってことだ。亡霊が見えたやつだけが付いていった。見えなかったやつは付いていかなかったってことだな。亡霊は誰にでも見える訳じゃない。見えるやつと見えないやつがいて、そいつらの間で話が食い違ったりして詳細を確認できないからこそ怪談になるんだ」

　ハッヒャが少し怯え出す。自分達はアキラを追うことで、まさにその亡霊の後を追っているからだ。

「じゃ、じゃあ、あの女に付いていったら俺達も死んじまうのか？」

　そこでカヒモが意味深に笑う。

「……こうも考えられる。あのガキが金になる遺物を見付けられたのはなぜか？　それはお前のようにあの女が見えているからだ。あの女は旧世界の都市管理機能の一部で、今もある程度機能していて、自分を見えるやつに対して道案内をしている。あのガキは遺物が有りそうな場所を女に聞いた。そして女の案内のおかげでモンスターにも発見されずに安全に遺物が残っている場所を見付け出せた。どうだ？　こういう考えもありじゃないか？」

カヒモの期待を煽る話し振りに、ハッヒヤの期待も高まっていく。

「そうか！　……いや、でも女の道案内で死なずに済むのなら、あんな怪談にはならないんじゃないか？」

ハッヒヤは一度は喜んだもののすぐに怪訝な顔を浮かべた。そこにカヒモが諭すように続ける。

「女の案内があってもモンスターに見付かる可能性が低くなるだけで、見付かる時は見付かるんだろう。加えて、あの女の道案内機能を知ったハンターが、他のやつに遺物を取られないように、女に付いていったら死ぬっていう噂を流したのかもしれない。その後に同じように何度も遺物収集を繰り返すと、当然遺跡の外周部に近い遺物から無くなって、だんだん遺跡の奥に案内されるようになる。それで奥部の強いモンスターに運悪く見付かって結局死ぬ。付いていったら死ぬって噂通りの結果だけが残って、積み重なって怪談になるって訳だ」

ハッヒヤはカヒモの説明に納得すると、非常に嬉しそうに笑った。

「そういうことか！　それなら付いていっても問題ないな！　あのガキだって生きて帰ってきた訳だし、注意すれば死ぬことはない！」

「俺の予測が合っている保証は無い。だが合っていれば、効率良く遺物を探し出せる手段が手に入る。まあでも、死人有りの噂だ。危険ではある」

カヒモはハッヒヤを落ち着かせようとしたが、ハッヒヤは興奮を抑え切れなかった。遺跡での安全と、高価な遺物。その両方を容易く得られる手段が手に入るかもしれないのだ。その価値を理解できないハンターなどいない。

「大丈夫だろ？　心配性だな！　こんなチャンスは見逃せねえよ！」

「まあ、もう少し様子を見ようぜ」

カヒモが冷静な目でハッヒヤを見ながら考える。

（……その手段を独占する為にチーム内で殺し合っ

た。生き残ったやつが、仲間が死んだ理由を亡霊の所為にした。当然、亡霊を見えるやつがだ。その可能性も十分に有る。まあこの馬鹿なら、適当な理由を付けて俺の前を歩かせておけば問題無いか……）

カヒモは自身の考えをハッヒャに悟られないように注意しながらアキラの監視を再開した。

◆

自分をずっとつけている者達がいる。今も背後から距離を取ってこっちを見ている。アルファからそう教えられたアキラは、思わず顔を険しくした。

「アルファ。そいつらは、どんなやつなんだ？」

『男が二人。装備から判断するとハンターよ。しっかり武装しているわ』

「……勘違いとか、そういう可能性は無いのか？　別に俺の後をつけている訳じゃなくて、遺跡で子供を見掛けたからちょっと気になって見ているだけとか、たまたま移動方向が同じだっただけとか……」

『無いわ。それらの可能性を考慮してしばらく彼らの行動を観察していたけれど、間違いなくアキラを尾行しているわ。わざとしばらく立ち止まって見たりしたけれど、それでも一定の距離を保ち続けているの。明確にアキラを尾行しているわ』

アキラが顔を歪めながらも、まだ残っている希望的観測を続けて口にする。

「……何で俺なんかの後をつける必要があるんだ？　俺を襲うつもりだとしても、俺に金なんか無いことぐらい見れば分かるだろう？」

その問いは、だから違っていてほしい、という希望の表れだ。それを分かった上で、アルファがアキラに現実を直視させる。

『何らかの方法でアキラが遺物を買取所に持ち込んだのを知ったのかもしれないわ。簡単に殺せそうな人物が高価な遺物を持ち込むのを、買取所で見張っていたのかもしれない。或いは買取所の人間から獲物の情報を買ったのかもしれないわね』

希望的観測が現実的で悲観的な推測で塗り潰され

るたびに、アキラの表情が険しくなっていく。

『アキラを尾行する理由は、遺物が有りそうな場所まで案内させる、ついでに殺して遺物も奪う、そんなところでしょうね。敵である理由は幾らでも考えられるわ。少なくとも、敵ではない理由よりも多くね』

そしてアルファは表情を一段と真剣なものに変えた。

『アキラ。敵として対処しないと、死ぬわよ？』

それでアキラも頭から楽観視をようやく排除した。大きな溜め息を吐き、表情を更に険しくする。

「……クソッ！　今度はハンターかよ！」

遺跡探索の初日は巨大なウェポンドッグ。次は更に巨大な機械系モンスター。そして今度はハンターだ。アキラは思わず頭を抱えた。

『アキラ。取り敢えずあのビルの中に入って。なるべく自然にね。向こうを見ないように注意して』

「分かった」

アキラは指示通りに注意して廃ビルの中に入っていく。そしてアルファの案内でビルの一室に到着すると、壁を背にして座り込んだ。その顔は一段と厳しいものになっている。

『このビルにモンスターはいないから安心して良いわよ』

「……。ああ」

アキラの返事には焦りが満ちていた。しっかり武装したハンターの強さはアキラもよく知っていた。そしてその者が強盗に変わった場合の質(たち)の悪さは、もっとよく知っていた。その手の質の悪いハンターがスラム街で幅を利かせて、死体を量産しているからだ。

どう戦えば良いかいろいろ考えてはみたが、良い考えは全く思い付かなかった。思い付いた方法で戦った結果を想像すると、過程の違いはあれど、全て無惨に殺される結果で終わっていた。どの戦い方でも勝ち目など全く無かった。

『アキラ』

その少し強めの呼び掛けに応じてアキラが顔を上

げると、アルファが眼前まで顔を近付けていた。驚いて仰け反り、その勢いで頭を背後の壁にぶつけ、痛みで小さな声を出す。その驚きと痛みが、最悪の思考を繰り返した所為で焦燥を恐怖に変えようとしていた頭を、良い意味で呆けさせた。

　驚きと痛みが引いていくのと一緒に、我に返ったアキラは落ち着きをそれなりに取り戻した。微妙に焦点が合っていなかった目も、今はアルファをしっかりと見ている。アルファはそれを確認した上で、優しく力強く微笑んだ。

『しっかりしなさい。大丈夫。私がしっかりサポートするわ。アキラを死なせたりなんか絶対にしないわ』

　アキラが驚きながらも希望を持つ。

「逃げられるのか？」

　しかしアルファが続けた内容は、アキラの予想とは逆だった。

『逃げない。戦うの。返り討ちにするのよ』

　アキラの顔に浮かんでいた期待が、途端に驚きと困惑で塗り潰された。

「そんなことが出来るのか!?　2対1で、しかも相手はしっかり武装したハンターなんだぞ!?」

　アルファがアキラの不安を一掃する為に、余裕すら感じられる笑顔を浮かべて、自信に満ちた声を出す。

『その程度、大したことではないわ。アキラには私がいるのよ？　総合的な戦力なら私がいる分だけ寧ろ圧倒的にこちらが上よ。それにアキラは拳銃だけであんなに大きいウェポンドッグを倒したでしょう？　アキラが私の指示通りに動いてさえくれれば、全く問題無いわ。大丈夫よ。安心しなさい』

「……そ、そうなのか？」

　アキラはアルファの余りに当然のような態度に思わず納得しかけた。だが本来なら絶望的な戦力差から生まれる不安を消し去るには足りず、半信半疑の様子を見せていた。

「……いや、でも、モンスターと人間ではいろいろ違うだろうし、そこまで自信が有るのなら逃げられるだろう。それなら逃げた方が……」

弱気を見せるアキラに、アルファが少し厳しい表情を向ける。

『駄目よ。ビルの外では装備の射程の差で一方的に攻撃されるわ。荒野なら尚更よ。第一、いつまで逃げ続けるつもりなの？　この場は、今日は逃げられても、明日は？　明後日は？　それに都市まで逃げ帰ったとしても、それで彼らが急に行儀良くなってアキラを襲うのを止めるとでも思っているの？　そこでも逃げるの？　逃げ切れるの？　殺されるまで逃げ続けるつもりなの？』

アルファがアキラを真面目な表情で見詰める。アキラも目を逸らさずにいる。そのまましばらく無言で見詰め合う。やがてアキラが何かを悟ったように表情を引き締めた。そこには確かな覚悟が存在していた。

「……ここで逃げても、殺されるだけか。分かった。やるよ」

覚悟を決めたアキラが立ち上がる。その表情から先程の不安は完全に消えていた。アルファがアキラを更に勇気付けるように優しくも力強い笑顔を浮かべる。

『アキラ、覚悟を決めなさい。この程度のことも乗り越えられないようでは、凄いハンターになるなんて夢のまた夢よ？』

アキラが苦笑する。その表情にはどこか楽しげなものが有った。

「そうだった。意志とやる気と覚悟は、俺の担当だったな」

意志とやる気と覚悟は、俺が何とかする。アキラは以前、アルファの指示に逆らって死にかけた時、アルファに確かにそう告げた。

その言葉は嘘ではないと示さなければならない。それが出来ないのであれば、金も実力も無い自分がアルファに示せるものはもう本当に何も無くなってしまう。実績を、そして信頼を積み重ねると約束した言葉も、全て戯れ言になってしまう。その想いがアキラの覚悟を高めていた。

意志を示し、やる気を出し、覚悟を決める。アキラは再度自身に強く言い聞かせた。

アルファが頼もしそうに微笑む。

『それ以外は私の担当ね。私の素晴らしいサポート能力をアキラに分かりやすく示す機会が来たようね。任せなさい』

「ああ。頼んだ」

そうしっかりと答えたアキラに、アルファは満足そうな笑顔を向けた。その後に余裕のある苦笑を零す。

『……それにしても、その機会がこんなに早く来るとは私も思っていなかったわ。やっぱりアキラは私と出会って運を使い果たしたようね』

「……俺もそんな気がしてきた」

アキラも苦笑を返した。アルファが不敵に微笑みながら少し悩ましげな口調で続ける。

『安心して。アキラが支払った幸運以上に、私がしっかりアキラの世話を焼いてあげるわ』

「それはどうも。助かるよ」

アキラが軽口を返して軽く笑った。

『ええ。助けてあげるわ』

アルファも調子良く笑って答えた。

高度な演算から生み出された非常に魅力的なアルファの笑顔は、アキラを十分に落ち着かせて、気力を回復させて、そして戦う意志を取り戻させた。

全て、アルファの意図通りに。

◆

ビルに入っていくアキラの様子に、カヒモはわずかな違和感を覚えた。それは今までとはどこか様子が違うというわずかなものだが、自分には見えない者がいると知った以上、自然に疑いも深くなる。

「ガキが動いたな。ハッヒャ。女の様子はどうだ？あそこに入るように案内していた様子とかあったか？」

「ああ。あのビルを指差していたし、ガキを先導して一緒に中に入った。遺物はあの中かもな。どうする？　俺達も行くか？」

「……いや、しばらく待とう」

「いいのか？　ガキを見失うんじゃないか？」

「ガキの顔は割れてるんだ。ここで見失っても多分スラム街を探せば見付かるだろう。問題無い。それより安全に行こう。ガキが生きてビルから出てくれば、あのビルは安全ってことだ」

「おいおい、随分慎重だな」

ハッヒャはアルファが見えていることもあり状況を楽観視していた。そしてこのチャンスを逃したくない一心でカヒモを急かした。だがそこで消極的とも思える返事が返ってきたので、大分不満そうな様子を見せていた。

カヒモがハッヒャを軽く脅すように威圧する。

「嫌ならお前一人で突っ込めよ。亡霊が見えてるのはお前なんだ。怪談通りなら、死ぬのもお前だ」

「そう言うなよ。分かったって」

ハッヒャは軽く笑ってごまかした。

カヒモ達はその場でしばらくビルの監視を続けた。

だが簡単な探索なら終わる時間が過ぎてもアキラはビルから出てこない。カヒモも怪訝な様子を見せ始める。

「出てこないな。あのガキ、死んだか？　あるいは遺物をそんなに念入りに探してるのか？」

少しずつ不満を溜め続けていたハッヒャの我慢もそろそろ限界だった。

「なあカヒモ。好い加減、俺達もあのビルを調べようぜ。もしガキが死んでたら、ここで幾ら待っても出てこねえよ。これ以上は時間の無駄じゃねえか？」

「……そうするか。あの辺のモンスターはもう結構危険なんだ。高値の遺物が手に入りそうだからって、浮かれて油断なんかするんじゃねえぞ」

「分かってるって」

ハッヒャが少し浮かれ気味の様子で進んでいく。その様子を背後から見ていたカヒモは表情をわずかに険しくしていた。そこには、自分が釘を刺してもその態度、という不満を超えた懸念が浮かんでいた。

カヒモが廃ビルに入ってすぐに、出入口の側で立ち止まる。

「ハッヒャ。俺はガキと入れ違いにならないように
ここで見張る。お前は中を捜索しろ。ガキや女を見付けたり、モンスターと遭遇したり、それ以外でも何かあったら連絡しろ。状況にかかわらず、1時間経ったら戻ってこい」

「分かった。ガキがいたらどうする？　ここまで連れてきた方が良いか？」

「好きにしろ。あっさり殺しても良いし、嬲って情報を吐かせても良い。状況次第だ。念押ししておくが、油断だけはするなよ？　お前まで怪談の犠牲者になりたくなかったら、連絡を怠るな。良いな？」

「分かってるって」

何度も念を押すカヒモに、ハッヒャは余裕の笑みを返した。そしてまだ少し浮かれ気味の様子でビルに入っていった。

カヒモがその様子を見ながら思う。

（悪いな。あのガキ込みで罠って懸念が消えねえし、大量の遺物を見付けたお前が俺を裏切る恐れもある。それに、それなりに死人が出てるから怪談になってるんだ。相応に危ねえんだろう。頑張ってくれ。俺はまずは様子見だ。まあ、杞憂になることを祈ってるよ）

カヒモはハッヒャを見送りながら薄ら笑いを浮かべた。

◆

二人のハンターに狙われているという危機的な状況に一度は戦意を失いかけたアキラだったが、アルファの叱咤と励ましにより戦意を取り戻し、覚悟を決めた。今は戦闘に備えて意識を調えている。その表情は険しく、真剣だ。

頭から逃げるという選択肢を排除して、敵を迎え撃つ為に集中する。顔に滲んでいる過度の緊張を自覚して、それを抑えようと深くゆっくりとした呼吸を繰り返し、少しずつ精神を研ぎ澄ませていく。

既にアルファから作戦の概要を教えられている。

後は適宜指示通りに動けば良いと、それで勝てると、自信に満ちた笑顔で言われている。

アキラはそれを信じた。盲信ではない。過去にアルファの指示通りに動いて、拳銃だけでウェポンドッグを倒した事実を前提に、アルファを信じて信頼を積み重ねると、自身で口に出した言葉に従ったのだ。

『アキラ。彼らがビルに入ったわ。片方が出入口を確保して、もう片方がビル内を捜索するようね。向こうはアキラを殺す気よ。だからこちらも遠慮無くいきましょう』

「……。分かった」

どうやってそれを知ったのか。アキラはそれが少し気になったが、すぐに余計な思考だと切り捨てた。余計な思考で余計な真似をすれば、指示通りに動けなくなる。死ぬ確率が飛躍的に上昇する。だから作戦通りに、指示通りに、出来る限り素早く的確に動く。今はそれだけ考えれば良い。そう心に決めて、集中する。

アルファがアキラの意気を上げる為に、不敵に、そして挑発的に微笑む。

『始めるわ。準備は良い？』

「ああ」

アキラはしっかりと頷いた。その顔には不安も怯えも全く浮かんでいない。全て覚悟で押し潰した。

アルファが満足げに笑う。そして事前の作戦通りにアキラの視界から姿を消した。続けてアキラも息を大きく吸って気合いを入れると、表情にその覚悟を示して作戦の場所へ走り出した。

◆

ビル内を警戒しながら探索していたハッヒャが表情を変える。通路の先にドレス姿の女性を見付けたのだ。アルファだ。

そしてその姿が通路の奥に消えていくのを見て、思わず追い掛けようとする。だがカヒモから念入りに釘を刺されたこともあり、何とか思い止まると通信機で連絡を取る。

「カヒモ。今、あの女を見付けた」

「ガキも一緒か？」

「いや、女だけだ。通路の先にいた。今から追い掛ける」

「ガキが近くにいるかもしれない。注意しろ」

「分かってるって」

ハッヒャがアルファを追って進んでいく。だが一応アキラを警戒しながら進んでいる所為で、早足のアルファにはなかなか追い付けない。それでもアルファの後ろ姿を視界に入れ続ける程度の距離は保っていた。

慎重に周囲を見渡して安全を確認し、アルファの後を追い、少し進んだ後にまた周囲を確認する。その繰り返しの中、ハッヒャの表情が徐々に緩んでいく。そしてその緩みに比例して警戒がおろそかになっていく。

アルファの後ろ姿を見るたびに、その魅惑の姿に視線を向ける時間が増えていき、代わりに周囲の警戒に割く時間が減っていた。

煌びやかな純白のドレス。ドレスの大胆に開いた背中の部分から見える柔らかな肌。艶やかに輝く髪。通路を曲がる時に見える誘惑的な胸と端麗な横顔。アルファの類い稀な美貌と、美しくも艶めかしい衣装の相乗効果が、ハッヒャの心を短時間で強く侵蝕していく。

その顔を、その肌を、もっと間近で見てみたい。ハッヒャはその思いを抑え切れず、無意識に警戒をおろそかにして足を速めていた。既にハッヒャの両目はアルファの誘うような背と尻を追う為だけに使われている。その顔が下劣に歪み切った頃には、もう周囲の警戒など完全に忘れていた。

ハッヒャがようやくアルファに追い付いた。すると通路の脇で立ち止まっていたアルファに愛想良く笑いかけられる。その口元はハッヒャに話し掛けているように大きく動いていた。

ハッヒャは話を聞き取ろうと耳を澄ました。しかし何も聞こえなかった。表情をわずかに怪訝なものに変えてアルファを見るが、アルファは変わらずに微笑んだまま口を動かし続けていた。

不意にアルファが何かに気が付いたかのように横を向く。ハッヒャも釣られてそちらを見る。だがガラスの無い窓が見えるだけで、何の変哲も無かった。ハッヒャが表情をますます怪訝なものに変えた瞬間、突如銃声が響く。

撃ったのはアキラだ。ハッヒャの後ろ側の通路、その陰から飛び出しての奇襲だった。

その一発目がハッヒャの脇を素通りする。ハッヒャは視線をアルファに釣られた所為で反応できなかった。

二発目はハッヒャの足下に着弾した。反撃しようとしたハッヒャが、対モンスター用の高威力の弾丸ではアキラを即死させてしまい、情報を引き出せなくなると撃つのを躊躇する。

三発目がようやくハッヒャに着弾する。だが防御服に防がれて負傷は与えられない。ハッヒャもようやく反撃を開始する。弱いモンスターや対人用の低威力の弾丸を装填した銃で、アキラに向けて乱射する。銃声が反響して響き続け、無数の銃弾が床、壁、天井に着弾した。

三発目を撃った直後にそこから離脱していたアキラは、辛うじてその弾幕から逃れていた。だが床には血痕が残っていた。

ハッヒャはその血痕に気付いて笑うと、すぐに後を追おうとした。だがそこで通信機からカヒモの声が響き、思わず足を止める。

「ハッヒャ。何があった？」

「何でもねえよ。ガキを見付けたから撃っただけだ。逃げられたけどな」

「先に聞こえた銃声、お前のじゃねえよな？」

「いや、それは……、良いじゃねえか。気にするなよ」

「ちゃんと説明しろ！」

ハッヒャが仕方無く事情を説明すると、カヒモが不機嫌な声を返してくる。

「女の尻を追っ掛けていたら奇襲を受けました、だと？　てめえ、舐めてんのか？」

「い、いや、本当にそれぐらい凄え美人なんだって！」

「ふん、文字通り死ぬほど美人だって言いたいのか？　怪談になる訳だな」

　ハッヒャの焦りながらの言い訳を聞いても、カヒモは機嫌を戻さなかった。だがこのまま下らない会話を続けて時間を無駄にしても仕方無いと、気を切り替える。

「それで、女はまだそこにいるのか？」

「ああ、普通に立ってる。あと、何か喋ってるように見えるが、声は全く聞こえない」

「お前の目の機能で取得できるのは映像だけで、音声データは拾えないんだろう。念の為に触れられるかどうか確認しろ。実在しているが俺には見えないだけかもしれない。光学迷彩機能を持つ自動人形が自律行動を続けていて、普通は見えない状態だが、お前はネットワーク経由でその姿を視認できてるって可能性もある。どうだ？」

　ハッヒャがアルファの胸に手を伸ばす。だがその豊満な胸からは何の感触も得られず、手が胸の表面を突き抜けて映像の中に潜り込んだだけだった。残念そうな顔でその結果を伝える。

「触れない。やっぱり映像だけだ。触れる距離にこんな良い胸があるのに実際には触れないなんて、ある意味拷問だな。……待てよ？　これだけいい女なんだ。この映像だけでも金になるんじゃ……。俺には見えてるんだから、後は映像のバイパス出力を……」

「そんな話は後にしろ！　お前、好い加減にしろよ？」

　カヒモの怒気にハッヒャが口を噤む。

「次だ。そいつに右手を挙げろと指示を出してみろ」

　ハッヒャが言われた通りにアルファに指示を出す。するとアルファは口を動かすのを止めて右手を挙げた。

「おっ？　言われた通りに右手を挙げたぞ？」

「次だ。俺と俺の近くにいる子供を除いて、俺に一番近い人間を指差せ。そう指示しろ」

「何だそりゃ？」

「良いからやれ！」

「わ、分かったって」

ハッヒャが再び同じように指示を出すと、アルファは今度は斜め下の床を指差した。

「ハッヒャ。どうなった？　そいつは俺がいる方向を差したか？」

「ちょっと待ってくれ。……オートマップのお前の位置がここで、俺の位置がここだから……、おお！ちゃんと差してる！　凄えな！」

ハッヒャは軽く驚きながら単純に感心した。だがカヒモが怒声を返す。

「クソが！」

「ど、どうしたんだ？」

「罠だ！　あのガキは俺達に気付いていた！　恐らくその女に、近くにいる自分以外の者を指差せとでも指示して俺達の存在を知った！　その女も囮だ！ビル内を適当にうろつかせて、お前に見付かったら指定の場所まで移動するように指示を出した！　ガキが敵を奇襲しやすい位置まで、その女でお前を誘ったんだよ！」

ハッヒャも怒気を露わにして叫ぶ。

「あ、あのガキ！　舐めやがって！　ぶっ殺してやる！」

「その女、多分遺跡の案内係か何かだ。お前の指示も聞くってことは、多分誰の指示でも聞く。そいつにガキの居場所まで案内させてガキを殺せ。援護が必要か？」

「大丈夫だ！　あんなガキぐらい俺だけでぶっ殺せる！　武器は拳銃ぐらいで腕も素人みたいだしな！」

「気を付けろよ。あのガキが真面な銃と腕を持っていたら、さっきの奇襲でお前は死んでたんだぞ？」

「分かってる。そっちはガキを逃がさないように、そのままそこを見張っていてくれ」

ハッヒャがアルファに叫ぶように指示を出す。

「ガキの場所まで案内しろ！」

ハッヒャが再び歩き始めたアルファの後に付いて

いく。今度はその妖艶な後ろ姿を見ても、色気より怒りが先に来て、視線を奪われることは無かった。

◆

　アキラはハッヒャを奇襲したは良いが、反撃を食らって深手を負ってしまった。急いでその場から逃げたおかげで追撃まで食らうのは免れた。それでも本来なら身動きも難しい重傷だ。

　被弾箇所を押さえながら苦悶の表情でビル内を進み、傷口から流れ出た血で通路を汚しながら、アルファの誘導に従って先を急ぐ。

　激痛がそれ以上動くなと警告し続けている。その警告を覚悟で握り潰して走り続ける。事前に大量に服用しておいた回復薬が、被弾の直後から怪我の治療を続けている。そのおかげで何とか歩くよりは速く進めていた。

　しばらくすると、被弾の痛みは鎮痛作用のおかげで急速に収まっていく。だが怪我の治療自体はそこまで進んでいない。それを進める為に、非常に険しい表情でポケットから粉状の物を取り出した。

　粉は回復薬のカプセルの中身だ。被膜を解いて取り出し、すぐに使用できるようにポケットに詰めていた。粉の成分は治療用ナノマシンであり、それを服用ではなく患部に直接投与することで、回復効果を劇的に高めることが出来る。

　ただし直接投与すると鎮痛効果が非常に低下する上に激痛を覚える。使わなければ死ぬと分かった上で躊躇してしまうほどの激しい痛みだ。アキラはその痛みを、先日スラム街で撃たれた時の治療で体感済みだった。

　既に痛みで歪んでいる表情に、これから加わる激痛を想像して更に顔を歪めて、それでも覚悟を決めて銃創に塗り付ける。そして、想像以上の痛みに襲われた。

　歯を噛み砕かんばかりに食い縛ってその激痛に耐えながら、傷口に治療用の白いテープを貼り付ける。これで治療は完了だ。

次第に痛みが引いてくると、先程撃たれたばかりなのにもかかわらず、それなりに走れるようになった。

旧世界製の医療品。旧世界の遺物。アキラはその価値を改めて身を以て実感し、苦笑した。

「……流石は旧世界製ってところか。旧世界の遺物ってのは凄えな。売れば高値になる訳だ」

そこにアルファの声が届く。

『ごめんなさい。離脱は三発後ではなく、二発後にするべきだったわね』

アキラが軽く首を横に振る。

「いや、俺が当てれば良かっただけだ。俺の所為だよ」

アルファの姿は見えないが、声だけはずっと聞こえていた。先程の奇襲の時も、通路から飛び出すタイミングをしっかりと指示された。

敵から見た死角の位置。奇襲のタイミング。銃撃の回数。命中率よりも、素早い銃撃と即座の離脱を優先した行動。全てアルファの指示で、アキラは出来る限りその指示通りに動くよう最善を尽くした。

その結果、無防備な敵を背後から一方的に銃撃できたのだ。奇襲としては完璧だ。アキラにアルファの指示の内容を疑う余地は無かった。

ここで二人の失点を敢えて挙げるとするなら、アルファの失点は、アキラの拳銃が敵にどこまで通用するかを調べる為に、一発だけで良いから当ててほしい、当たったら即座に離脱していい、と指示したことだ。その指示が無ければ、アキラの失点は生まれなかった。

そしてアキラの失点は、それを聞いて無意識にちゃんと狙おうとしてしまったことだ。その所為で動きがわずかに遅れていた。

何も考えずにとにかく三発撃って即座に離脱していれば、アキラは負傷せずに済んでいた。

そのわずかな失敗の所為で死ぬこともある。実際にアキラは深手を負った。その所為で気落ちしているアキラに、アルファが優しくも力強い自信に溢れた声を掛ける。

『アキラ。項垂れるような結果ではないのだから、顔を上げなさい。明確な格上相手に奇襲を仕掛けて、生き残っているのだから上出来よ。現在の実力不足は今後の訓練で好きなだけ補えば良いわ。嫌と言うほどたっぷりと鍛えてあげるから、そこは私に任せておきなさい』

アルファは当たり前のように今後の予定を話していた。その生還を当然のものと認識している態度に、アキラも落ちかけていた意気を取り戻した。そして意気を更に上げる為に無理矢理にでも軽く笑った。

「……。そうだな。頼んだ」

『任せなさい。それにちゃんと一発当たったから、下準備は完了よ。次で殺せるわ。相手の装備と行動パターンの分析が終了したからね』

「本当か？　アルファは本当に凄いんだな」

『言ったでしょう？　私は高性能だって。ただ、相手にかなり近付く必要があるから、その覚悟はしておいてね』

「分かった。大丈夫だ。覚悟は済ませた」

次も最善を尽くす。そう決意して顔を引き締める。被弾の痛みなど、もう感じていなかった。

◆

ハッヒャは沸き立つ怒りでアルファにも気を取られずに、アキラを警戒しながらビル内を進んでいた。だがしばらくするとその警戒も再びおろそかになっていた。

何も起こらなければ激情も持続しない。加えてアルファの案内で進んでいる以上、どうしてもアルファの姿を見てしまう。その魅惑の後ろ姿に釣られて思わず視線を向けてしまい、それでは駄目だと視線を逸らして、余計に気になってしまう。

結果的に周囲の警戒が再びおろそかになる。特にアルファから意図的に目を逸らそうとしてしまった分だけ、前方の注意は更におろそかになってしまっていた。

ハッヒャも流石にこれでは不味いと思い、注意散漫ながらも周囲の警戒に意識を割く。その分だけアルファから意識を逸らした。そして周囲の確認を終えて再び視線を前に戻すと、アルファは通路の少し先、丁路地の分岐の辺りで立ち止まっており、通路の一方を指差していた。

（……ガキはそこか！）

ハッヒャはアルファが指差す方向からアキラの位置に当たりを付けると、その距離なら安全だと判断して分岐の手前まで一気に走った。そして通路から片腕だけ出して乱射する。大体の位置しか分からなくともアキラに確実に命中するように撃ち続けた。

発砲音が通路を反響してビル内に響き渡る。高速で撃ち出された大量の銃弾が通路の床、壁、天井に着弾し、無数の跳弾が通路を縦横無尽に駆け巡り、空間から死角を消し去った。

ハッヒャが撃ち尽くして空になった弾倉を交換しようとする。ちょうどその時、アルファが通路の先を指差すのを止めた。ハッヒャはそれに気付くと、対象が死んだので指差すのを止めたと解釈した。

「よし。死んだか」

安心したハッヒャは弾倉交換の手を止めて通路に出ると、アキラの死体を確認しようとした。だがそこには銃撃で傷付いた通路の光景が有るだけだった。勝利を確信して緩んでいた顔が途端に険しくなる。

「おい、ガキがここにいたんじゃないのか!?」

ハッヒャがアルファに詰め寄って怒鳴り付けたが、アルファは微笑みながら口を動かすだけだった。聞いても無駄だと思い、いらだちながら再度怒鳴る。

「ガキだ！　あのガキを指差せ！」

アルファがハッヒャの背後を指差す。ハッヒャが思わず振り返る。だがそこには誰もいなかった。

銃声が響く。ハッヒャが腹部の痛みで被弾を知る。驚愕で動きを止めてしまった隙を衝かれ、更に数発撃ち込まれる。安値とはいえ防御服を着用していたおかげで致命傷ではない。銃弾は貫通せずに表面で止まっていた。だがハッヒャから立ち続ける力を奪うには十分だった。苦悶の声を上げながら床に崩れ落ちる。

ハッヒャが激痛で床に横たわりながら、混乱した意識で状況を把握しようとする。

（……撃たれた!?　どこからだ!?　敵なんかどこにもいなかった！　いるのは女だけ……、女が撃った!?　馬鹿な！　あれは映像だけのはずだ！　撃てる訳が……）

有り得ない事態がハッヒャの混乱に拍車を掛けていた。だがその混乱も、事態の答えが現れたことで更なる驚愕に押し流された。アルファの中からアキラが出てきたのだ。

（重なって、見えなかった、だと!?）

アキラがハッヒャに近付いて銃を構える。両手でしっかりと握り、照準をハッヒャの額に狂い無く合わせる。

ハッヒャは被弾の激痛に耐えながら、先に銃をアキラに向けて引き金を引いた。だが弾丸は出ない。弾倉が既に空だからだ。

死を眼前にして、普段大して使われていない脳が生き残りを賭けて全力で稼動する。死の直前の、見るもの全てがゆっくりと動く世界の中で、ハッヒャは気付いた。

（……全部、罠だったのか？）

自分がアキラに奇襲された時にアルファが余所見（よそみ）をしたのは、自分の注意をアキラから逸らす為。微妙な位置で立ち止まって通路を指差したのは、自分に無駄弾を使わせる為。指差すのを止めたのは、自分の弾倉交換を止める為。自分に向けて微笑むのは、その美貌で自分の注意力を落とす為。

その気付きが、アルファの服装、この場に来るまでの道順、案内時の歩く速さ、その他の様々な些細（ささい）なことすら、全て自分を殺す為の罠だったのではないかと、生き延びるのに何の役にも立たない無駄な思考を続けさせた。死の淵（ふち）で貴重な思考力と時間を、無意味な疑心暗鬼で浪費させた。それにより、ハッヒャのわずかに残っていた命運は完全に尽きた。

ハッヒャが恐怖に歪んだ笑みで呟く。

「……誘う……亡霊」

その直後、ハッヒャはアキラに眉間を銃撃されて

絶命した。最後に見たのは、アキラに寄り添うように立ちながら冷酷に微笑むアルファの姿だった。

ハッヒャの通信機からカヒモの声がする。

「ハッヒャ。何があった？　ガキは始末できたのか？」

アルファがアキラに釘を刺す。

『返事をしては駄目よ。相手にいろいろ気付かれるわ』

アキラはうっかり声を出さないように注意しながら頷いた。

『早速彼の装備を剥がしていただいておきましょう。これで武器が増えるわ』

ハッヒャの装備を取得したことで、アキラの装備は不格好ながらも、拳銃だけという貧弱な状態から大分向上した。

『次は、向こうの窓から彼を投げ捨てて』

アキラが意外な指示に少し驚く。アルファは変わらずに笑っていた。

◆

カヒモは廃ビルの一階で険しい表情を浮かべて状況を推察していた。

（銃声から交戦は確実。その後、返事は無し。……まさか、死んだ、か？　また馬鹿をやって奇襲を受けたのか？　いや、流石にそれは……）

確認に行くべきか、このまま撤退するべきか、カヒモは迷っていた。

（……もしこれが何らかの誘いだったとする。どこからが誘いだ？　俺達がこのビルに来たこと自体、向こうの思惑通りだったとしたら？　噂の遺物なんて初めから存在しなかったとしたら？　あのガキがあの女を見えるハンターをこのビルに誘って、殺して装備と遺物を奪っていただけだったとしたら？　このビルがその狩り場だったとしたら？　だとしたら、あのガキをただのガキとみなすのは危険だ……、いや、考え過ぎか？）

遺跡の怪談。それらがカヒモの警戒と疑念を深めさせ、意識を撤退に誘導していく。そしてその視線を無意識に出入口へ、ビルの外へ向けさせた。

その視線の先に、突如ハッヒャの死体が落ちてきた。身包み剝がされた死体が地面に激突して大きな音を立てる。

「ハッヒャ!?」

カヒモは思わずハッヒャに駆け寄ろうとして、ビルの外に出る寸前で足を止めた。

（装備が奪われている。ガキは生きていて、ハッヒャの死体をわざわざ外に、ここに捨てた。つまり、俺の位置を間違いなく摑んでいる……）

カヒモが憎々しい表情で頭上を見上げる。そこには天井しかない。だがカヒモはその先に、ハッヒャに駆け寄った自分を撃ち殺そうと銃を構えているアキラの姿を思い浮かべた。

「……舐めやがって！」

相手は子供、という油断や慢心がカヒモから完全に消え去った。意識を切り替えてアキラを殺しに動く。情報端末を取り出して操作すると、ハッヒャの情報端末の位置が表示された。その反応は移動しており、アキラがハッヒャの情報端末を持っていることを示していた。

（やっぱり上にいたか。相手の居場所を把握しているのは自分だけ。そう勘違いしているのなら好都合だ。裏をかいてやる）

カヒモは薄く嗤いながらビルの中を駆けていった。

◆

二人組の襲撃者の片方を撃破したアキラは、残るもう一人の撃破作戦を進めていた。次の奇襲場所に到着すると、すぐにアルファから指示を受ける。

『アキラ。あのナイフを出して。売らずに残しておいたやつよ』

「これか？」

取り出したナイフは、以前にクズスハラ街遺跡で取得したものだ。刃が丸められており、切れ味など無いに等しいように見えるが、アルファから正しく使用すれば様々なものを容易に切断できると教えられていた。

『それよ。その柄の下の方に少し出っ張っている部分が有るでしょう？　そこを拳銃で撃って』

アキラがナイフを床に置いて銃を構える。そしてアルファが指差す部分に銃口を近付けて、照準を正確に合わせた。

「……一応聞くけど、撃ったら壊れるよな？」

『そうよ。壊すの。正確には安全装置だけをね』

「ちょっと勿体無い気がする。これも旧世界の遺物だろう？　売ったら結構な金になるんじゃ……」

『必要経費だと思って割り切りなさい。代わりにアキラが三回ほど命賭けで危ない橋を渡る方法も有るけれど、そっちにする？』

どこか楽しげに不敵に微笑むアルファの顔を見て、アキラは黙って引き金を引いた。

◆

カヒモがハッヒャの情報端末の位置を確認する。反応はもう10分以上同じ場所から動いていない。そこで待ち構えているのか。或いは何らかの罠か。両方の可能性を考えて慎重に進んでいく。

ハッヒャの情報端末は通路の真ん中に放置されていた。カヒモがその情報端末を拾って怪訝な顔をする。

「……バレたから、ここに捨てただけか？」

この情報端末で位置を掴まれていることに気付いていないのならば、こちらから奇襲を掛ける。こちらが迷い無く近付いてくることで相手がそれに気付いたのならば、この情報端末を囮にして奇襲を掛けてくるはず。その奇襲を読んで、油断している相手を逆に返り討ちにする。そう考えていただけに、これは意外だった。

カヒモの表情が険しくなっていく。この場にいる自分を通路の陰などから隠れて狙撃するのは困難だと理解している。だがその上で嫌な予感は全く消えず、むしろ更に高まっていた。敵は必ず奇襲を仕掛けてくる。その予想は正しいと勘が告げていた。そして、それは正しかった。

次の瞬間、カヒモは胴体を両断された。防護服は全く役に立たなかった。上下に分かれた体が崩れ落ち、切断面から内容物を撒き散らしながら床に転がった。

カヒモは驚愕と激痛の中、絶命までのわずかな時間で、近くの壁が横に大きく裂かれていることに気付いた。何かが自分を壁ごと両断したのだと、薄れつつある意識の中で理解する。そして、その具体的な方法を考察し終える前に、息絶えた。

◆

横に裂かれた壁の向こうでは、アキラがナイフを横に振った状態で固まっていた。

銃撃で柄を部分的に破壊したナイフをアルファの指示通りに振るった瞬間、刀身から放たれた青白い閃光がカヒモを壁ごと切り裂いた。

アキラの立ち位置ではナイフの刃が壁に届くことはない。だが壁には長さ5メートルほどの裂け目が生じている。幅1センチほどの隙間から壁の向こう側が見えている。切断部からは煙が立ちこめていて焦げた臭いが漂っていた。ナイフの刀身は振るった直後に塵となって崩れ落ちた。

アキラは柄だけになったナイフを握って半ば呆然としている。その側でアルファが笑って軽く頷く。

『よし。殺せたわ。もう大丈夫よ』

「……え、あ、うん。そうか」

アルファの態度は些事を済ませただけのような軽いものだ。それを含めて、アキラは状況に理解と意識が追い付かずに戸惑っていた。そしてこの状況を作り上げた物を、柄だけになったナイフを改めて見る。

「アルファ。このナイフって、何なんだ?」

『何なんだ、と言われてもね。旧世界製のナイフよ。一般人向けに製造、販売されていた品ね』

アルファは何でもないように答えた。だがアキラは怪訝な表情を更に強くする。

「旧世界では、一般人向けのナイフに壁を両断できる機能が必要なのか？」

『別に壁の両断が主目的ではないわ。切れ味とか、その性能の維持とか、そちらの向上を目指したら、結果的に壁も両断できるようになっただけよ。安全装置を破壊しないとあんな真似は出来ないわ』

「安全装置……、いや、確かに壊したけどさ。そういう問題か？」

『あれで一度だけ最大出力を出せるようにしたのよ。本来は刀身の保護や切れ味の向上などに使用するエネルギーを、刀身崩壊の制限を無視して使用できるようにね。そこまでしないと、人を装備や壁ごと切断するような真似は流石に無理よ』

アルファは当たり前のことのように答えている。それが余りに普通なのでアキラも納得しかけたが、やはり完全に納得は出来ず、微妙な表情を浮かべていた。

「……いや、それでも結構危険じゃないか？」

『正しい方法で使用する限りは安全な道具を、意図的に危険な方法で使用したのだから、当然凄く危険よ。でもそれは普通のことでしょう？』

「……まあ、確かに、そうか」

無理に否定することでもない上に、アルファに言われたことでもあって、アキラも一応は納得した。だが危険なものという認識は消えず、そのような物が普通に出回っているという旧世界に対する偏見を深めた。

アルファが少し得意げに悪戯っぽく笑う。

『さて、私のサポートには満足してもらえたかしら。遺物を一つ駄目にしたとはいえ、アキラがあんなに無理だと言っていたハンター二人を倒したのだから、たっぷり感謝してくれてもいいのよ？』

軽い冗談のような態度を取っていたアルファに対して、アキラが真面目な顔で頭を下げる。

「ああ。おかげで死なずに済んだ。ありがとう。俺は多分、さっきまでアルファのことを信じ切れていない部分があったと思う。ごめん」

アルファも態度を改めて優しく微笑む。

『気にしないで。これで信じてもらえたのなら嬉しいわ。それで、これからどうする？　当初の予定通り遺跡探索に戻る？　それとも今日は帰る？　アキラも疲れたでしょう。疲労を押して続けても非効率だからね。無理をする必要は無いわ』

アキラが難しい顔で悩む。

「……本音を言えば、疲れたから帰りたい。でもまだ何も収穫が無いんだよな。買取所で前回の分の金を払ってもらう為にも、何か持って帰らないと……」

『それならここの探索だけでもしましょうか。私も一緒に探せば、普通のハンターなら見落とす遺物も見付けやすくなるわ』

アキラはアルファの提案通り、このビルの探索だけして帰ることにした。探索の収穫はハンカチが数枚。酷く汚れており、普通のハンターなら見向きもしない物だ。アキラもアルファから旧世界製の品だと教えてもらえなければ無視していた。

それでも一応は収穫としてビル内の探索を打ち切ると、後はカヒモ達の所持品を可能な限り手に入れてから都市へ戻っていった。

ビルにはカヒモ達の死体だけが残された。ハンターが他のハンターを襲い、返り討ちに遭った者が未帰還となる。それは東部で幾度となく繰り返されてきた光景だった。

# 第5話　アキラとシズカ

カヒモ達との戦いの後、遺跡を出たアキラは都市まで無事に戻った。その後すぐに買取所に向かうと、前回と同じように買取窓口の列に並んだ。担当の職員は前と同じノジマという男だった。

「ハンター証があるなら出せ……ってお前か」

ノジマはアキラの変わりように少し驚いていた。

前に見た時はただのスラム街の子供だった。今は違う。カヒモ達から奪った所持品でハンターとしての最低限の装備を調えたことによる外見の違いも確かに大きい。だがそれだけではない。荒野の洗礼を受けた者が放つ独特の雰囲気をわずかではあるが纏っている。

ハンター登録を済ませただけの自称ハンターではない。まだまだ駆け出しではあるが、そこには確かにハンターが立っていた。

この様子ならしばらくは死なずにここへ通えるだろう。ノジマはそう考えて軽く笑うと、気を取り直して買取品を確認する。

「今回の品は……、微妙だな。前回はただのラッキーか？」

曲がりなりにも命賭けで持ち帰った品にケチを付けられて、アキラが不服そうに顔を歪める。

「微妙で悪かったな。これでも一応遺跡から持ち帰った旧世界の遺物なんだ。前回分の代金を貰える品のはずだぞ。……ラッキーって、どういう意味だ？」

アキラが怪訝な顔をノジマに向ける。するとノジマは楽しげに笑った。

「すぐに分かる」

ノジマは前回と同じように買取品をトレーごと後ろの棚に置くと、手元の端末を操作した。すると側の機材から紙幣が排出される。それを封筒に詰めて、笑ってアキラの前に置く。

「前回の買取品の査定済みの分と、今回の前払分、計20万オーラムだ」

アキラはその支払額を聞いて意識を一瞬飛ばしかけた。その後、ゆっくりと封筒を手に取る。そして中身の紙幣を摘まんで取り出し、視覚と感触で実在を実感すると、半ば唖然としながら動揺を深めた。ほんの数日前、300オーラムを巡って殺し合った者にとって、その額の重さはまさに桁違いだ。

ノジマがアキラの反応に満足して楽しげに笑う。

「ここでこんな額を貰うガキなんて滅多にいないぞ？　まあ、大切に使うんだな。ほら、突っ立ってると目立つぞ。とっとと行け」

我に返ったアキラが慌てながら封筒を懐に仕舞い、どこかぎこちない動きで買取所から出ていく。駆け出しハンターからスラム街の子供に少し戻ったアキラの後ろ姿を見て、ノジマは苦笑を浮かべていた。

アキラは買取所を出てからも動揺が抜けていなかった。一向に落ち着く気配が無い。その様子を見て、アルファがいつもの口調で声を掛ける。

『アキラ。落ち着きなさい。その程度の端金で狼狽えているようでは、この先大変よ？』

スラム街で生きてきたアキラにはとても考えられないその言葉に、アキラが思わず声を出してしまう。

「は、端金!?　何を言ってるんだ!?　20万オーラムだぞ!?　大金だ！」

アルファがアキラをじっと見詰めながら少し強い口調で断言する。

『いいえ、端金よ。私のサポートを受けた上で、命賭けで手に入れた金額と考えれば、間違いなく端金よ。アキラもそう認識しなさい』

「そ、そう言われても……」

『それと、今のアキラは虚空に話し掛ける不審者になっているわ。気を付けなさい』

アキラは慌てて口を閉じた。今の自分は大金を手に入れた所為で挙動不審になっているカモそのものだ。そう自覚して何とか落ち着こうとするが、大して効果は無かった。

『取り敢えず、今日はもう休みましょう。遺跡で疲労も溜まっているわ。それに、落ち着くまでここで突っ立っていても、目立って仕方無いからね』

「そ、そうだな。分かった」

アキラは小声で答える程度の冷静さは取り戻したものの、まだ大分落ち着かない様子でいつもの裏路地の寝床に向かおうとした。だがアルファに真面目な顔で止められる。

『駄目よ。そっちではないわ』

「えっ？　寝床はこっちだぞ？」

『違うわ。ちゃんと宿に泊まるの。お金なら有るでしょう？』

「そ、そうだけど……」

アキラは染み付いた金銭感覚の所為で、折角稼いだ金を宿代に使うのを躊躇っていた。するとアルファが子供を窘めるように優しく微笑む。

『端金を惜しんだらそれだけ死にやすくなるわ。無駄遣いをする訳ではないの。しっかり稼いだのだから、正しく有効に使いなさい。お金の使い方も私がちゃんとサポートするわ。……良いわよね？　私のサポートを信じてくれるのでしょう？』

そう言われてしまうとアキラも断れない。行動とその結果で信頼を積み重ねる。そう互いに約束したのだ。大金を手にした所為でなかなか止まない動悸を鎮めながら、少し覚悟を決めた真面目な顔で頷く。

「……。分かった」

『ありがとう。それでは、宿に行きましょうか。私が選ぶけれど、良いかしら？』

「ああ、任せる」

『こっちよ』

アルファが笑ってアキラを先導する。宿代は幾らになるのだろうかと、アキラは消すに消せない不安を覚えながら後に付いていった。

ハンター向けの宿は当然ながら銃器等の持ち込みを許可している。対モンスター用の武装は強力なものばかりであり、それらを使用して騒ぎを起こせば宿にも宿泊客にも甚大な被害が出るので、客は行儀の良い行動を求められる。それを守る限りは来る者拒まずが基本だ。

もっとも、仮に死者を出すような騒ぎを起こしたとしても、その賠償を宿側にきっちり支払うのであれば、十分行儀の良い客の範疇だ。スラム街の近場にあるハンター向けの安宿なので、その辺りの基準も緩い。スラム街の子供が武装した状態で部屋を求めても、金さえ有れば宿泊を拒否されることはない。アキラも問題無く宿泊できた。

　アキラはこの宿では並の価格帯の部屋に泊まることになった。部屋はそれなりに広い。ハンター向けの宿として、装備の整備や持ち帰った遺物を置く場所用に、広めの空間を確保している為だ。風呂も付いている。ベッドも付いている。冷蔵庫も付いていて中には食料品も入っている。何よりも外より遥かに安全だ。路地裏の寝床とは雲泥の差が存在している。

　アキラもその価値は十分に理解している。それでも普段の寝床とは比較にならない豪華さに舞い上がる様子などは無く、むしろ少し重苦しいようにも見える複雑な表情を浮かべていた。

「一泊2万オーラムか……。信じられねぇ……」

　その価値を理解できることと、その対価を躊躇無く支払えることとは別だ。宿代を支払った時、アキラの手は少し震えていた。部屋を選んだのはアルファだ。アキラが自分で選んでいれば、もっと安い部屋になっていた。

　小さく溜め息を吐くアキラの姿は、不本意な無駄遣いに少し項垂れているようにも見える。その様子に、アルファが軽く苦笑する。

『いろいろ思うところは有るのでしょうけれど、まずはお風呂にでも入ってゆっくり休んだらどう？』

「……風呂？　風呂か！　入る！」

　風呂という言葉を聞いた途端、アキラは急に態度を変えて喜びを露わにした。

　スラム街にも風呂付きの住居ぐらいは有る。だがその設備を利用できる者は限られている。その建物を占拠している者達や、彼らに金を払える者などでなければ、基本的に入浴の機会など無い。アキラのような路地裏を住み処にする子供に出来るのは、飲み水には適さない水に布切れを浸して体を拭くぐらいだ。

もう朧げにしか覚えていない前回の入浴を思い出しながら、アキラは上機嫌で風呂場に向かった。

浴槽に湯を溜める。その間に念入りに体を洗う。大量の湯を使い、備え付けの石鹸で全身をくま無く洗う。路地裏では不可能な贅沢を満喫する。流した湯が濁らなくなり、石鹸の泡立ちが良くなるまで結構な時間がかかった。

全身をしっかり洗い終えて、その間に浴槽に湯が溜まったのを確認すると、さっそく身を浸す。肩まで浸かって力を抜き、温かな湯の心地良い感覚に身を任せる。すぐに表情が入浴の快楽に屈して緩み始め、疲労と一緒に意識も湯船に溶け出して、口から少しだらしない小さな声を漏らした。

『湯加減はどう？』

アキラが大分緩んでいる意識で声の方に顔を向ける。そこではアルファが一緒に湯船に浸かっていた。一糸纏わぬ姿でアキラの側に座り、湯の温もりでほんのり肌を朱に染めている。滴がその肌の上を流れて、胸の谷間に吸い込まれていく。その艶めかしくも美しい体を隠すものは、湯の屈折と漂う湯気だけだ。

無論、実体の無いアルファが湯に浸かれる訳が無い。アキラの視界内に自身の姿をそう表示しているだけだ。しかし高度な演算能力によるその描画は見事なもので、違和感など全く無い。湯の揺らめきと透過と反射まで計算して描画している。手を伸ばして触ろうとでもしない限り、そこに実在しているとしか思えない。魅惑の肉体を通り抜ける湯の波だけが、その美貌の主がそこには実在していないことを示していた。

アキラがぼんやりしながら答える。

「……最高だ。……何で裸なんだ？」

アルファがわずかに上気した顔で微笑む。

『服を着てお風呂には入らないでしょう？』

「……確かに」

アキラは納得したようにわずかに頷いて、それで

アルファに対する反応を終えた。視線を前に戻して、そのままぼんやりと湯船に身を任せている。

アルファは表向きは変わらずに微笑みながら、アキラの反応に不満を覚えていた。

『アキラ。今の私の姿を見て、何か言うことはない？』

アキラは不思議そうに少し首を傾げると、既に意識の大半が大分湯に溶けてしまっている頭で考えた。そして途切れ途切れに答える。

「……？　……確か、……コンピュータグラフィックスとかいうやつで、……作りもの……何だっけ？」

『あっているわ。確かにそれであっているけれど、そういう話ではないわ。今の私の姿に対する思いとか、造形に対する感想とか、率直に思ったこととか、何かこう、あるでしょう？』

アキラが再度首を傾げてアルファを見る。そして纏まりのない意識の中で思案して、その結果を口に出す。

「……胸が、……大きい？」

アルファが苦笑いを浮かべる。

『確かにそういう話を、私の体に対する評価とか、好みとか、興味とか、そういうことを聞きたかったのだけれど……、今はどうでも良さそうね』

年頃の少年が視覚だけとはいえ全裸の美女と一緒に入浴している。それにもかかわらず、アキラの反応は酷く鈍い。アルファの豊満な胸にも、しっとりと濡れて上気した肌にも、見せ付けるように姿勢を変えて、湯の波で揺らいでいるお尻にも、まるで興味を示していない。

湯船に身を任せ、湯の感触と温もりの快楽を享受している今は、アルファの裸体など全く重要ではない。アキラの目はそう雄弁に語っていた。

アキラの意識が湯船に溶け切って深い眠りに誘われる前に、アルファが苦笑しながら注意する。

『そのまま寝ると溺れ死ぬわよ？』

「……こんなところで、……死んでたまるか」

『死にたくないのなら、お風呂から上がって、ちゃんと体を拭いて、服を着て、ベッドで寝なさい』

「……分かった」

アキラがふらつきながら立ち上がり、ゆっくりと浴槽から出る。そのまま風呂場を出て、体を拭き、備え付けの部屋着を着て、ベッドに倒れ込んだ。するとすぐに耐え切れない睡魔に襲われる。

『おやすみなさい』

「おや……すみ……」

いつものように優しく微笑むアルファに、アキラは睡魔に飲まれて消えかけている意識で辛うじて返事をした。そしてそのまま深い眠りに就いた。


翌日、アキラは日の出後、しばらく経ってから目を覚ました。普段の生活を基準にすれば盛大に寝過ごしている。溜まっていた疲労と路地裏の地面に比べて格段に柔らかなベッドの寝心地が、アキラをいつもの時間には目覚めさせなかった。

目を覚ました後も、いつもとは何かが違う感覚に困惑しながらも、その心地良さに流されて少しぼんやりしていた。するとアルファに笑顔で声を掛けられる。

『おはよう。アキラ。よく眠れたようね』

「……おはよう。アルファ。……？　待て！　ここどこだ!?」

声を掛けられて意識がもう少しはっきりした途端、アキラは見知らぬ場所にいる驚きに飛び起きた。そして慌てて周囲を見渡した。路地裏ならば致命的な挙動の遅れだ。既に死んでいても不思議は無く、その分だけ慌てようも酷い。

アルファがアキラを落ち着かせようと優しい口調で答える。

『ここは昨日泊まった宿の部屋よ。忘れたの？』

アキラはそれでようやく昨日のことを思い出すと、警戒を解いて安堵の息を吐いた。

「……そうだった。宿に泊まったんだった」

アルファが冷蔵庫を指差す。

『取り敢えず、朝食にしたら？　今日は配給所に行く必要は無いわよ。ゆっくり出来るわね』

中身の食料品は宿代に含まれている。残しても返金など無い。並ばずとも手に入る食事に、アキラは少し上機嫌で朝食の準備を始めた。

冷凍食品を調理器具で温める。飲用水は冷えている。それだけで配給の食事とは別物だ。それを個室という自分だけの空間で、他者に奪われる危険など無い環境で食べる。その昨日までとはまるで違う食事を堪能すると自然に顔も緩んでくる。

（2万オーラムも払った甲斐(かい)はあったな）

そのアキラの内心を読んだかのように、アルファが得意げに笑いかけてくる。

『ちゃんと宿に泊まって良かったでしょう？』

「……。ああ。良かった」

アキラの中の捻くれた部分が素直に答えるのをわずかに躊躇わせたが、これといった反論など思い浮かばず、感謝しているのも確かなので、逆に開き直ったような態度でしっかりと答えた。

その様子にアルファが満足げに笑う。アキラは妙な気恥ずかしさを覚えながら、そのまま食事を続けた。

◆

クガマヤマ都市は周辺に多数の遺跡がある関係で、多くのハンターの活動拠点となっている。下位区画にはそのハンター向けの店も多い。

その中にカートリッジフリークという万屋(よろずや)がある。主力商品は銃火器や弾薬など。駆け出しから並程度のハンターを客層とするありふれた店だ。潰れるほど寂れてはいないが、2号店を出店できるほど繁盛もしていない。その経営状態の意味でもありふれた店だった。

カートリッジフリークは店長のシズカが一人で切り盛りしている。適切な装備を勧めるなどの経営努力もあって、ここで初めて装備を調えた新米ハンターの中には、そのままここを贔屓(ひいき)の店にする者も多い。

そしてその一部はしばらくすると二度と来なくなる。理由は大きく二つ。ハンターとして成長し、この店の品揃えでは満足できなくなり、より高性能な装備を求めて贔屓の店を余所の高級店に変更した。或いは、荒野に飲み込まれて命を落とした。多くはそのどちらかで、大抵は後者だ。

シズカは結構な美人だ。自分を目当てに店に通う者がいることも分かっている。昨日口説いてきた男が、翌日遺跡で死んだと聞かされることも多い。商売上避けられないことであり、そこは割り切って商売を続けている。ただしハンターを恋人にはしないと決めていた。

今日もいつものようにカウンターで店内を眺めながら客を待つ。すると見覚えの無い顔が入店してきた。子供だ。一応ハンターに見える程度の武装はしているが、服はスラム街の住人にしては小奇麗という程度で、大して強そうにも見えない。外見の印象だけで判断すれば、真っ当な客として扱うべきかどうかは少々微妙なところだった。

子供は店内を珍しそうに見渡している。シズカはその様子をしばらく注意深く観察して、少なくとも展示品を盗みに来た不届き者ではなさそうだと判断すると、警戒を解いて表情を和らげた。

子供はアキラだった。アキラは店に入った後、しばらく陳列品を見ていてもスラム街のガキだと店から追い出されなかったことに安堵すると、じっくりと商品を見て回っていた。

店には多種多様な銃火器が丁寧に並べられている。値札の側にはカタログスペックも分かりやすく記載されている。だがその手の基本知識はおろか、そもそも読み書き自体が出来ず、真面に読めるのは数字ぐらいのアキラには、内容など全く分からなかった。

「……こっちとこっちは何が違うんだ？　値段だけか？」

素人目には同じ外見、だが値段だけが倍近く違う銃を見比べて、アキラは不安混じりの怪訝な顔で唸っていた。命を賭けて稼いだ金で、これからの命を支える銃を買うのだ。そこでうっかり変なものを選んでしまっては、今後のハンター稼業に多大な支障が出る上に、心情的にも非常にやり切れない。

アルファが優しく微笑んでアキラを落ち着かせる。

『いろいろ違うのよ。細かく説明しても良いけれど、その辺は後にしましょう。アキラには分からなくとも、私がちゃんと選ぶから安心しなさい』

「頼んだ」

アキラは本人ですら聞き取れるかどうか怪しい非常に小さな声で話している。それほどの小声でも、元々音では聞いていないアルファは内容を正確に認識している。そのおかげで店内で虚空と話す不審者になるのは免れていた。しかし無意識に視線をアルファに向けてしまっていた。

シズカがそのアキラの様子に気付いて首を傾げる。

(……誰もいない場所を見ている。誰かいる？　光学迷彩？　でも私の店の中では無効化されているはず……。気の所為ね。目移りしているだけかしら)

店内には防犯契約を結んでいる民間警備会社から貸し出されている各種の防犯機材を設置している。熱光学迷彩の妨害装置もその一つだ。念の為にそちらの記録を確認したが、それらしい反応は記録されていなかった。それでシズカもそれ以上気にするのを止めた。

カウンターにやってきたアキラに、シズカが愛想の良い笑顔を向けて接客を始める。

「いらっしゃい。初めてのお客さんよね？　カートリッジフリークへようこそ。私は店長のシズカよ。どんな御用かしら」

「AAH突撃銃と弾薬、整備ツールをセットでください。あと、買取もお願いします」

アキラはアルファに言われた通りに答えた後、カウンターに銃を置いた。遺跡でアキラを襲った二人組の装備品だ。

シズカはそれらの状態などを調べ終えると、助言を兼ねて一応確認を取る。

「買取品にAAH突撃銃も混ざっているけど、新品に買い換えるの？　確かに整備状態が随分悪いけど、わざわざ買い換えなくてもちゃんと整備し直せばまだまだ使えるわよ？　それにこっちの銃はAAH突撃銃より高性能だけど本当に売って構わないの？」

黙って買い換えさせた方が店の売り上げになる。それを分かった上で助言するのはシズカの性分だ。

アルファが説明を兼ねて付け加える。

『大丈夫よ。買い換えて。銃本体の単純な性能よりも、アキラでも問題無く使用できることの方が重要だからね。ＡＡＨ突撃銃の方も、これから訓練も兼ねて使い込むのだから、誰かの癖が付いているものより新品の方が良いわ』

「大丈夫です。買い換えをお願いします」

「分かったわ。それなら……、買取額と相殺して10万オーラムになります」

アキラは支払いを済ませた後、封筒内の残金を見て少し複雑な思いを抱いた。受け取った時に手が震えたほどの大金は、既に残り6万オーラムまで減ってしまった。20万オーラムは端金。その意味を実感して苦笑いを浮かべる。

シズカがカウンターに注文の品を置き、客への愛想と自分の店の商品への自信を笑顔に込めてアキラに向ける。

「こちらが御注文の品になります。良かったら商品の説明を聞いていく？　意外と中途半端な知識で使っている人も多いから、聞いておいて損は無いわよ。ちょうど暇だったし、たっぷり語ってあげるわ」

たとえそれが客向けのものであっても、自身に向けられた滅多に無い厚意を感じ取り、アキラは理由も自覚も出来ずにわずかに戸惑った。そして確かに興味のある話だからと内心で無自覚に言い訳して、その厚意に甘えることにした。

「えっと、お願いします」

「よし。ＡＡＨ突撃銃は多くのハンター達に愛用されている傑作銃よ。東部で出回っている銃の中でも歴史が古くて……」

シズカは満足そうに笑って説明を始めた。大分暇だったことと、その手の話が好きだった分を合わせて、少し得意げに饒舌（じょうぜつ）に話を続けていく。

ＡＡＨ突撃銃は１００年ほどの歴史を持つ名銃だ。発売当時に傑作と評価された設計を基本にして改修を続け、現在でも東部で広く製造販売されている。

　セミオート、フルオートの切り替え機能付きで、狙撃時の命中率も高い。１００年の運用を基にした改修で設計上の問題点がほぼ完全に解消されており、対モンスター用の銃としては比較的安価で、信頼性、整備性、耐久性に優れ、故障も少ない。その為、愛用者も多い。

　製造企業が独自に機能拡張した製品も多く、愛用者が原形を留めないほどに改造したものも出回っている。今ではそれらの亜種も含めて、一括りにＡＡＨ突撃銃と呼ばれている。

　戦車や人型兵器、或いはそれらに比類する個人武装などでモンスターと戦うハンター達の中にも、何となく、通常の武装を全て失った場合の保険に、御守り代わりに、などといった理由で取り敢えず一挺ぐらいは持っておく者がいる。それほどまでに評価され、愛用されている銃。それがＡＡＨ突撃銃だ。

　シズカは満足げに説明を終えた。そこらのハンターなら普通に知っている話でも、アキラのように興味深く聞いてくれると、店主として話し甲斐があった。上機嫌で接客を続ける。

「他に何か必要な物はある？　例えば回復薬とかね。幾らあっても困る物ではないし、ちょっと荷物が増える程度のことは我慢して、過剰なぐらい持っていくのがお勧めよ。予備の弾薬を少し減らしてでもね」

　アキラが少し意外そうな顔をする。

「そういうものなんですか？　弾は多過ぎるぐらいで良いと思うけど」

「回復薬を減らして弾薬の予備を増やすぐらいなら、むしろ早めに引き返す予定を立てた方が良いわ。感覚的には軽い負傷であっても、その負傷が命取りになるかもしれない。まだいける、よりは、もう危ない、って考えが大切よ」

　アキラが少し考える。回復薬なら遺跡で手に入れたものが残っている。その効果から値段を推測し、手持ちでは買えないと結論付けて、自分でも買えそうで必要なものを思い浮かべる。

「それならハンター用の服とか有りますか？」

「防護服？　強化服？　ごめんなさい。その手の商品は個人用のサイズ調整が必要になるものが多いから、基本的に私の店では取り扱っていないのよ。どうしても必要なら取り寄せぐらいはするけど……」

　ハンター向けの店で服と言えば、基本的に戦闘服を意味する。耐刃、耐圧、防弾機能等を持つ防護服や、人工筋肉等で身体能力を上げる機能を持つ強化服などだ。少し申し訳無さそうなシズカの様子に、アキラが少し慌てて首を横に振る。

「あ、そうじゃなくて、その、丈夫で荷物を運びやすい服です。あとリュックとかも有れば……」

「ああ、そういうこと。……あれは確か子供用のサイズじゃなかったけど、調整すれば多分大丈夫か。ちょっと待っていて」

　シズカが一度店の奥に行き、アキラの要望の品を持って戻ってきた。服とリュックサックだ。服は簡易装甲を貼り付ける種類の防護服だが、装甲は全く付いておらず、現状では少々頑丈な服でしかない。型落ち品で売り物にならず、リュックサックと一緒に倉庫で埃を被っていたものだった。

　シズカにそれらの代金は先程の支払いに含めておく、つまり只(ただ)で良いと言われて、アキラは驚いた。

「本当に良いんですか？」

「構わないわ。おまけみたいなものだしね。もし気が咎(とが)めるのなら、常連客になって店の売り上げにたっぷり貢献してちょうだい」

「分かりました。いろいろありがとうございます」

　愛想良く、そして優しく微笑むシズカに、アキラも少し顔をほころばせると、丁寧に頭を下げた。

　帰っていくアキラを笑いながら軽く手を振って見送り、その姿が見えなくなった後で、シズカはその表情を少し心配そうに曇らせた。

「子供のハンターか。彼はいつまで生き延びられるのかしらね」

　ハンター稼業はただでさえ死にやすい。子供ならば尚更だ。そして恐らくアキラには対モンスター用の銃を使った経験さえ無い。シズカは経験でそれを見抜いていた。

「出来れば常連になってもらいたいわ。本当に」

服とリュックサックは、すぐに死ぬかもしれないアキラへの、せめてもの手向けの品だった。

# 第6話　信じる

宿に戻ったアキラがシズカの店で購入したAAH突撃銃を見て笑っている。ハンター用の装備をようやく手に入れたこともあって上機嫌だ。

モンスターとの交戦を前提に設計製造された銃は想像より重かった。その重みに、今後のハンター稼業で幾度となく繰り返すモンスターとの戦闘をわずかだが実感し、自分の命を預ける銃を真面目な顔で感慨深く握り締めた。

そのアキラの様子を見ていたアルファが少し真面目な顔で、相手の心情など全く考慮していないことを尋ねる。

『アキラはああいう女性が好みなの？』

「ああいう女性って？」

『その銃を買った店の店長のことよ。名前はシズカだったわね。アキラ、かなりデレデレしていたでしょう？』

アキラが少し不思議そうな顔を浮かべる。

「デレデレって……、普通に装備を買っただけだろう。確かに服とリュックをおまけしてもらって嬉しかったけどさ。でもその程度だろう？」

アルファが軽く追及するように食い下がる。

『いいえ、違ったわ。私には分かるわ』

「そう言われてもな」

アキラは別にごまかした訳ではなかった。感情としては淡く、自覚も無く、本当に分からなかったのだ。その為、わずかに困惑したような顔を浮かべただけで話を流した。

アルファにとってアキラの女性の好みは重要な情報だ。だが今は追求するだけ無駄だと判断し、話を切り上げる。

『まあ良いわ。銃も手に入れたことだし、その訓練も含めた今後の予定について話すわね。基本的に週一で遺跡探索、残りは全て訓練と勉強に割り当てるわ。もっと遺物収集の機会を増やして稼ぎたいとか思ったとしても、そこは文句を言わないでね』

「分かった」

『あら、随分素直ね』

先程の様子とは大分異なるアキラの反応に、アルファが少し意外そうな様子を見せた。するとアキラが真面目な表情で答える。

「その辺のことはアルファを信じるって決めたからな」

信じる。アキラは深く考えずにその言葉を口にした。だがそれはアルファには重要な意味を持つ言葉だった。

アルファが非常に真剣な表情を浮かべる。

『そう。それなら、これからのことで一番大切なことを早速始めるわ。アキラ。今からとても大事なことを話すから、真剣に聞いてね』

アキラも真剣な表情で頷く。過去にアルファがこの表情を浮かべた時は、自分に死の危険が迫っている場合ばかりだった。そう思うと軽い緊張を覚えて、態度も自然に真面目なものになる。

アルファもしっかりと頷き返した。その直後、その表情が急に酷く事務的なものに変わった。

アキラが少し怪訝な様子を見せる。

「アルファ？」

アルファはその呼び掛けに反応を示さず、浮かべている表情に見合った事務的な口調で話し始める。

『アキラに対するより高度なサポートを円滑に行う為に、事前の説明、承諾無しに多種多様な操作をアキラに対して実施してもよろしいですか？　これにはレベル5個人情報の承諾無しでの取得及び活用が含まれます。説明内容に対する補足情報の取得は任意です』

アキラはアルファの様子と話の内容の両方に戸惑っていた。

「つまり……どういうこと？」

『口頭説明による規則内容及び個別概要の把握に要する推定時間は約120年になります。詳細内容認識までに要する時間は現状算出不可能です。優先提示項目の順位決定方法は条例認識算出手法A887による偏向回避法により規定されています。該当項目の口頭説明による規則内容及び個別概要の把握に要する推定時間は……』

「……えっと、意味がよく分からないんだけど、はい、って言っておけば良いのか？」

『概要に反しない詳細項目に対し、全て同意したものとみなされます。これには狭義の思考誘導、広義の自由意志干渉が含まれます。対象者の生命及び思想の保護は、自足自縛行動法２１３８７３条により生命及び思想の拘束と同義です。これには非該当地域での特殊協力者に対する規定の全てを含みます。同時に……』

アキラは説明の内容を全く理解できなかった。それでも何とか理解しようと、軽く混乱しながら途中で口を挟んで質問を繰り返す。だがアルファは事務的な態度を変えずに、より長く難解な説明を返してくる。その結果、アキラは説明の理解を諦めてしまった。

内容は分からないが、アルファは自分に何らかの許可を求めている。アルファの指示に逆らうと、死ぬ危険性が飛躍的に増す。アルファを信じて信頼を積み重ねると決めている。それらの判断、経験、決意から、アキラは悩んだ末に結論を出すと、真面目な表情を浮かべた。

「最初の質問に対する答えは、はい、だ」

『再確認します。アキラに対するより高度なサポートを円滑に行う為に、事前の説明、承諾無しに多種多様な操作をアキラに対して実施してもよろしいですか？』

「はい」

アキラがそう言い切ると、アルファの態度から事務的な雰囲気が消える。そして嬉しそうな笑顔を向けてくる。

『ありがとう。大丈夫。悪いようにはしないから安心して』

アキラはアルファの様子が戻ったことに安堵した。その後に少しだけ不満そうな様子を見せる。

「初めからそう言えば良かったんじゃないか？」

『いろいろ面倒なことがあって、そう話す為にさっきの話が必要だったのよ。面倒なことを避ける為に面倒な手順がいる。世の中そんなものよ。ところでアキラ、昨日お風呂に入っていた時の話だけれど、私の胸についてどう思う？』

意味深に微笑みながらの唐突な質問に、アキラが若干慌てて出す。

「な、何で急にそんなことを聞くんだ？」

『昨日アキラに私の裸の感想を尋ねたら、胸が大きいって答えたからよ』

「……そんなこと、言ったっけ？」

『言ったわ。聞かれたことを答えただけ。そんな感じだったけれどね。でもあれだけ朦朧(もうろう)とした状態でそう答えたということは、アキラもやっぱり私の胸に興味が有るってことよね。触ってみたい？』

アルファは楽しげに少し挑発的に微笑んでいた。そのどこかからかっているような態度に、アキラは少し臍(へそ)を曲げた。素直に答える気にはなれない。だがアルファとの信頼を積み重ねる意味でも嘘は吐きたくない。そこで肯定とも否定とも取れる返事をする。

「……いや、無理なんだろ？」

『今はね。ただアキラが望むなら、私の指定する遺跡の攻略後なら可能よ。どう？　興味が湧いた？　触ってみたい？』

「遺跡を攻略すると何で触れるようになるんだ？」

『その辺の説明はややこしいのよ。それでどう？　触ってみたい？』

アルファの少ししつこい態度に、アキラも怪訝な様子を見せる。

「……さっきから一体何が言いたいんだ？」

アルファが楽しげに微笑む。

『分かりやすい成果報酬を提示して、アキラのやる気を長期的に向上させようとしているの』

「つまり、色仕掛けか」

『そういうことよ。どうもアキラの場合視覚に訴えるのは効果が薄いようだから、触覚に訴えてみようかと思って。私の裸を間近で見たのにちょっと照れるだけって、相当な鈍さよ？』

湧いた疑問に対する少し馬鹿馬鹿しい答えに、アキラは盛大に溜め息を吐いた。

「そういうのは、俺がもっと大人になってからやってくれ。大人になったら、たっぷり見るしたっぷり触るよ。それで良いか？」

『そうね。アキラとは長い付き合いになる予定だから、その時はたっぷり楽しんでちょうだいね』

アルファは自信満々な態度で答えた。それで話題に区切りが付き、アキラもそれ以上深くは気にしなかったので、話はそのまま流された。

これにより、この場でアキラが先程の事務的な遣り取りの内容に疑念を抱く契機は、アルファの意図通りに流された。

アルファが気を切り替えるように真面目な顔を浮かべる。

『それでは、面倒な話も終わったことだし、訓練を始めましょう。準備は良い？』

アキラもすぐに気を切り替えると、真面目な態度で頷く。

「大丈夫だ」

アルファも満足そうに頷く。

『まず、アキラには念話を覚えてもらうわ』

「念話？」

『取り敢えずは、声を出さずに会話する、とでも考えて。そこから順に進めていきましょう。高速で正確な情報伝達は戦闘でも重要よ。それに、アキラがこれ以上虚空と会話する不審者になることも無くなるしね。早めに覚えてしまいましょう』

アキラはどんな訓練でも文句を言わずにしっかり受けるつもりだった。だが予想外の内容に流石に困惑していた。

「そう言われてもな。具体的に、どうすれば良いんだ？」

『具体的な方法を口頭で説明するのは難しいのよ。個人差も大きいしね。耳で聞き、口で話すのではなく、脳で聞き、脳で話す。その感覚を自分で摑むしか無いわ』

アキラはますます困惑していた。そこでアルファが取り敢えずの方法を提示する。

『まずは、私に心の中で話し掛けるように念じてみたらどう？　適当な話題を振っても良いわ。右を向けとか、簡単な指示を出しても良いわ。私もそれに応えるから、それで伝わっているか確認しましょう。始めて』

アキラは戸惑いながらも言われた通りに訓練を開始した。

しばらくの間は、成果無しの状態が続いた。無意識に小声を出してしまい、それでは意味が無いと注意されながら、頭の中で試行錯誤を続ける。

意識を集中して強く念じる。凝視しながら頭の中で訴えかける。目を瞑って無言で呼び掛ける。それらを真面目にひたすらに続けていく。しかしアルファは何の反応も返さない。それでもアキラは朧げな指針しか無い訓練を真剣に続けた。

そして1時間ほど経過した頃、契機が生まれた。右を向けと必死に呼び掛け続けていたアキラの前で、アルファが右を向いたのだ。アキラが驚き、アルファが笑う。

『そうそう。そういう感じよ。続けましょう』

『あ、ああ』

アキラは無意識に念話で返事をしたことにも気付かずに、そのまま訓練を続けた。一度成功した後は再現も比較的容易になっていた。念話を繰り返してその精度を上げていく。

『なかなか良くなってきているわね。アキラも私の声を念話としてしっかり聞き取れるようになっているわ。これでどんな轟音の中でも、もう私の声を聞き逃すことは無くなったわよ。聴覚経由だと外の音とどうしても混ざるから、戦闘中で銃声とかが酷いと聞き取れない場合があるのだけれど、もうその心配は無くなったわ』

アキラも念話で返事を返す。

『ああ、なるほど。それは確かに便利だな』

『そうでしょう？　これも戦闘訓練の一環なのよ』

『でもこれ、外でやっても良かったんじゃないか？』

アキラが少し怪訝な顔を浮かべていると、アルファが少し意味有りげに楽しげに微笑む。

『虚空に必死に呼び掛けている不審者そのものの姿を、わざわざ人目に晒す必要は無いでしょう？』

『……確かに』

　今まで恐らく何度もその姿を晒していたであろう自分を想像して、アキラは苦笑いを返した。

　しばらくすると、会話程度なら念話で問題無く出来るようになった。そこでアルファが念話の訓練を次の段階に進める。

『口頭レベルの言語的な通信は十分ね。次は意図や意志、イメージのようなあやふやなものであっても正しく送信できるようになってもらうわ』

　再び抽象的なことを言われたアキラが少し顔を険しくしたが、アルファは構わず説明を続ける。

『百聞は一見に如かず。念話を使用して、口頭では伝達困難なイメージを素早く的確に伝えることが出来れば、戦闘中の咄嗟の意思疎通も容易になる。これも戦闘訓練だと思って、頑張りなさい』

「分かったけど、ちゃんと伝わってるって、どうやって確認するんだ？」

『手始めに、私の服装をいろいろ想像して、それを送るような感じで試してみて。私はアキラから伝えられた内容の通りに着替えるわ。その格好がアキラの想像通りなら成功よ。やってみて』

　アキラは言われた通りにアルファの服装を思い浮かべると、それを念話で送信した。するとアルファの服が変化する。だがその服は様々な布切れを適当に縫い合わせたような酷いものだった。それを見てアキラが顔をしかめた途端、その服は更に歪み始め、そのまま消えてしまった。

　慌てるアキラの前で、アルファがその裸体を晒しながらからかうように笑う。

『失敗ね。服のイメージがちゃんと伝わってきていないわ。それとも、私の裸を見たかったの？』

「ち、違う！　早く何か着てくれ！」

『駄目。これも訓練よ。私に服を着てほしいのなら、ちゃんとしたイメージを送れるように頑張りなさい』

　アキラが慌ててイメージの再送を試みる。アルファの裸体が再びあやふやな服らしきものに覆われる。だが慌てた分だけ精度が落ちており、すぐに全裸に戻った。

アキラの試行錯誤は続く。アルファは得体の知れない何かを身に纏う姿と、一糸纏わぬ姿を繰り返していた。まずは簡素な下着だけでもイメージすれば全裸は防げるのだが、慌てているアキラはそれに気付かず、アルファは分かった上で黙っていた。

その後もアキラは失敗を続けた。ようやくアルファに真っ白で一切飾り気の無い単調な服を着せるのに成功したのは、遅めの夕食をとった後だった。

『今日はこんなところね。初日にしては良い成績だと思うわ』

「何か、凄く疲れた……」

『それなら、お風呂に入ってゆっくり休みなさい』

「そうする……」

精神的に疲れているとはいえ、昨日のような疲労は無い。アキラはゆっくり風呂に入って十分に休息を取った。そして風呂から出るとそのままベッドに入り、睡魔に身を任せてそのまま眠りに就いた。

今日、アルファは許可を求め、アキラはその内容も分からずに、アルファを信じてその許可を出した。

アルファは嘘は吐いていない。訓練はアキラの実力を、許可はアキラの生存確率を大幅に向上させる。自身が指定する遺跡を攻略してもらう為の、より高度なサポートを実現する手段となる。だが、それだけではない。

自分は何を許可したのか。疲れて眠ってしまったアキラに、その疑問が浮かぶことは無かった。

◆

翌日、宿に籠もっての念話等の訓練が終わり、遂に荒野に出ての訓練が始まった。

アキラはシズカの店で購入した装備を身に着けている。一応は防護服である服を着用し、対モンスター用の銃であるＡＡＨ突撃銃を持つ姿は、拳銃片手に荒野に出ていた時とは雲泥の差があり、自然に気も引き締まった。

アルファがアキラの前に立ち、笑って訓練の開始を告げる。

『では、射撃訓練を始めましょう。アキラ。早速銃を構えて』

アキラが銃を構える。至極真面目に構えたのだが、銃の訓練など受けていないので正しい構え方など分からない。その所為であやふやな記憶に頼った見様見真似のまさに素人の構えになった。

アルファが微笑みながら駄目出しする。

『うん。まるで駄目ね。ちゃんと銃を体に固定すること。こうよ』

アルファが手に映像だけのＡＡＨ突撃銃を表示すると、それを構えて手本を見せた。

服以外も表示できるのかと、アキラは少し驚いた。だが姿を自在に変えられる以上、別に不思議は無いかと思い直し、手本を見て銃を構え直した。

その後、構えの細かい不備を何度も指摘される。腕や脚の位置の調整から始まり、体全体の力の入れ具合による重心の微妙な調整まで、徐々により細かく注意される。最終的には両足の親指の微妙な力加減まで指示された。

見た目からは分からない力の入れ具合を、なぜそこまで細かく正しく指摘できるのか。訓練に必死なアキラはそのことに気付けなかった。

構えの訓練だけで1時間が経過する。アキラはまだ一発も撃っていないのに既に大分疲労を覚えていた。しかし疲労の甲斐とアルファの適切な指導のおかげでアキラの構えはこの短時間で驚くほど上達した。

素人から脱したアキラの構えを見て、アルファが満足げに頷く。

『よし。そんな感じよ。今の構えを意識しておいてね。次は、今からあの小石を撃ってもらうわ』

アルファがアキラの前方を指差す。アキラはその方向を凝視して、顔をしかめた。アルファは１００メートル先の小石を正確に指差しているのだが、アキラに分かる訳が無い。

「あの小石って……、どこだよ」

抗議の口調と視線を向けてきたアキラに、アルファは不敵に微笑んだ。

『すぐに分かるわ。今から私のサポートの凄さを改めて教えてあげるから、たっぷり驚きなさい。もう一度、私が指差す先を見て』

アキラは少し怪訝に思いながらも、言われた通りにそちらに視線を向ける。すると視界に長方形の枠が現れた。緑色の枠の中には同じく緑色の円形が表示されている。思わずその部分を注視すると、高機能な双眼鏡の自動拡大機能のように、視点周辺部が拡大表示された。驚きで凝視を止めると、拡大表示は元に戻った。

「アルファ!? 俺の視界が何か変になったんだけど、何かしたのか!?」

アルファがアキラの反応に満足げに微笑む。

『私のサポートでアキラの視界に拡張機能を追加したのよ。活用して目標の小石を探しなさい』

アキラの視界に赤い点が現れる。そこを注視すると、再び部分的に拡大表示された視界の中に、赤く縁取りされた小石を見付けた。ただしかなりぼやけていた。

『裸眼だと拡大表示にも限界があるから、今度は銃の照準器を使いなさい』

アキラが銃の照準器越しに先程の小石を探そうとする。しかし照準器越しの視界は狭く、しかも小石はその視野の外にあるので、見付けるのは非常に困難だ。

すると視界の右端に小石の位置を示す印が現れた。その方向に照準を少しずつ移動させると、視界に先程の小石が現れる。更に銃口から小石に向かって青い線が伸びていた。

『その青い線は私が算出した弾道予測よ。目標にその線を合わせて引き金を引けば、高確率で命中するわ』

青い線は不規則に揺れ続けている。アキラはそれを目標の小石に何とか合わせようと努力して引き金を引いた。発砲音が響く。銃撃の反動がアキラの体勢を崩す。銃口から勢い良く撃ち出された弾丸が、大気を穿ち引き裂きながら高速で飛んでいく。

そして目標の小石とは見当違いの場所を通過して、荒野の向こうへ消えていった。

「……外れた」

『あくまでも予測であって、予知ではないからね。実際の弾道は計算外の事象によって大きく変化するわ。主な原因は発砲時の体勢の崩れよ。教えた銃の構えを意識して、しっかり狙って撃ちなさい』

アキラは集中して目標を狙い続けた。だが一向に当たる気配が無い。それどころか照準器越しの景色に着弾の跡が無い。大きく外れている証拠だ。構えが崩れるたびにアルファから指摘が飛び、構えを直して撃ち続ける。

『実戦ではあんな小石ではなくモンスターを狙うのよ。目標の急所に的確に命中させて、可能な限り即死、最低でも行動不能にさせないと、反撃で殺されるわ。外せば死ぬ。それぐらい集中して撃ちなさい』

そのまま1時間ほど続けた頃、ようやく照準器越しの景色に着弾の跡が現れ始めた。そして溜まった疲労からアキラの集中も緩み始めた。その緩みが生んだ疑問を何となく口に出す。

「なあアルファ。ちょっと思ったんだけどさ。今やってる視界の拡張とか、念話とか、もっと前から出来なかったのか？」

アキラにとっては雑念からふと浮かんだだけの、たわいの無い疑問だった。だがアルファは返答内容によっては不要な不信を生むと判断し、変わらない微笑みの裏で言葉を選ぶ。

『簡単に説明すると、出来るならやっているし、やった方が良いならやっている、そんなところね。まずあの二人組に襲われた時のことを例に挙げれば、まだアキラから許可を得ていなかったから出来なかったわ』

「言ってくれれば許可は出したと思うぞ？　あのなんか、勝手にサポートして良いかってやつだろう？」

『そもそも、その許可を得る為の許可が無かったのよ。あの時の私には、それを聞く許可すら無かったの。口答で説明すると時間が全然足りないほどに長い規則の所為でね』

「そうか。うーん。面倒なんだな」

『それに、仮に許可が有ったとしてもやらなかったわ。戦闘中に視界が急に変わったら、アキラは間違いなく混乱して真面に動けなくなっていたわ。だから、私も敢えて使用しないという選択を選んだはずよ』

「あー、確かにそうかもな」

アキラは納得して頷いた。その反応を確認し、それをもとにアルファが話を進める。

『これからも私が一見簡単に出来そうに思えることをわざとしなかったようなことが有ったら、大体そんな理由だと思って。物理的に出来ないか、技術的に出来ないか、規約的に出来ないか、実行したら状況が悪化するか、そのいずれかよ』

そこでアルファは印象付けるように微笑んだ。

『私だって何でも出来る訳ではないの。何でも出来るのならアキラに遺跡攻略を頼まずに自分でやっているわ。いろいろな制約が有ってそれが出来ないからアキラに依頼しているのよ？』

良く分からないがとにかく凄い人物。そう思っていた者のどこか言い訳じみた言葉に、アキラが少し意外に思う。

「なんか、アルファもいろいろ大変なんだな。まあ、俺はそのおかげでアルファに会えたんだ。アルファには悪いけど、そのいろいろに感謝するべきなのかもな」

アキラは考え無しにそう言った後、失言だったかと少し焦った。するとアルファがからかう理由を見付けたというように悪戯っぽく微笑みながら顔を近付けて、誘うような声を出してくる。

『もっと遠慮無く感謝してくれて、具体的な行動で返してくれても良いのよ？　例えば、もっと命中率を上げるとか、もっと私の色仕掛けに引っかかるとかでね？』

「……前者の方で頑張るよ」

アキラが引き金を引く。弾丸は目標を大きく外れた。

訓練は日没近くまで続けられた。アキラの射撃の腕はそれなりに向上した。アルファのサポートを前提にして、１００メートル先のそこそこ大きい石を的にしっかり狙えば、百発一中ぐらいの確率で命中するようになった。

本日の訓練を切り上げて、闇夜に紛れて都市に戻り、前と同じ宿に泊まる。宿代の支払いを済ませ、あっという間に大きく減った所持金に端金の意味を改めて実感し、それらの思考を脇に置いて風呂に入る。溜まった疲労を湯船に捨てて、代わりに睡魔をたっぷり補給する。そして風呂場を出た後はベッドに倒れ込むように横になり、そのまま就寝した。

次の日、アキラは宿でＡＡＨ突撃銃の整備を続けていた。これも訓練だ。銃の正しい整備方法など知らないので、アルファから事細かに指示を受けながら念入りに作業を進める。

『当面、この銃がアキラの生命線よ。この銃の整備を軽んじることは、自分の命を軽んじることでもある。そう考えて、しっかり整備しなさい』

「分かってる」

何度も注意を受けて、悪戦苦闘しながら、真面目な顔で作業を続ける。銃を分解して全ての部品を念入りに整備する。そしてばらばらになった部品を元の銃に組み立て直す。すると部品が余った。慌てて銃を再度分解して組み立て直す。先程余った部品は正しく銃に収まったが、今度は別の部品が余った。

余った部品を見て唸るアキラに、アルファが微笑みながら釘を刺す。

『この銃をこの状態で使用するのはお勧めしないわ』

「わ、分かってる」

再び銃を分解して組み立て直した。今度は部品は余らなかったが、正しく動作するかどうかは別であり、当然指摘が入った。その後も悪戦苦闘を繰り返し、何とか銃の整備を終えた頃には既に半日が過ぎていた。

「この調子だと。予備の銃とか手に入れたら整備だけで一日が終わるな」

『そこは訓練で手早く効率的な整備の腕を身に付けるしかないわ。整備に出すお金も無いしね。よし。今日の訓練は終わりよ』

　アキラが少し不思議そうにする。

「終わりって、この後に射撃訓練をするんじゃないのか？」

『私と出会ってからアキラは遺跡探索と訓練しかしていないからね。息抜きも必要よ。アキラは何かしたいこととか有る？』

「したいこと、か」

　アキラが少し考える。だが何も浮かばなかった。スラム街で過ごしていた時は屑鉄(くずてつ)集めなどをして金を稼いでいた。今の状況なら遺跡探索がそれに当たる。

　今までアキラの時間は全て生存の為に使われていた。余暇という概念が酷く希薄だった。その所為でアキラの思考は空回りを続けており、幾ら考えても唸り声が続くだけだった。

　アルファが何も聞かずにアキラの思考と、それに至った理由を把握する。

『それなら余った時間は読み書きの勉強に充てましょうか。娯楽としての情報収集にも、勉強としての情報収集にも、読み書きが出来ないと非効率よ。いろいろ楽しむ為にも早めに覚えてしまいましょう』

　宿の雑貨屋で数冊のノートと筆記用具を購入し、それらを教材にしてアルファから読み書きの授業を受ける。アルファの教え方は非常に効率が良く、アキラもしばらくすると自分の名前の読み書きぐらいはすぐに出来るようになった。

　ふとアキラは自分のハンター証に名前が間違って登録されていることを思い出した。ハンター証を取り出してそこに記されている名前をじっと見る。アジラ。そこにはそう記載されている。

　自分の名前が間違って記載されていることを、アキラはようやく自力で識別できるようになったのだ。

「……少しは賢くなった訳か」

アキラは少し皮肉気味に、だがどこか嬉しそうに笑った。

◆

アキラが今日も荒野で射撃訓練を続けている。

正しい体勢を意識して銃をしっかりと構え、真剣な表情で照準器を覗き込み、照準を標的の小石に合わせる。アルファのサポートにより視界に拡張表示されている弾道予測の青線は、今も呼吸による体のわずかな揺れの影響を受けて揺れ続けている。

アキラは息を大きく吸って呼吸を止め、集中し、ほんの一時、青い線の揺れを止めた。そして引き金を引いた。

撃ち出された弾丸が一直線に宙を駆けて標的に命中する。着弾の衝撃で小石が割れながら弾き飛ばされた。

「おっ！　良い感じじゃないか？」

三回連続での命中に、アキラは自身の腕前の上達を実感して嬉しそうに笑った。まだまだアルファのサポートに頼り切りであり、自力での狙撃成功にはほど遠いと分かっている。しかし以前の素人同然の腕前と比較すれば劇的な成長だ。

アルファも嬉しそうに笑う。

『もう素人は卒業できたようね。良い調子よ。大したものだわ』

ひたすら駄目出しされ続けてきた相手からその上達ぶりを褒められれば、幾ら捻くれたアキラでも流石に嬉しく思う。わずかだが得意げにも見える笑顔をアルファに向けた。

するとアルファがアキラに向けていた笑顔を、どこか楽しげな様子で少し意味深なものに変えた。

『その調子で次も頑張って。そこそこ当たるようになったから訓練の内容を少し進めるわ。次から標的を少し変えるけれど、今まで通りに、前にも話したように、外したら殺される、その覚悟で狙いなさい』

アルファが次の標的を指差す。アキラも少し嫌な予感を覚えながらそちらに視線を向ける。そして標的を視認した途端、顔を恐怖で大きく強張らせた。そこには先日アキラを殺しかけたウェポンドッグが立っていた。

大きく歪んだ顔。巨体の背中から生える大砲。それを支える非対称の8本脚。恐怖の記憶として刻まれた忘れられない姿だ。アキラにはそれが近くにいれば絶対に気付ける自信が有った。そもそもこの巨体では、いつの間にか忍び寄るような真似は絶対に出来ないはずだった。だが全く気付けなかった。

驚きの余り動きを止めていたアキラが、我に返って逃げ出そうとする。だがその前に、アルファに笑って種明かしをされる。

『安心して。私と同じ映像だけの存在よ』

アキラが思わずアルファを見る。そして危険は無いと示すアルファの笑顔で少し落ち着きを取り戻した。そして心臓の激しい鼓動を感じながら怪訝な顔でウェポンドッグを見る。どう見ても本物にしか見えない。

だがその巨体が微動だにせず、視線の方向から考えれば間違いなく自分を認識しているにもかかわらずに、全く反応を示さないことに気付くと、その不自然さからようやく実在していないと理解して、安堵の息を吐いた。

「脅かさないでくれ」

不満げな表情で非難の視線を送るアキラに、アルファは悪びれた様子も無く笑顔を返した。

『これから先、こういうモンスターと山ほど戦うことになるのだから、突然の遭遇時の対応、反応、心構えを兼ねて、今の内に慣れておかないと駄目よ。あの狼狽えようでは、実戦なら死んでいたわよ？』

アルファが手でアキラに訓練の再開を促す。アキラは釈然としないものを覚えながらも銃を構え直した。

『弱点は相手の眉間。一発で決めなさい』

アキラが照準器越しにウェポンドッグを見る。標的は赤く縁取りされた状態で、眉間に弱点を示す印が表示されていた。落ち着いて標的の眉間に弾道予測の青線を合わせようとする。だが上手くいかない。

両腕の震えが銃に伝わり、青い線を揺らし続けていた。

（……落ち着け。あれは映像だ。ただの的で、小石を狙うのと同じなんだ……）

そう分かっていても、怖いものは怖い。一度は殺されかけた相手であり、動かないことを除けば本物にしか思えない。しかも狙っている以上、どうしてもその姿を直視しなければならない。平静を保つのは困難だ。

それでも深く大きい呼吸を繰り返し、心身を少しずつ整えていく。震える腕に力を込めて弾道予測の青線のぶれを抑え、可能な限り平静を保ち、息を止め、集中する。そして険しい顔で引き金を引いた。

アキラは出来る限りのことをした。だが撃ち出された弾丸はウェポンドッグの眉間どころか体にも当たらず、その近くの地面に着弾した。

その途端、ウェポンドッグが突如動き出す。巨大な咆哮を上げて巨体を素早く動かし、背中の大砲をアキラの方へ向ける。そして大砲の口径に見合う巨大な砲弾を撃ち出した。砲弾がアキラの近くに着弾し、爆発して派手な爆炎をあげた。

アキラは驚き固まっていた。その視線の先で、ウェポンドッグが再び咆哮を上げ、大砲を撃つような動きを見せる。だが砲弾は発射されなかった。すると再度の咆哮の後、アキラを目指して勢い良く走り出した。

迫り来る巨体を見てアキラがようやく反応を見せた。銃をウェポンドッグに向けて乱射する。だが恐怖と混乱の所為で構えも照準も滅茶苦茶（めちゃくちゃ）になっており、一発たりとも命中しなかった。

その隙にウェポンドッグが非対称の8本脚からは考えられない速度で急激に距離を詰めてくる。相手との距離が縮まれば、流石に銃弾も数発は当たり始める。だがモンスターの異常な生命力の前には、たかが数発の銃弾など何の意味も無かった。被弾を無視して突き進む。そのままアキラを食い殺そうと大口を開けた。

アキラは絶対の死を感じ取り、固まってしまった。

死の直前に見るゆっくりと時間の流れる世界の中で、ウェポンドッグの大口から生えた歪で強靭な無数の歯が迫ってくる。瓦礫を噛み砕き、金属を食い千切る牙にとって、それらより遥かに柔らかな肉を食らうなど余りにも容易い。

　大口から飛び散る涎すら目で追えそうなほど酷く遅い世界の中で、アキラはどうすることも出来ずにいた。目の前で閉じられていく大口と、自身の死が連動していることを、ただ無理矢理に理解させられていた。そして遂にその大口が閉じられた。

　ウェポンドッグはアキラに飛び掛かったその勢いのまま、アキラを通り抜けていった。

「…………えっ？」

　しばらくの硬直を置いてから、ようやく我に返ったアキラが気の抜けた声を出した。そして振り返る。ウェポンドッグの姿など、どこにも無かった。

　そこでアルファが笑って告げる。

『映像だけの存在だって、ちゃんと言ったでしょう？』

　これが訓練でなければ、この光景のように反撃されて殺される。それを教える為に狙撃失敗時の光景を映し出していた。アキラもそうようやく理解が追い付いた。

　砲弾の爆発も映像であり、着弾点にその跡など全く無い。爆発の風も感じなかったと思い出す。恐怖と緊張から解放されてへたり込もうとする体を何とか支えると、非難の意思を視線に込める気力も弱々しい状態で、アルファの方に顔を向けた。

「先に言っておいてくれよ……」

　アルファは笑って地面を指差していた。そこを見たアキラの顔が歪む。そこには生首が転がっていた。映像のウェポンドッグに喰われた映像のアキラのなれの果てだ。

『標的の弱点をしっかり狙って、即死させるか最低でも戦闘能力を喪失させる負傷を与えないと、反撃でこうなるわ。外したら殺される、その覚悟で狙いなさいって言ったでしょう？　実戦でこうならないように、しっかり訓練しなさい』

生首は恨みがましい視線をアキラに向けていた。腕引きつった顔でそれを見ていたアキラが、ふと以前に見た悪夢を思い出す。そして表情を引き締める。

「……そうだな。分かったよ。やれば良いんだろう、やれば。了解だ。アルファ！　次だ！」

アルファが少し意外そうな顔を浮かべた後、楽しげに笑う。

『やる気十分ね。続けましょう』

アルファが指を差した先に、再び映像のウェポンドッグが表れる。アキラは鬼気迫る顔で銃を構えた。

先程のアキラの言葉は、アルファに言ったというよりは、生首のアキラと、悪夢の中のアキラに向けて言ったものだった。それらが自分に向ける非難の視線への返答だ。

標的を狙い、引き金を引く。外れる。標的が動き出し、咆哮を上げて襲い掛かってくる。そこまでは前回と同じだった。

だがアキラはその後も標的をしっかり直視した。恐怖を噛み殺して銃の構えを維持し、凶悪な顔に照準を合わせて、再度引き金を引く。再び外れる。腕の震えに加えて、標的が移動目標に変わったことで狙撃の難度は跳ね上がっている。そう簡単には当たらない。

それでもアキラはしっかりと標的を見続けた。最後まで真面に命中せず、結局は襲われてしまい、映像の生首が一つ増えてしまったが、最後の最後まで、しっかりと敵の姿を直視していた。

「次だ！」

同じことが繰り返される。地面に転がる生首が増えていく。それでも続けていく。

「次だ！」

そして何度目かの後、息を整え、集中し、恐怖を覚悟で握り潰した一発が、目標の頭部に命中した。完全な弱点ではなかったが、それでも敵の動きを鈍らせる一撃だった。

駆け寄ってくるウェポンドッグの速度が落ちている。アキラはその頭部を狙い続ける。そして遂に、頭部に無数の銃弾を食らったウェポンドッグは、アキラを殺す前に、その手前で息絶えた。

アルファが笑ってアキラを称える。

『やったわね。これでようやく……』

「次！」

アキラは真剣な表情を崩さずに次を催促した。アルファが少し意外な顔を浮かべた後に、不敵に楽しげに笑う。

『良いわ。どんどんいきましょう』

再び映像のウェポンドッグが表れる。その日、アキラはずっとその訓練を続けていた。

◆

その日の夜、アキラは夢を見た。夢の中でアキラは以前と同じようにウェポンドッグに追われていた。

タイミングを合わせて振り返って銃撃しろ。誰かにそう言われた気がするが、それが誰かは分からない。そしてその合図も一向に来ない。アキラは必死に逃げ続けていた。

だが急に何かに気付いたような顔を浮かべると、真面目な表情で振り返り、ウェポンドッグに銃口を向けた。銃はＡＡＨ突撃銃に変わっていた。

訓練の時と同じように、相手の姿をしっかりと見ながら、銃の照準を冷静に頭部に合わせる。そして強固な意志を乗せて引き金を引く。対モンスター用の銃であるＡＡＨ突撃銃から、銃弾が勢い良く撃ち出された。

頭部に無数の銃弾を浴びたウェポンドッグは、元々歪な頭部を更に歪に変形させて、アキラの手前で息絶えた。

そこで目が覚める。場所は宿のベッドの中で、まだ夜だ。

「……ふん」

アキラは軽く笑って目を閉じた。そしてそのまますぐに眠りに就いた。

また同じ夢を見ても、もう悪夢にはならない。

# 第7話　エレナとサラ

　照り付ける日差しが大地の水分を奪う中、その乾きよりも飛び交う銃弾と荒れ狂うモンスターが命を奪う荒野を、二人組の女性ハンターが荒野仕様車両でクズスハラ街遺跡を目指していた。

　彼女達の装備は遺跡の奥部を目指すには性能が全く足りていない。だが外周部の探索には少々過剰なほどに高性能だ。

　素手でモンスターを殴り殺す者のような例外を除けば、ハンターの実力は大抵装備の性能に比例する。その装備を購入し運用する実力を持っている証拠だからだ。つまり彼女達の実力はクズスハラ街遺跡にハンター稼業に向かう者としては中途半端なものだった。

　運転席のエレナが助手席のサラに声を掛ける。

「サラ。そろそろ着くわ。準備して」

　サラは遺跡の遠景を見ながら、わずかに怪訝な顔を浮かべている。

「エレナ。今更だけど、本当にここで合ってるの？」

「その話は昨日したでしょう？　クガマヤマ都市から子供が徒歩で行ける遺跡なんてここぐらいよ」

「他の遺跡への定期便にこっそり紛れ混んだとか、そういう可能性は無いの？」

「ハンターオフィスの定期便が通っている遺跡は、大抵クズスハラ街遺跡の外周部より高難度よ。あの噂は素人同然の子供が高値の遺物を買取所に持ち込んだから広まったの。その子供が他の遺跡でも通用するように見えたのなら、そもそもあんな噂にはならないわ」

「まあ、そうだけど」

「クズスハラ街遺跡の外周部ならスラム街の子供がいてもそこまで不自然じゃないし、運良く高値の遺物を見付けても不思議は無いわ。ここよ」

　都市近場の遺跡のどこか、素人同然の子供でも行ける場所に、高価な遺物が大量にある未調査部分が残っている。クガマヤマ都市のハンター達の間では、最近そのような噂が流れていた。

低難度の遺跡は当然生還率も高い。その為、高難度の遺跡には手を出せない多数のハンターが、強力なモンスターと交戦するよりはましだと考えて、時間を掛けて遺跡内を虱潰しに探索する。

その結果、まだ遺物が残っている可能性が高い未調査部分はすぐに探索し尽くされる。もう都市周辺の低難度の遺跡には未調査部分など残っていない。多くのハンター達がそう考えていた。

それが覆されたという話は、少し広まればその後の拡散も速かった。

真面目に武装もしていない子供が、比較的高価な遺物を買取所に持ち込んだ。その子供を実際に見た。一度ならともかく、買取所に何度も遺物を持ち込んでいる。その金を巡ってスラム街で殺し合いがあった。その子供の後をつけたハンターが未調査部分を見付けて大金を手に入れた。

仮定の話に尾鰭が付いて、既に噂は独り歩きを始めていた。その結果、今では多くのハンターが低難度の遺跡の再調査を検討し始めていた。

エレナ達もその噂を聞き付けて再調査を決めたハンターだ。クズスハラ街遺跡の外周部は、既にエレナ達の実力では遺物の価値が低過ぎて採算の合わない場所だ。だが噂が真実ならば十分な利益が見込める。間違っていたとしても危険は少ない。エレナがそう判断して再調査を強く提案し、サラも同意した。

ただ、サラはエレナほどは強い期待を持っていなかった。

「でもあの辺は前にエレナが結構しっかり調べたでしょう？　その時も大して収穫は無かったし、正直言って余り期待できないわ」

どこか慎重なサラの言葉に対し、エレナが敢えて楽観的に答える。

「……まあ、良いじゃない。調べましょうよ。しばらく来ていない間に何か変わったかもしれないしね」

サラが少し大袈裟に笑う。

「……それもそうね。初めから期待もせずに遺跡に行っても仕方無いか！　やる気を出す為にも、期待を膨らませておきましょう！」

「そうそう。その意気で行きましょう」

その遣り取りは、本来のエレナ達のものとは少しずれたものだった。サラが楽観的な考えで期待を煽り、エレナが慎重な意見を出して相殺する。以前のエレナ達ならそうやっていた。

今のエレナ達には、その普段の調子を狂わせる事情があった。エレナが視線をサラの胸に移し、表情を少し心配そうに曇らせる。

「……あとさ、サラのナノマシン、流石にそろそろちゃんと補給した方が良いわ。最近の私達の稼ぎが微妙だからって、補給量を減らしてるでしょう。大丈夫なの？」

サラも視線を自身の胸に向ける。起伏に欠けたその胸には、かつての豊満さなど見る影も無い。エレナもサラもその意味をよく分かっている。だからこそ、サラはエレナを心配させまいと明るく笑った。

「大丈夫だって。まだ余裕よ。全く、心配性ね？」

サラは消費型ナノマシン系の身体強化拡張者だ。そしてサラの胸はそのナノマシンの補給庫を兼ねていた。

ハンター稼業にモンスターとの戦闘は付き物だ。敵は旧世界製の生物兵器の末裔や、各種施設の防衛機械など、生身ではきつい相手ばかりだ。

それらに対抗する為に、大抵のハンターは自身の身体能力の強化手段を求める。強化服の着用。義体化。サイボーク化。東部の人々は旧世界の存在に対抗する為に旧世界の技術を解析し、まるで物理を超越したかのような様々な手段を生み出していた。

その手段の一つにナノマシンの投与がある。効果は力場操作による筋力強化、細胞機能そのものの強化、遺伝子改造を含めた人体機能の再設計など様々だ。極めて高度なものになると、全身の細胞をナノマシンで構成した機械細胞に置換し、その体を高度なサイボーグとの区別が曖昧な存在に変えるものさえある。

外見は生身と全く変わらないが、強化服も着用せずに車を投げ飛ばし、銃弾すら弾き返す超人へ変貌させる技術への人気は高い。だが代償も存在する。

サラは以前諸事情により瀕死の状態になり、治療の一環としてナノマシンの投与を受けた。治療自体は成功した。死を免れた上に強化された身体能力まで手に入った。だがその代償として生命維持にナノマシンが不可欠となってしまった。

ナノマシンは日常生活を送るだけでも消費する。ハンター稼業で身体を酷使すれば、消費量は飛躍的に増加する。加えて補給代もそれなりに高額だ。

ナノマシンが枯渇しても死なないようにする治療は可能だ。だがそれには更なる大金が必要で、しかも強化された身体能力を失う所為で病弱になる。病弱な体の治療にも高額の治療費が掛かる。全ては金で解決可能な問題だ。そしてその金が無い所為で、サラは現状維持の生活を続けていた。

エレナが今回の噂に乗り気なのは、サラを気遣ってのことでもあった。弱いモンスターしかいない場所ならば、火力担当のサラの負担も大幅に減るからだ。身体のナノマシンが消費されると予備分が胸から全身に補給され、その分だけ胸は小さくなる。豊満な、十分な予備分を保持していた頃の大きさを知っていると、今の大きさはもう危険域としか思えなかった。

エレナが強い視線をサラに向ける。

「……サラの体のことは、サラが一番よく分かっているだろうから、余り口を挟むつもりは無いわ。でもその状態が続くようなら、私の装備を売ってでも、無理矢理にでも補給させるからね」

サラも強い視線をエレナに返す。

「やめてよ。そんなことをしたら更に稼げなくなるわ。その装備を調えるのに、どれだけ時間がかかったと思ってるの？」

「サラの命には代えられないわ。その時はその時よ。もう一度一緒に下から這い上がりましょう。今回の件が上手くいったら、真っ先にサラのナノマシンの代金に充てるからね」

異議は認めない。エレナはその強い意志を目に込めていた。エレナ達の付き合いは長い。ハンター稼業を始める前からの付き合いだ。この状況でどちらが引くかはどちらも分かっていた。サラが根負けして軽く笑う。

「分かったわ。全く、本当に金が無いのは首が無いのと同じね」

エレナも笑って返す。

「今更何を言っているのよ。ハンターってそういうものでしょう？」

「それもそうね。今更だったわ」

諸事情を抱えつつ、エレナ達は笑いながらクズスハラ街遺跡に乗り込んだ。

サラがクズスハラ街遺跡の外周部をうろつくモンスターを銃撃する。強靭な肉食獣を思わせる生物系モンスターが無数の銃弾を浴びてあっけなく倒される。エレナの索敵もあって、奇襲なども受けていない。余裕の勝利だった。

エレナが相棒の調子を見て軽く笑う。

「その調子なら体調は大丈夫そうね」

サラも余裕の笑顔を返す。

「だから大丈夫だって言ったでしょう？　本当に心配性ね」

サラの様子には、エレナに問題の無い姿を見せようと、余裕の態度を少し大袈裟に見せているところがあった。エレナはそれに気付いており、そしてそれを差し引いても問題無さそうだと判断して安心していた。

本来はもっと高難度の遺跡で稼いでいることもあって、エレナ達はクズスハラ街遺跡外周部の探索を安全に進めていた。

エレナ達はチームでの役割を明確に分けている。エレナが情報収集を担当し、サラが火力を担当している。それぞれの装備もそれぞれの役割に偏ったものになっている。

エレナの主装備は情報収集機器だ。動体探査機、反響識別マップ、高機能スコープなどの機能が複雑に組み合わさった機器で、遺跡内の構造把握や索敵など幅広い情報収集に使用されている。一応銃も装備しているが、サラの武装と比べると備え程度のものでしかない。

　サラの主装備は強力な銃火器だ。重量や反動から本来は強化服を着用して使用する銃火器を、身体強化拡張者の身体能力で軽々と扱っている。防護服は万一の場合にエレナの盾となる為にかなり頑丈なものを着用している。

　エレナが見付けてサラが倒す。場合によってはサラがエレナを担いで脱出する。エレナ達はそうやって危険な遺跡を探索してきた。

　サラが自分の普段の調子を想像して、少し挑発気味に笑う。

「それでエレナ。私は火力担当として頑張ってるんだけど、情報収集担当の方はどうなってるの？」

　エレナが軽く笑って返す。

「調査は鋭意続けているわ」

「その割には今のところ成果無しのようだけど？」

「すぐに誰にでも見付けられるのなら、もっと早くに誰かが見付けているわ。そうでしょう？」

「それもそうね」

　エレナ達は互いに軽く笑って相手の調子の確認を済ませた。

「それでエレナ、どんな感じに探しているの？」

「一応、子供の足跡を探しているわ。噂通り子供が遺跡の未調査部分を見付けたのなら、子供の足跡がそこに続いているかもしれないから」

「流石。目の付け所が違うわね。期待できそう」

　サラの少々大袈裟な賞賛に、エレナが苦笑を返す。

「まあ、その子供の足跡がまだ見付かっていないんだけどね。大人の足跡なら無駄にたくさん有るけど」

　エレナはチームの情報収集担当としてサラの期待に応えるべく尽力していた。硬い瓦礫に積もったわずかな砂埃（すなぼこり）の凹凸などから他者の足跡を見付け出したのも、その足跡が噂の子供のものではないと識別できたのも、エレナの高い実力の賜（たまもの）だ。

　だが満足できる結果は出ていなかった。そしてそれを少しごまかすように続ける。

「あ、そうそう、今の内に言っておくわ。サラ。色無しの霧が濃くなってきたから注意して」

「了解。その影響が酷くなったら撤退ね。撤退のタイミングの判断はエレナに任せるわ」

エレナ達は気を引き締めて警戒を強めると、そのまま遺跡探索を続けた。

◆

今日もアキラの標的を映像のモンスターに変更した射撃訓練が続く。標的は今のアキラの装備でも弱点に命中させれば倒せるモンスター達だ。そしてアキラの実力では必中など不可能であり、様々な方法で反撃されたアキラの無惨な屍の山が生まれていた。アキラはその死体の山を見て、本物の自分をその山に加えないように必死に訓練を続けていた。

積み上がった死体の分だけ繰り返したおかげで、アキラもそろそろ慣れてきた。平静を保ち、照準を合わせ、これなら当たると確信して引き金を引こうとする。するとその直前で標的のモンスターの姿が消えた。不思議に思って銃を下ろすと、自分の死体の山も一緒に消えていた。

「アルファ。今日はもう終わりか？」

『アキラ。誰かがこっちに向かってきているわ』

アキラは怪訝な顔で双眼鏡を取り出した。双眼鏡の性能とアルファのサポートのおかげで対象はすぐに見付かった。こちらに向かっているのは、荒野仕様の車に乗って荒野を進むエレナ達だった。

それを見た途端、アキラの顔が険しくなった。先日二人組のハンターに襲われたこともあって、どうしても警戒が先に出てしまう。今回は女性ハンターの二人組だが、警戒を下げる理由にはならない。

「……また、俺を追ってきた訳じゃないよな？」

『恐らく違うと思うわ。多分単純にクズスハラ街遺跡に向かっているだけよ。でも念の為、私達も遺跡に行きましょう。彼女達が友好的な存在ではなかった場合、車で追われると、この辺だと逃げ切れないわ』

荒野で他のハンターと出会うのは別に珍しいこと

ではない。相手が善良ではないことも同様だ。その所為で互いに警戒し合った結果、余計な火が付いて無駄な揉め事に発展する事例も多い。

　アキラは既に相手に強い警戒心を抱いている。火種の半分はもう撒かれている。そのアキラを見て相手がどう反応するか。それを考慮して、アルファは即時避難の判断を迷わずに下した。

「分かった。急ごう」

　アキラはリュックサックを背負うと、足早にクズスハラ街遺跡に向かった。

　その後、アキラは遺跡の外周部を移動し続けていた。折角遺跡に来たのだから、ついでに遺物収集でも、とも思っていたのだが、遺跡にはアキラやエレナ達以外にも結構な数のハンターがいて、遭遇を避ける為に移動を続けなければならなかった。

　アルファの異常に高度な索敵能力のおかげで、他のハンターやモンスターとの遭遇は避けられている。だが射撃訓練や遺物収集など出来る状況ではなく、アキラは少しげんなりしていた。

『アキラ。また移動するわよ』

「またか。何でこんなに混んでるんだ？　それとも遺跡で他のハンターと会うって、そんなに多いことなのか？」

『そういうのは遺跡によって異なるのでしょうね。でもここは寂れていたはずよ。私がアキラと会った時も、アキラ以外のハンターの姿は全然見当たらなかったわ。その後もこの辺でアキラ以外のハンターを見たのは、今日を除けば前に返り討ちにした二人組だけだったわ』

　アキラが表情を険しくする。

「……じゃあやっぱり、俺はつけられてるっていうか、あいつらに探されてるのか？」

　自分を狙う理由は前と同じで、今回は多人数で実行しているのではないか。アキラは思わずそう考えてしまい少し不安になっていた。

　アルファが笑ってアキラを落ち着かせる。

『安心しなさい。たとえそうだとしても、私がいれば大丈夫よ』

「まあ、その辺は頼りにしてるけどさ……」

『それに他のハンター達はアキラ本人を積極的に探している訳ではないはずよ。理由にも心当たりがあるわ。だから大丈夫よ。安心して』

アルファがアキラにその理由を説明する。エレナ達のような他のハンター達が聞いたであろう噂の内容とその根拠。その話を聞いた者達がするであろう行動。それらを聞いたアキラは、原因が自分であることを理解しながらも少し険しい顔を浮かべた。

「そういうことか。面倒なことになったな」

『まあ、ちょっとした噂が広まった程度のことで、半信半疑の人がほとんどでしょう。遺物が見付からなければすぐに収まるわ。だから余り気にしなくても良いと思うわよ。行きましょう』

アキラがアルファの後に続いて遺跡の中を進む。自分の行動の所為で有りもしない遺物を探す羽目になった者達に少々複雑な思いを抱いたが、自分にはそんなことを気にする余裕など無いと考え直し、すぐに気を切り替えた。


アキラは他のハンター達から身を隠す為に廃ビルの中に入っていた。そして今は休憩を兼ねて廃ビルの中から双眼鏡で外の様子を見ていた。

双眼鏡越しに他のハンターの姿を見掛けるたびに、早く帰ってくれないかなと思いながら適当に外を見ていると、アルファに声を掛けられる。

『アキラ。良い機会だから色無しの霧について説明しておくわ』

「色無しの霧?」

『そう。さっきから大分濃くなってきているの。向こうを見て』

双眼鏡越しの視界にアルファの姿が入ってくる。そしてその先の景色を指差した。

『向こうと向こうを見比べて、違いを見付けてみて』

「違いなんか無いだろう。どっちも同じだ」

『本当に?』

念押しするように微笑むアルファの態度に、アキラは一応もう一度注意深く見比べてみた。しかしどちらも廃ビルが立ち並ぶ遺跡の光景であり、同じにしか見えない。だが答えを期待しているようなアルファの様子に、無理矢理にでも違いを探そうとする。

「……強いて言えば、右側の方がぼやけて見えるような気がする」

アルファが笑って少し強めに頷いた。

『正解。右側の方が、周辺の色無しの霧が濃いのよ』

「…………、それだけ？」

『ここからが大事な話。東部のハンターがこれを知らないのは致命的だから、しっかり聞きなさい』

軽く困惑気味のアキラに、アルファは念を押すように笑って話し始めた。


色無しの霧。東部にはそう呼ばれる事象がある。

通常の霧とは異なり、光の乱射によって白く見えたりはしない。事象を目視で確認する時は、視界の景色のぼやけ具合から濃度や範囲を識別できる。

色無しの霧の影響下では周囲の景色がぼやけて見える。確かに問題ではあるが、それだけならば視界が多少悪くなる程度のことであり、高性能な情報収集機器等を活用すれば済む。だが霧が高濃度になるとそれでは済まない。他の様々な原因不明の事象が加わるのだ。

電波、通信、それどころか音や匂いまで、生物機械問わず周囲の状況把握に必要な情報の取得が著しく困難になる。非常に強力な各種妨害装置が一帯に使用されている状態に近い。熱光学迷彩機能もその性能を著しく低下させられて、迷彩効果をほぼ無効化される。光学式を始めとする様々なロックオン機能もほぼ使用不可能になる。無線通信も非常に不安定になり、場合によっては有線であっても影響を受ける。

加えて様々な火器も悪影響を受ける。威力は落ち、射程は縮まり、弾道のぶれまで増えて命中率も低下する。霧の濃度によっては、銃撃後の銃弾の弾道を目視ではっきり見えるようになる。

そして色無しの霧は程度の差はあれど東部全体を常に覆っている。普段は影響の無い程度の低濃度でしかないが、何らかの理由で濃度が上がると途端に影響を強くする。これらの事象は東部のハンター達の活動に大きな影響を与えている。

アキラはアルファから色無しの霧について教えてもらった。だがハンターとしてまだまだ素人の所為で、それらの説明を聞いてもその危険性を正しく理解できなかった。

「取り敢えず、その色無しの霧が濃いと大変なのは分かった」

アルファがアキラの表情からその理解の浅さを察して、厳しい表情で首を横に振る。

『分かっていないわ。もし色無しの霧がなければ、地平の果てにいるモンスターにだってここにいるアキラの居場所を把握されるわ。旧世界の技術で製造された兵器の索敵能力は信じられないほどに高性能なのよ？　それぐらい色無しの霧の影響は大きいの』

その認識の、重要性の程度は別にして、敵に見付からないことの大切さぐらいはアキラも理解できた。

感心したように軽く頷く。

「そうだったのか。なるほど。大切だな」

『そしてもう一つ。色無しの霧が非常に濃い場合は、人もモンスターも機械もあらゆる索敵能力が下がるの。私の索敵能力も大幅に下がるわ』

アキラの表情がわずかに険しくなる。

『最悪の場合、私よりもアキラの方が先にモンスターに気が付くかもしれないぐらいにね。だから当面の間は、色無しの霧が濃い時は都市に籠もることになるわ。急に霧が非常に濃くなった時に遺跡に向かうのは残念だけれど諦めてね』

ようやくその危険性を理解したアキラの顔色が少しずつ悪くなっていく。

「……それって、色無しの霧が濃い時には、アルファのサポートがあっても、モンスターと遭遇する確率が凄く上がるってことだよな？」

『そうよ』

「……今の俺がモンスターと遭遇したら、どれぐらいの勝率があると思う？」

『私のサポートでは補えないぐらいに高濃度の色無しの霧の影響下で遭遇することになるから、かなりの近距離での遭遇になるわ。まあ、生存は絶望的ね』

「……今、霧が濃くなってきているんだっけ？」

『そうよ』

アキラが無言で双眼鏡を構えて周囲の索敵を始める。もっともそこまで霧が濃くなることは極めて稀なのだが、アルファはそれを知った上で黙って微笑んでいた。

◆

遺跡探索を続けていたエレナ達は遂に件の子供のものと思われる足跡を発見した。噂の未調査部分発見に向けて一歩前進と喜び、その跡を追うように遺跡内を進んでいく。

吹けば飛ぶようなわずかな痕跡を発見できたのは、エレナの高い能力と執念のおかげだ。そしてその足跡は間違いなくアキラのものだった。


だがその後の成果は皆無だった。廃ビルに続くそれらしい足跡を追ってビル内を調査しても、高価な遺物など全く見付からなかった。

それでも一応足跡は見付けたのだからと探索を続けていく。その間にも、一帯に広がる色無しの霧は濃度を増し続けていた。

そしてしばらく経った頃、サラが遠方の景色のぼやけ具合から霧の濃度に懸念を抱き、念の為に確認を取る。

「エレナ。色無しの霧が大分濃くなってきたけど、大丈夫？」

エレナはその返答に、サラには気付かれないほどのわずかな沈黙を必要とした。

「……大丈夫よ。確かに情報収集機器に影響が出ているけれど、この程度ならまだ撤退するほどではないわ」

「そう？　それなら良いけど」

今度はエレナが少し怪訝そうに聞き返す。

「サラの方こそ大丈夫なの？　もし色無しの霧がサ

ラのナノマシンにまで悪影響を及ぼしているのなら、今すぐに撤退するわ。体調が悪化しているのなら隠さずに言って」

「大丈夫。全く影響無しとは言わないけど、この程度なら問題無いわ」

「それなら良いけど、無理はしないでね」

　サラが自分を心配するエレナの不安を吹き飛ばすように少しからかうように笑う。

「大丈夫だって。いざとなったら私がエレナを担いで逃げるんだから、余力はたっぷり残してるわ」

　エレナが不敵に微笑みながら軽口を返す。

「あら、私はそんなに重いって言いたいの？」

「勿論装備の重量の話よ。他意は無いわ。本当よ？　本当だって」

　エレナとサラは笑って軽口を叩き合った。それでお互いに、少なくとも相手は大丈夫だと、問題は無いと判断した。

　エレナは嘘は吐いていない。情報収集機器には確かにまだそこまで酷い悪影響は出ていない。しかし色無しの霧の濃度がこれ以上増せば危険になる。そして現状ではその可能性が高いとも思っていた。本来ならば、その危険性を考慮して撤退の判断を下していた。

　しかし収穫無しで撤退すれば金は手に入らない。自分達の資金難がより深刻になれば、サラは恐らく自身のナノマシンの補給を更に限界まで控える。それはサラの命を限界まで死に近付けるのと同じだ。それは避けなければならない。エレナはそう考えて、探索の時間を無意識に出来る限り延ばそうとしていた。

　サラは嘘は吐いていない。だがサラの体もエレナの情報収集機器と同じように、色無しの霧の濃度がこれ以上増せば危険な状態だった。

　だがこの程度の影響で探索の中断を提案すれば、エレナは恐らく過剰に反応する。下手をすれば攻撃役兼盾役の自分を連れていかずに一人で遺跡に向かって死にかねない。それは避けなければならない。サラはそう考えて、エレナを心配させない為に少し無理をしていた。

　エレナ達はハンターとしては落ち目だった。以前はより危険でもっと稼げる遺跡で活動していた。しかししばらく稼ぎの悪い時期が続いてしまい、資金難になってしまった。その所為で遺跡探索の準備に費やせる資金が減り、遺跡探索の効率が低下し、更に稼げなくなるという悪循環に陥っていた。サラがナノマシンの補給を切り詰めているのもその所為だ。

　今回の噂を聞いたのは、その苦境の最中だった。

　落ち目のハンターが悪循環を好循環に戻すには、何らかの幸運を得るか、どこかで賭けを、無理をしなければならない。賭けに勝ち、無理が実れば、稼げる有能なハンターとして返り咲ける。しかし、賭けに負け、無理が祟れば、より悲惨な状況に陥ることになる。

　エレナ達は今回の噂でその幸運を得ようとしていた。だが現在の苦境から脱しようと無意識に噂に縋った時点で、自覚できない焦りがあった。確証の無い噂に自分達の未来を多少なりとも賭けたのがその証拠だ。

　既にエレナ達は、かつての自分達なら止めたであろうその無理な賭けに出てしまっていた。

　噂を聞き付けてクズスハラ街遺跡に来たハンターはエレナ達以外にも大勢いたが、既に大半の者は早々に見切りを付けて帰っていた。色無しの霧も大分濃くなっている。まだ探索を続けている者も見切りを付ける頃合いだった。

　しかし一部の者はしつこく探索を続けていた。噂に踊らされた落ち目の者達だ。比較的危険も少なく、一発逆転の可能性を見込める今回の噂に固執してしまっていた。

　彼らは幾ら探索を続けても噂の遺物が見付からないことにいらだちを募らせていた。しかしそんなものは初めから存在しない。その所為でひたすら不満といらだちを溜め続けていた。

　そして溜まったそれらが限界に達し、収穫無しで都市に戻ることにも我慢できなくなった時、彼らは別の成果を手に入れることにした。有るかどうかも分からない噂の遺物ではなく、もっと分かりやすい別の獲物を。

◆

周辺の情報収集と警戒を担当しているエレナが、自身の失態を悟ってその顔を険しく歪めた。

遺跡に広がった色無しの霧は予想を超えた速さで濃度を増していた。情報収集機器への影響も既に危険域だ。索敵範囲も大分狭まり、敵に不意を衝かれる危険性もかなり高まってしまっていた。

(……不味いわね。こんな短時間でここまで影響が出るなんて。失敗したわ)

エレナが判断の遅れを悔やみながら告げる。

「サラ。もう無理。撤退よ」

「分かったわ」

「ごめん。今、索敵範囲が結構狭くなってる。もっと早く撤退するべきだったわ」

「大丈夫。外周部はモンスターも少ないはず。慎重に戻れば良いだけよ」

自身の非を責めるような表情のエレナに、サラは非難の色など欠片も無い笑顔を返した。エレナも軽く笑い、悔やむだけでは意味が無いと、すぐに気を切り替えた。

エレナ達が慎重に撤退を進める。遺跡の外れに停めた車を目指して外周部を進んでいく。外周部は本来そこらの遺跡に比べて大分安全な場所だ。だが今は高濃度の色無しの霧に飲み込まれたことでかつての脅威を取り戻していた。

銃火器という遠距離攻撃の利点を活かして戦うハンター達にとって、接敵時の距離は生存の難度に直結する。霧の影響で索敵が困難になれば、モンスターと至近距離で遭遇する可能性も跳ね上がる。強靭な生命力を持つモンスター達を相手に接近戦を強いられるという、極めて危険な状況に陥るのだ。

遺跡の中を慎重に進んでいると銃声が響いた。色無しの霧による音の減衰を考慮すると、発砲位置はかなり近い。近くの瓦礫に隠れて銃声の方向の様子を窺う。サラは警戒しながら銃を握り、エレナは情報収集機器を操作して対象方向の索敵精度を強める。

「エレナ。何か分かった？」

「ちょっと待って……。銃声の方向に反応が有るわ。恐らくハンターが８人とモンスターが１匹よ。こっちに向かってきているわ」

反応の方向ではハンター達が大型モンスターに追われていた。一応時折後ろを銃撃しながら走っているものの、モンスターを倒せるような気配は無い。

エレナが状況を解析してサラに指示を出す。

「彼らの様子を見る限り、モンスターに遠距離攻撃能力は無いようね。あと、彼らの武装では倒し切れない程度には強い。放っておいたら私達まで巻き添えになるわ。走って逃げても追い付かれそうね。仕方が無いわ。代わりに倒しましょう」

「了解」

サラがモンスターに向けて大型の銃を構える。エレナが向かってくるハンター達に向けて叫ぶ。

「退きなさい！」

エレナの声を聞いたハンター達がサラに射線を譲るように動いた。そしてモンスターへの銃撃を一切止めてエレナ達の方へ走り続ける。

モンスターが色無しの霧の影響下でも目視でしっかり位置と姿を確認できるほどエレナ達に接近する。厚い毛皮の上からでも発達した筋肉を容易に確認できる大型肉食獣で、ハンター達を食い殺そうと尖った牙を生やした大口を開けていた。

モンスターに照準を合わせたサラが違和感を覚える。照準器越しに見たモンスターが余り負傷していなかったのだ。

ハンター達は逃げながらモンスターを何度も銃撃していた。だがモンスターは強靭な生命力で被弾など構わずにハンター達を襲っていた。サラは無意識にそう考えていたのだが、その予想は外れていた。

（……毛皮が銃弾を防いだのか、彼らが貧弱な銃しか装備していなかったのか、逃げながら撃ったから上手く当たらなかったのか……、まあ良いわ。片付

けましょう）

サラが疑問を後回しにして引き金を引く。大型の銃から撃ち出された弾丸はモンスターの頭部に見事に命中した。頭部から鮮血が飛び散り、その巨体が地面に転がった。その間もハンター達は背後のモンスターなど全く気にせずに走り続けていた。

エレナが彼らの表情に違和感を覚える。彼らは必死に逃げていたはずなのだ。しかしその表情には、死にたくないという必死さも、助けてくれそうな者に出会った喜びも、そのどちらも足りていなかった。

だがその違和感から回答を導き出す時間は残っていなかった。色無しの霧の所為でモンスターにも他のハンター達にも接近を許してしまっていた。更にモンスターに対する警戒を優先させた所為で、彼らへの対処が遅れてしまった。

彼らは礼も言わずにエレナ達の横を走り抜けていく。そしてその内の一人がエレナ達の足下に何かを捨てていった。

その何かを見たエレナとサラの表情が驚愕に染まる。それは手榴弾（しゅりゅうだん）の類いだった。サラはそれを理解した瞬間、エレナを摑んで全力でその場から離脱しようとする。一瞬遅れて手榴弾が爆発し、エレナ達を吹き飛ばした。

サラはエレナを庇（かば）って爆発の衝撃から守り切ったが、吹き飛ばされた勢いでエレナを離してしまい、そのまま地面に投げ出された。その後、わずかな時間だけ混乱していたが、自分が無防備に地面に横たわっていることに気が付くと、反射的に身を起こして近くの瓦礫に身を隠した。

そしてすぐさまエレナの安否を確認する。視界内にエレナがいないことを理解して表情を歪め、すぐにエレナに呼び掛けようとする。

だがその前に、少し離れた場所から男の声が響く。

「もう一人のやつ！　こいつを殺されたくなかったら武器を捨てて出てこい！」

同じ場所からエレナの声が響く。

「サラ！　私を無視して逃げるなり攻撃するなりしなさい！」

状況を把握したサラの表情が悲痛に染まった。エレナは男達に捕らわれていた。

　東部では日々多くのハンターが価値ある遺物を求めて遺跡に向かっている。そして遺跡に棲息しているモンスターと命賭けで戦っている。その結果、遺跡の中で息絶えるハンターも多い。当然ながら死んだハンター達の装備は遺跡の中に放置されることになる。

　基本的にそれらの装備品はそれを見付けたハンターのものとなる。時には死んだハンターが手紙などを残しており、自身の所持品を依頼料として自身の埋葬を頼んだり、縁者へ遺品の郵送を頼んだりすることもあるが、それ以外は慣例として発見者のものだ。

　だが質の悪いハンターの中には、遺跡の中でハンターから強盗に鞍替えする者もいる。死んだハンターの所持品ではなく、まだ生きているハンターを殺して所持品を奪うのだ。彼らの多くはそのまま賞金首となり、他のハンターの獲物となって生涯を終えることになる。

　エレナ達を襲ったのもその類いの者達だった。彼らはエレナ達の装備に目を付けたのだ。ハンターから強盗への転職日は今日だ。不運としか言いようがない。先程モンスターに追われているように見えたが、それはエレナ達を油断させる為の演技で、意図的に倒さなかっただけだった。

　後ろから銃を突き付けられているエレナは、背後の男達を睨み付けるように表情を歪めている。しかし後頭部から伝わる銃口の感触にそれ以上のことを止められていた。

　男がエレナに銃口を更に強く押し付ける。

「てめえは黙ってろ。死にてえのか？」

　だがエレナは欠片も怯まずに、逆に凄む。

「とっとと撃ちなさい。それであんたらは終わりよ。サラ！　絶対に言うことを聞いちゃ駄目よ！」

「黙れって言ってんだよ！」

背後の男がエレナの頭部に銃を激しく叩き付ける。

エレナは思わず苦悶の声を漏らした。

サラは瓦礫に隠れながら悲痛な表情で歯を食い縛っていた。

エレナの言う通りにエレナを見捨てれば、自分だけで男達を皆殺しに出来るかもしれない。しかしその代わり、エレナはほぼ確実に殺される。

男の言う通りに武器を捨てて出ていけば、この場はエレナの命は助かるかもしれない。しかし状況は確実に悪化する。男達に確実に慰み者にされ、その後の保証も全く無い。

サラはどちらも選べなかった。

別の男がサラに聞こえるように大声を出す。

「もういい！　その女は殺せ！　全員で残りの一人も殺すぞ！」

「待って！」

サラは思わず悲鳴のような声を上げた。そしてその行為に促されて決断する。武器を捨て、両手を挙げて瓦礫から出た。

エレナが首を横に強く振る。だがサラはエレナにどこか悲痛にも見える笑顔を向けた後、真面目な顔で相手を刺激しないようにゆっくりと男達に近付いていった。

男達は丸腰で近付いてくるサラを見て下卑た笑いを浮かべた。自分達の言う通りにしている様子を見て油断し、何人かはサラに向けていた銃口を下げる。しかしエレナの後頭部に突き付けられている銃はそのままだ。

サラが相手との距離を測りながらゆっくりと近付いていく。

（……大丈夫。あいつらは油断してる。……まだ遠い。……大丈夫。私の身体能力なら、距離さえ詰めれば素手で十分対処できる）

ナノマシンの消費量を無視して体の出力を最大まで引き上げれば、身体能力は劇的に上昇する。格闘戦に秀でている訳ではないサラでも、その身体能力だけで男達を十分に撃退できる。だが最悪の場合、体に残っているナノマシンをこの場で使い切る。つまり、死ぬ。死なずに済んでも残された時間は激減する。

エレナの命を無視して銃火器で敵を制圧すれば、ナノマシンの消費量は最低限で済む。エレナはそれを望み、悲痛な表情でそれを伝えていた。だがサラにそれは選べなかった。

サラが覚悟を決めて前に進んでいく。そして後数歩で勝機が見える距離まで男達に近付いた。

「そこで止まれ！　そこで止まって強化服を脱げ！」

怒鳴った男が指示通りに止まったサラを見て嗤う。

「銃無しでも強化服の身体能力で殴り殺されるのは御免だからな。お前らの装備品を駄目にしないように威力を下げていたとはいえ、気絶もせずにほぼ無傷で行動できるなんて随分良い装備じゃねえか。その装備は俺達が有効に活用してやるよ。良いか。ゆっくり脱げよ」

「……分かったわ」

サラが言われた通り、自身の服に、防護服に手を掛ける。油断を誘う為に軽い怯えの混ざった表情で男達を睨み付けながら、防護服を脱いで下着姿となった。男達の下卑た顔が歪んだ笑みで更に醜くなった。

サラは彼らの視線に耐えながら勝機を窺っている。

（私の防護服を強化服だと勘違いしているのなら、私が身体強化拡張者だとは気付いていないわ。大丈夫。上手くいく）

サラが男達を強く睨み付ける。

「……脱いだわよ」

「そうか」

次の瞬間、サラは両股（りょうもも）を銃撃されてその場に崩れ落ちた。エレナが悲鳴を上げ、銃を突き付けられていたことも忘れてサラに駆け寄る。

サラを銃撃したのは男達のリーダーであるブバハという男だった。ブバハは倒れたサラの様子を見て安全を確認してから、サラを指差しながら仲間達に言う。

「そいつはナノマシン系の拡張者だ。生身でも強化服を着た人間並みの身体能力は有るはずだ。脱いだ

のも強化服じゃなくて防護服だ。いろいろ捩じ切られたくなかったら、手を出すのは止めておけ」

男達の一人が不思議そうにブバハに尋ねる。

「何で分かるんだ？」

ブバハは少し馬鹿にするような軽い呆れを返した。

「動きとか装備の見た目とかで分かるだろう。そういうのが分からねえから、お前らはうだつが上がらねえんだよ。身体強化系のナノマシンは、大抵基本的に負傷時には怪我の治療を優先する。その怪我がある程度治るまでの間は動きが鈍るはずだ。それでも常人よりは強い。遊ぶならそっちの女にしておけ」

ブバハがエレナを指差す。男達の興味がエレナに集まった。

地面に倒れて苦しそうにもがいていたサラを、駆け寄ったエレナが抱き締めている。

サラが弱々しく笑う。体内のナノマシンは外傷の治療と生命維持を最優先にして活動している。とても戦える状態ではない。自力で現状を覆すのは不可能だ。

「……ごめん。しくじったわ」

「どうして逃げなかったのよ……」

そうすれば、サラだけは助かったのに。回答を求めない質問がエレナの口から漏れた。

「……ごめん」

サラはエレナの質問の回答とはまるで無関係な、様々な意味を込めた返答を口にした。

嗤いながら近付いてくる男達から、エレナとサラは目を背けた。

次の瞬間、ブバハは眉間を狙撃されて即死した。

銃声が続けて響く。突然の事態に驚いた他の男達が、警戒、索敵、反撃の手順を踏む前に、十数発の銃声が続けて響く。腹部と右足に被弾した男が倒れて苦悶の声を上げる。腕、肩、胸に被弾した男が悲鳴を上げて地面に倒れる。運良くどこにも被弾しなかった男が叫ぶ。

「お前ら！　まだ他に仲間が……!?」

その幸運にも無事だった男は、エレナ達に他の仲間の存在を尋ねるという無駄な行動でその幸運を浪費して、エレナに眉間を打ち抜かれて即死した。

突然の事態に驚いたのはエレナ達も同じだ。だがエレナはいち早く平静を取り戻すと、自分の近くに倒れ込んだ男の武器を奪い、戦闘能力を失っていない男達を銃撃した。続けてまだ息のある男の頭部に二発撃ち込み、確実に息の根を止めた。

男達は混乱しながらもエレナ達に対処しようとする。だが自分達を狙い続ける銃撃の所為でそれもままならず、とにかく敵の射線から逃れようと混乱しながら近くの瓦礫や路地に身を隠そうとする。

その間にエレナがサラを引き摺って一緒に逃げようとする。

「サラ！　歩ける!?」

サラは立ち上がることも出来ない。険しい顔で近くの銃を拾い、まずはエレナを逃がそうとする。

「駄目！　エレナ！　良いから逃げて！」

「嫌よ！　冗談じゃないわ！」

男達の一部はそのエレナ達を銃撃しようとしたが、それも誰かからの銃撃によって阻止された。


エレナはサラを引き摺りながら近くのビルの中に急いだ。その間も銃声は絶え間無く響いていた。

エレナ達は、近くの廃ビルの中に何とか逃げ込んだ。サラが半身を起こして、警戒しながら銃口をビルの内外に向ける。

「……エレナ。一体何が起こったと思う？」

エレナも出来る限りの索敵を開始する。

「分からないわ。あいつらの味方ではない誰かが、あいつらを襲っている。今、分かるのはそれだけね。私達を助けてくれたと思いたいけれど、私達という獲物を横取りしようとしているだけの可能性もあるわ。サラ。怪我の状態は？」

「……自力で歩けるようになるまで、1時間ってところね」

「そう。今は動かずに、ナノマシンの消費を負傷の治療に専念させて。取り敢えず、ここで様子を見ましょう。……まだ助かったと決まった訳ではないしね」

エレナとサラは険しい表情のままビル内に立て籠もった。

# 第8話　殺しの理由

　エレナ達が自分達を獲物にしようとした男達の策略に嵌まり、一時的に戦意を失うほどに追い詰められた時、そして男達がエレナ達の無力化を済ませたと思って油断した時、その様子を密かに探っていたアキラが男達に奇襲を仕掛けた。

　遺跡の瓦礫の陰に潜みながら男達を銃撃する。色無しの霧の影響を考慮した上での絶妙な位置からの銃撃は、男達にアキラの位置を全く摑ませなかった。気の緩みもあって突然の事態への反応を遅らせてしまい、一方的に銃撃される形となった男達の悲鳴が響く。

「アルファ。あと何人だ？」

『三人死んだわ。残りは五人よ。ちなみにアキラが殺したのは一人だけ。あとの二人は彼女達が殺したわ』

「あの状況で、自力で二人も何とかしたのか。凄いな」

『そうね』

　アルファの反応に、アキラは表情を少し硬くしていた。アルファは不機嫌な態度を隠しもせずに、その不機嫌さに応じた表情と口調で話していた。

「……えっと、彼女達を助けるのがそんなに嫌だったのか？」

　アキラは珍しく、相手の機嫌をこれ以上損ねないように、どこか下手に出ているような態度を取っていた。それに対し、アルファは微笑みながらもアキラを遠回しに非難するような、どこか拗ねた表情と口調を返す。

『そんなことはないわよ？　私も人助けは良いことだと思うわ。ただ、私からの依頼を引き受けたアキラが、大して強い訳でもないのに、それより何より私の依頼を完遂するまで死ぬ訳にはいかないのに、会ったことも話したことも無い赤の他人の為に、自分の命を危険に晒してまで、絶対にしないといけないことなのかなって、ちょっと疑問に思っただけよ。

私はアキラに死なれたら困るの。ちゃんと、そう、伝えたはずよね？』

アルファのサポートは無償ではない。アルファの依頼の報酬、その前払分だ。自分がその依頼とは無関係なことで死んでしまえば、アルファにとっては前金だけ持ち逃げされたのと変わらない。それが不機嫌な理由だろう。そう判断したアキラは少し負い目を感じて慌てると、少し焦りながら言い訳する。

「いや、それはほら、アルファの凄いサポートがあればそれぐらい余裕だって、サポートの質とかを凄く信用している証拠だとでも思ってもらえれば……」

『私のサポートをそこまで信頼してもらえるなんて、本当に嬉しいわ。本当よ？』

アキラはアルファの力強い微笑みに威圧感を覚えてわずかにたじろぐと、ごまかすように軽く笑った。

◆

男達に誘導されていたモンスターがまだ大分離れた場所にいた頃、アルファは既にその存在を探知していた。また、そのモンスターがアキラには手に負えないことも把握していた。その為、万一の場合にはエレナ達に対処を押し付けようと、アキラにエレナ達と一定の距離を保たせていた。

そしてその状況をアキラにも伝えていた。事前に知らせておくことで、戦闘発生時に速やかに移動させて、アキラを巻き込ませないようにする為だ。

だがそこでアキラはアルファには予想外の行動を取った。早めに避難するどころか、エレナ達との距離を縮めてまで様子を探り始めたのだ。

そしてエレナ達の状況が致命的に悪化した時、アキラはかなり不機嫌な様子と、どこか思い詰めた表情で、アルファには更に予想外なことを言い始めた。

「アルファ。アルファのサポートが有れば、俺があの連中を皆殺しにすることは可能か？」

『彼女達を助けるつもりなの？』

「無理か？」

可能ならば実行する。アルファがその意図を読み取って少し怪訝そうに答える。

『可能か不可能かという話なら、可能よ。でも危険なことに変わりは無いわ。無理に関わる必要は無いと思うわよ？』

「アルファの凄いサポートが有っても、俺は高確率で殺されるのか？」

『状況にもよるけれど、アキラの生存を優先して行動すれば死ぬ危険性は十分低くなるわ。でも一番安全なのはそもそも関わらないことよ』

「つまり、何とかなるんだな？」

否定に類する答えを返せばサポートの質を疑われる。それは差し障るので肯定するしかない。アルファはそう判断した上で、アキラがやけに固執する理由を推測できず、怪訝そうに聞き返す。

『なるわ。でもそうする理由ぐらいは話してもらえる？　その理由に適した具体的な行動指針を決める必要があるの』

アキラが黙る。その理由を口に出すのを躊躇っていた。

アルファはアキラの表情などからその不機嫌、いらだち、不快感、嫌悪、怒気を確認したものの、その理由までは推測できなかった。

しかもその負の感情は、前にアキラが遺跡で襲撃された時よりも強い。前回のようにアキラ自身が襲われている訳でもない。襲われている者も別に知人でもない。それにもかかわらず、より強い負の感情を抱いている。

以前は装備も実力も乏しく、生き残るのに必死でその手の感情を抱く余裕など無かった可能性もある。今は比較的安全であり、更に装備も実力も前回より向上している。その余裕の差が今の感情を誘発しているのかもしれない。アルファもそこまでは推測した。

だが、そこまで強い負の感情を誘発する理由としては弱い。アルファはそう結論付けた。

沈黙が流れる。アキラはそれを、答えない限り手伝わないという意味に捉えると、少し考えてそれらしい理由を口にする。

「……ああいうやつらが遺跡にいたら、また俺が襲われるかもしれないだろう。これから何度もここに来るんだ。ああいう連中は今の内に殺しておいた方が良いじゃないか」

アキラは少し考えて更に付け足す。

「……それに、ほら、俺に幸運はもう残ってないって言ってただろう？　彼女達を助ければちょっとは運が良くなるかもしれない。運っていうのは日頃の行いで良くなったりするものなんだろう？　ちょうど良いじゃないか」

アルファがその返答を聞いて思案する。

アキラが述べた理由はどちらも建前だ。男達の皆殺しが前提として存在し、それを実行する為の理由を述べているにすぎない。アキラは彼女達を助ける理由ではなく、彼らを殺す理由を探している。彼女達を助ける為に彼らを殺すのではない。彼らを殺す為に彼女達を助けようとしている。

恐らくアキラの中には自分でもよく分かっていない何らかの基準が存在している。そしてその基準で判断した結果、彼らは殺すべき人間に分類されたのだ。アルファはそこまで推測したが、やはりその基準までは推測できなかった。

またしばらくお互いに黙っていると、アキラが表情にやや失望に近い色を含ませた。

「アルファの物凄いサポートが有っても難しいって言うなら諦めるけど……」

これ以上問答を続けると、今アキラが抱いている感情が、わずかとはいえ自分にも向けられる恐れがある。更に自分のサポートに対する信頼を大いに損ねる危険性もある。アルファはそう判断した。

アルファにとって、彼らの命など全く重要ではない。アキラへの御機嫌取りの為に、アルファは彼らに死んでもらうことにした。内心の冷徹な判断など微塵も表に出さず、アキラの言葉に少しムキになって反論するように答える。

『何を言っているのよ。私のサポートが有れば余裕よ。簡単だわ』

「そうか。それなら頼むよ」

『良いわよ。さっさと済ませましょう。まずは移動するわ。こっちよ』

アルファはアキラの頼みを引き受けた。これにより本来エレナ達ともブババハ達とも何の関係も無いところでブババハ達の命運は尽きた。

その後、アキラはアルファのサポートを十全に受けてブババハ達を奇襲した。安全な狙撃位置からブババハの眉間に弾道予測の青線を合わせ、何の躊躇も無く引き金を引いた。

その後は銃撃を続けてエレナ達の退避を手助けした。エレナ達がビルの中に逃げ込んだのを確認しても、安堵のような感情は抱かなかった。表向きの理由を達成できたと思っただけだ。

『アキラ。移動よ』

「了解」

指示通りに遺跡の路地を抜け、ビルを通り抜けて、瓦礫に身を潜めて次の狙撃位置に移動する。そして自分を襲った訳でもない男に向けて銃を構える。頭部に照準を合わせると、冷淡な表情の中にわずかな不快感を乗せて引き金を引く。狙撃対象を見るアキラの目には、憎悪よりも嫌悪に近い感情が籠もっていた。

撃ち出された弾丸が男の頭部に命中する。強靭な生命力を持つモンスターを倒す為に製造された弾丸は、モンスターより脆い人間の頭部をむごたらしく破壊した。

『アキラ。移動よ』

「了解」

アキラは他の男達に自身の位置を割り出される前に次の狙撃位置に移動し続ける。アルファの指示は絶妙で、男達にアキラの位置を欠片も摑ませなかった。その移動中に、ふと思った疑問を何となく口に出す。

「……それにしても、結構近い距離から狙っているのに、気付かれないものなんだな」

『見付かりにくい場所から狙撃しているからね。優位な地理的条件を的確に選択し続けることが出来れば難しいことではないわ。しかも今は色無しの霧の影響でアキラの発見が難しくなっているのよ』

「色無しの霧の所為なら、条件は俺達と同じだろう？」

『全然違うわ。クズスハラ街遺跡での私の索敵能力は、彼らの安物の情報収集機器とは雲泥の差が有るの。向こうだけ目隠しして戦っているようなものよ。それぐらいの差が無いとアキラの実力で彼らに勝つのは不可能よ』

アルファがそこで少し真面目に念を押す。

『だから、アキラはこの状況を自分の実力だと勘違いしないでね。彼らは別に弱い訳ではないの。あの程度の相手なら楽勝だ。そんな勘違いは絶対に止めてね』

「分かってる」

アルファが力強く微笑んで更に釘を刺す。

『それなら良いわ。……本当に、止めてね？』

「わ、分かってる」

アキラは少し焦りながら答えた。本心で答えたのだが、調子に乗っているとでも思われたのかもしれないと思い直して、気を引き締めて先を急いだ。

アルファはそのアキラの心情を分かった上で釘を刺していた。

その後も一方的な戦闘が続く。アキラだけが敵の位置を正確に摑んでいる上に、アルファの適切な指揮で安全な位置から狙撃を繰り返している。男達はどうすることも出来ないまま次々に殺されていく。

最後の一人となった男は降伏してアキラに命乞いをしてきた。だがアキラは全く意に介さずに同じように撃ち殺した。

男達を皆殺しにした頃、色無しの霧も次第に晴れ始めていた。だがもう少し早く霧が晴れていたとしても、既に恐慌状態だった男達に勝ち目など無かった。

アキラ。エレナ達。ブバハ達。この場には運の悪い者が集まっていた。這い上がろうとする者が集まっていた。自分を取り巻く苦境を覆す為に、賭けに出て、無理をした者が集まっていた。

そして賭けに負け、無理が祟り、最も選択を誤った者達が、全員の賭けと無理と選択の誤りの代償を支払った。遺跡に散らばる男達の死体は、東部で飽きること無く繰り返されている光景の一部であり、ありふれた結果の例だった。

◆

エレナ達がビルに立て籠もってしばらく経つと、散発的に響いていた銃声が止んだ。もうしばらく経っても再開する様子は無かった。

サラが警戒をわずかに緩める。

「終わった……のかしら？」

エレナが情報収集機器の反応を確認する。

「周辺の反応はほぼ消えたわ。残っている反応は、私達以外は一つだけ。多分あいつらと戦っていた誰かの反応よ」

情報収集機器は色無しの霧の影響から大分回復している。この状態ならば自分達を襲った者達とそれ以外の反応を見間違えることは無い。しかし、残りの反応が味方である保証は無い。

「エレナ。その誰かの反応は、こっちに来そう？」

「その様子は無いみたいだけど……。結局何だったと思う？」

「楽観的に考えるなら、偶然近くにいた誰かが私達を助けてくれたってことになるわね。8対3、いや、私達を除けば8対1なのにもかかわらず。余程のお人好し……だと良いんだけど」

サラは希望的観測の方を口に出し、懸念の方は口に出さずに仕舞っておいた。

(お人好しにも限度というものは有るわ。助けてくれたことには感謝するけど、見返りに何を求めてくるか分かったものじゃない。もし相手が男で、私達の体を要求してくるのなら、エレナは反対するでしょうけど、何とか私だけで我慢してもらえないかしらね)

エレナは情報収集機器に表示されている誰かの反応を確認していた。そしてその反応が遠ざかっていくことに気が付いた。

（こっちに来る気は無しか。……助けた報酬を求めるつもりなら、すぐにこっちに来ても良いはず。助けた相手の様子を確認しようとする様子も無いのは、余計な揉め事を避ける為か、単純に興味を失ったのか、連中の所持品の入手を優先したのか……）

考えている間にも反応は遠ざかっていく。エレナは少し迷ったが、その反応を追い掛けることにした。

「ちょっと行ってくる。サラはここで待ってて」

「大丈夫なの？」

「色無しの霧は大分晴れたし、反応からは敵対する様子も無いし、大丈夫よ。無理はしないわ。助けてもらったお礼ぐらいは言っておかないとね」

エレナは少し心配そうなサラを笑って安心させると、手早く準備を済ませて一人でビルから出ていった。既に情報収集機器による索敵は済ませている。敵もいないので走ってアキラを追った。

エレナがアキラにある程度近付くと、情報収集機器に表示されている反応の移動速度が急に上がった。アキラが急いで離れようとしているのだ。

エレナはアキラの位置を既に摑んでいる。その位置は遮蔽物の向こう側だった。声は届くが姿は見えない。慌てて大きめの声で呼び止める。

「ちょっと待って！　助けてくれた人でしょう⁉　お礼も言いたいし、ちょっと話したいこともあるの！　こっちに来てくれない？」

するとアキラの方向から何かが飛んできた。それは丸められた紙で、空中に放物線を描いてエレナの足下に転がった。

エレナがそれを拾って紙を広げると、中には弾丸が入っていた。紙には汚い文字で、こっちに来るな、と簡潔に書かれていた。

紙に包まれた弾丸は、単に紙を投げやすくする為に使っただけなのか。あるいは警告を兼ねているのか。エレナには判断が付かない。取り敢えず、理由は不明だが、自分達の命の恩人は、自分が近付くことを望んでいないようだ。そう判断してそれ以上近付くのを止める。代わりに呼び掛ける声を大きくする。

「仲間が撃たれて動けないの！　外周部の近くに車を停めてあるから、そこまで仲間の運搬と護衛を頼みたいの！　さっきのお礼とは別に報酬は払うわ！　助けてもらった身で虫が良い話だけど、もう少しだけ助けてもらえないかしら！」

もっともエレナにその報酬の当ては無い。特に金に関しては全く無い。そもそも金を稼ぎにここに来ているのだ。サラのナノマシンの代金も必要だ。報酬として何を支払うかも含めて交渉が必要だろう。エレナはそう考えて、報酬に自分の体を含める程度のことは覚悟していた。

すると再び何かが飛んできた。今度は何かの箱だった。拾って確認すると、箱には紙が挟まっていた。箱は表面の印刷内容から回復薬だと分かる。紙には汚い字で使用方法が書かれていた。

この回復薬で仲間の負傷を治せ。そういう意味だろうとエレナは判断した。同時に相手には自分達の護衛を引き受けるつもりは無いことも理解した。

エレナはサラの下に戻ることにする。引き上げる前に、投げられた紙に少々追記して地面に置いた。

「分かったわ！　回復薬をありがとう！　私は戻るわ！　私のハンターコードを紙に書いておいたから、良かったら連絡してね！」

エレナはアキラがいる方向へ軽く頭を下げた。そしてサラの下へ戻っていった。

少し経ってからそこにアキラが現れる。エレナが十分離れるのを待ってから、エレナの残した紙を拾いにきたのだ。

紙にはエレナのハンターコードが追記されていたが、そもそもアキラにはハンターコードとは何なのかが分からない。その文字列を見て、少し怪訝そうな顔を浮かべる。

「アルファ。ハンターコードって何だ？」

『アキラが情報端末を持ち歩くようになるまでは余り関係無いものよ。今は相手のハンターコードを知っているとハンター同士で連絡を取る時にいろいろ便利だってぐらいに考えて』

「そういうのがあるんだ。俺にもそんなのが有ったりするのか？」

『無いわ。確か情報端末を買った後にハンターオフィスで手続きをすれば手に入るはずよ。それよりもアキラ、本当にあれで良かったの？』

「ああ。良いんだ。別にわざわざ会う必要は無いだろう。早く帰ろう」

『彼らの所持品を持ち帰ったりはしないの？』

「放っとくよ。あいつらは別に俺を襲った訳じゃないからな」

『そう』

アキラは以前自分を襲った二人組の所持品をしっかり持ち帰っていた。アルファには前回の者達と今回の者達の違いなど分からない。だがアキラなりの基準があるのだろうと判断した。

報酬も無しにわざわざ危険を冒して助けた。貴重な回復薬まで渡した。だがその後のことなど興味も無いように、護衛は断り、助けた相手に会おうともしない。どのような行動原理を持てば、このような行動になるのか。今後もアキラの行動を管理し誘導する為に、アルファは推測を続けていく。本人に尋ねても無駄なのは、エレナ達を助けると決めた時の反応で理解した。その為、今は何も聞かなかった。

アキラ達はそのまま足早に遺跡から去った。

◆

戻ってきたエレナから話を聞いたサラが、その内容に微妙な笑顔を浮かべる。

「関係無いのに助けてくれて、命の恩人で、回復薬までくれて、報酬も要求せずに、名も名乗らずに去っていく。良い部分だけ抜き出すと、惚れても不思議は無いと言いたくなるところだけど……」

そこまでならとても好感の持てる人物像だ。サラはそう思いながらも、浮かべていた微妙な笑顔を苦笑に変えた。

「……姿を見せない。声も聞かせない。近付かせない。書かれている文字も汚い。これは筆跡等を調べられないように意図的に汚く書いたのかしら。……

急に不審者になったわね」

　途端に怪しくなった人物像に、エレナも苦笑を浮かべる。

「貰った回復薬を使うのは止めておく？　しばらく待てば回復するんでしょう？」

　エレナも命の恩人を悪く捉えたくはないが、実際に使用するのはサラだ。無理強いする気は無かった。サラが軽く首を横に振る。

「いえ、使うわ。負傷したままだと不味いことに違いは無いからね」

　実際に使うのは自分でエレナではない。サラは口には出さなかったがそう考えて使用を決めた。回復薬の箱からカプセル剤を取り出して掌に載せる。そのまま服用するのが通常の使用方法だ。

　サラは掌のカプセル剤を凝視しながら、回復薬の使い方が書かれていた紙の内容を頭に浮かべていた。箱に附属している説明書ではなく、安っぽい紙に汚い字で書かれていたものだ。

　緊急を要する場合、又は効能の即時性を求める場合、服用せずに内容物を直接患部に投与すること。激痛注意。紙には汚い字でそう書かれていた。

　確実に本来の使い方ではない。最悪、治療どころか傷が悪化する危険性も考えられる。サラはかなり迷ったが、紙に書かれている使用方法を採ることにした。

　複数のカプセル剤を開き、内容物を両脚の負傷部位に直接投与する。事前の警告通り、激痛がサラを襲った。何かが傷口を強引に修復している感覚が痛みと一緒に伝わってくる。苦悶の表情を浮かべているサラをエレナが心配そうに見ている。

　次第に痛みが引いていく。1分ほど経つと痛みはほぼ消えた。立ち上がろうとすると、わずかな痛みを覚えたものの、問題無く立ち上がることが出来た。それを見てエレナが少し驚いていた。

「サラ、立ち上がっても大丈夫なの？」

「大丈夫。よく効いたみたいね。問題無く戦える程度には治ったわ。エレナも少し使っておいたら？」

　サラが追加の回復薬を口に含む。緊急を要する場合、又は効能の即時性を求める場合ではなくなったので、正式な使用方法を選択した。

サラの勧めに従ってエレナも回復薬を使用する。エレナにも大きな怪我こそ無いが負傷はある。疲労も大きい。体調を整える必要性はサラと同じだ。

エレナは回復薬を服用してしばらくすると、頭部の痛みが急速に引いていくのを感じた。自身のハンター稼業の経験から、単純な鎮痛作用だけではなく頭部の怪我の治療が実際に急速に進んでいるのだと理解した。

回復薬の効果により、エレナ達のアキラに対する評価は、命の恩人である不審者から、何らかの事情がある命の恩人にまで上昇した。お互いの顔を見て、必要なこととはいえ恩人を疑ったことに苦笑いを浮かべる。

サラが気を切り替えるように笑う。

「取り敢えず、助けてくれた人が凄く良い人だってことは分かったわね。どこの製品の回復薬か知らないけど、こんなによく効くってことは、これ、結構高いでしょう？　ここまでお世話になって、お礼も言えないってのは考え物ね」

「私のハンターコードを書いておいたけど、そもそも読んでくれたかどうかも分からないし、向こうが私達と連絡を取る気があるかどうか……」

「そこは向こう次第でしょうけど、私達は連絡が取れたら恩返しが出来るように、これからも頑張りましょうか」

エレナも気を切り替えるように笑う。

「それもそうね。今は気にしても仕方無いか。じゃあ早速、その恩返しの下準備としてこれから頑張る為にも、あの連中の装備でも剝がしますか。私達の恩人は連中の所持品に興味が無いようだし、売り払ってサラのナノマシンの代金に充てましょう」

「全く、名前も知らない相手に今日はお世話になりっぱなしね」

「全くだわ」

エレナとサラはそう言って笑い合った。

その後、エレナ達は男達の所持品を根こそぎ回収して無事に都市に帰還した。今回の遺跡探索は、不明確な噂を基に遺跡に向かうという賭けだった。それは不注意により、命と、それ以上のものを失いかねない賭けになっていた。だが男達の所持品を売り払った代金は、落ち目だったエレナ達の流れを好転させるのに十分な額になった。

エレナ達は賭けに勝ったのだ。

# 第9話　真面なハンター

　アキラは以前と変わらずに訓練と遺物収集の日々を送っていた。濃い色無しの霧が広がる遺跡の中で、アルファの機嫌を少々損ねてでも、ハンターから強盗に鞍替えした者達を殺してエレナ達を助けたという出来事が、アキラの生活に何らかの変化を与えることは無かった。

　子供でも行ける遺跡に遺物の詰まった未調査部分が存在するという噂は既に沈静化している。アルファが遺物の相場をある程度把握して、買取所に持ち込む遺物の質と量を調整したからだ。

　アキラが一応装備を調えたこともあって、武装もしていない素人同然の子供が買取所に遺物を持ち込むことも無くなった。実際に未調査部分を見付けたという者も現れなかった。それにより噂の沈静化も早まり、噂を理由にクズスハラ街遺跡に向かうハンターはすぐにいなくなった。

　そのおかげでアキラの遺物収集は順調だった。だがその順調さに反して資金繰りは悪化していた。噂を再燃させないように、見付けた遺物の大半を買取所には持ち込まずに別の場所に隠していたからだ。

　資金繰りの悪化に対応する為に、アキラは宿代を一泊2万オーラムから一泊4000オーラムにまで下げていた。最近では4畳ほどの狭さでシャワーが付いているだけの簡素な部屋で寝泊まりしていた。

　それでもスラム街の路上に比べれば随分豪勢なのだが、風呂付きの生活を覚えてしまった者には不満の多い生活であるのも事実だ。一度生活水準を上げてしまうとそれを下げるのはなかなか大変で、アキラは早く風呂付きの生活に戻りたいとぼやいていた。

　アルファはそのアキラを変わらぬ笑顔で宥めていた。高価な遺物を持ち込んでも不自然に思われない実力を身に付ければ、すぐに風呂付きの生活に戻れる。そう発破を掛けていた。

　変わらぬ笑顔の裏で、アキラの全てを観察しながら、いつものように笑っていた。

その日々に変化が起きたのは、アキラが買取所で累計10回目の買取手続きを済ませた時だった。いつものように代金を受け取って帰ろうとすると、ノジマに呼び止められる。

「ちょっと待て。今日はこれを持っていけ」

ノジマが紙の地図とプラスチック製のカードをアキラに渡す。地図は都市の防壁周辺のもので、目的地の印が付いていた。

「そこでちょっとした手続きがある。そのカードを職員に見せれば良い。じゃあ頑張りな。アジラ」

「……俺の名前はアキラだ」

アジラは誤って登録されたアキラの名前だ。ノジマが少し不機嫌そうなアキラを見て軽く吹き出す。

「データベースにはそう登録されているんだがな。間違って登録されたのか。誰が登録処理をしたのか知らんが適当な仕事をしやがって。手続きで直せるからとっとと行ってこい」

ノジマはそれだけ言って、どことなく上機嫌でアキラを見送った。


クガマヤマ都市の中位区画を囲む防壁は、モンスターの大襲撃などで壁の外側が灰燼(かいじん)に帰したとしても、内側を無傷で済ませる強固な防衛力を誇っている。その壁の内外に住む人々を物理的、経済的、社会的に隔てる高く分厚い防壁は、近くで見る者を圧倒させる迫力に満ちていた。

クガマビルはその防壁と一体化している巨大な高層ビルだ。壁内外の都市経済を繋ぐ中継地点であり、都市機能の要所でもある。

ビル内にはハンターオフィス支部も入っている。アキラがハンター登録を済ませた寂れた支店とは根本的に違う営業所であり、クガマヤマ都市付近で活動するハンター達を一括管理する重要な施設だ。

アキラがそのクガマビルを見上げてたじろいでいる。そこに存在する権力、財力、武力を容易に想像させるビルの外観は、スラム街育ちの子供に畏怖の念を抱かせるには十分過ぎた。

地図の印はそのビル内のハンターオフィス受付を

指している。

『ここ、だよな？』

『そうよ。入りましょう』

『あ、ああ』

　平然と進むアルファの後に続いて、アキラも落ち着かない様子でクガマビルに入っていく。アキラ一人なら無駄に怯んでビル内に入るのに結構な時間がかかっていた。その時間を短縮できたのも、地味にアルファのサポートの成果だ。

　ハンターオフィスの受付があるビルの一階では、多くのハンター達の姿が見受けられた。高性能な強化服を着用している者。一目でサイボーグだと分かる鋼の肌をした者。全員、アキラのような単にハンター登録を済ませただけの者とは、根本的に異なる隔絶した実力者達だ。

　その大規模な受付に、内装に、そしてそのハンター達の雰囲気に、アキラは気圧されていた。

『アキラ。彼らは別に敵ではないし、襲われる訳でもないのだから落ち着きなさい』

『わ、分かってる』

『黙って立っていても仕方無いし、早く手続きを済ませてしまいましょう。手続きの進め方とか、分かる？』

『わ、分からない』

『こっちよ』

　スラム街育ちで基本的な受付手続きの方法も知らないアキラだったが、アルファのサポートのおかげで事無きを得た。

　発券機を兼ねた無人の受付端末に向かい、ノジマから受け取ったカードを使用して順番待ちの登録を済ませ、邪魔にならない場所で静かに順番を待ち、その後に対応窓口に向かう。そして窓口の女性職員に整理券とカードを見せた。

「これを見せろって言われたんですけど……」

　事務的な愛想笑いを浮かべていた女性職員は、そのカードを見ると驚きで表情をわずかに崩した。だがすぐに己の職務を思い出して愛想の良い表情に戻す。

そして受け取ったカードを手元の端末に読み取らせた。

「確認いたしました。アジラ様御本人で間違いございませんか？」

アキラが緊張しながら答える。

「あ、はい。いや、違います。俺はアキラで、その、ちゃんと言ったんですけど、間違った名前で登録されたんです」

職員が恭しく頭を下げて非礼を詫（わ）びる。

「大変失礼いたしました。では改めまして、アキラ様、ハンターランク10への御昇格、おめでとうございます。ハンター証の再発行及び登録情報の確認を致します。ハンター証再発行手続、及び関連事項についての説明は必要でしょうか？」

「え、あ、はい。お願いします」

「畏（かしこ）まりました」

恐らく相手は事情を全く摑めていない。職員はアキラの態度からそう判断すると、己の職務に従って丁寧に愛想良く微笑みながら、今回の登録手続について詳しく説明し始めた。

ハンターオフィスはハンターにハンターランクと呼ばれる評価基準を設定している。最低値はランク1であり、基本的に高ランクのハンターほど優秀なハンターとして扱われる。

ハンターランクを上げるには、遺物をハンターオフィスの買取所やその提携店に売却する、ハンターオフィス及びその提携企業等からの依頼を受ける、などの様々な方法が存在する。基本的には東部統治企業連盟、通称統企連への貢献度が高いほど評価され、その評価に応じてランクが上昇する。

高ランクのハンターは統企連からの信用も高く、ハンターオフィスからも優遇される。例えば都市の上位区画への立ち入り許可も、高ランクのハンターであるほど下りやすい。

また、大企業等が実質的に専有している立ち入り制限遺跡の調査、遺物収集なども、高ランクのハンターであれば特別に許可が下りる。順番待ち等の優先順位などもハンターランクが高いほど優先される。

高性能な装備の入手にも影響する。値段や数量、そして威力などから、低ランクのハンターには販売を自粛、もしくは禁止している銃なども存在する。

ハンターオフィス及びその提携企業などが出す依頼には、ハンターランクによる制限を設けているものもある。機密性の高い依頼などは高ランクのハンターしか受けられず、そもそも低ランクのハンターでは依頼の存在を知ることすら出来ない。

それら数多くの優遇処置に加えて、ハンターとしての格や名誉を求めて、ハンターランクの上昇に血道を上げる者は多かった。

アキラの現在のハンターランクは10だ。これは社員証や市民証など有効な身分証を持つ者が、それなりの装備でハンター登録を行った場合の初期値でもある。つまり、一般的なハンターとしては素人のランクだ。

スラム街の住人など身分証を持たない者がハンター登録を行うと、ランク1のハンターとして登録される。この時点では紙切れに名前が記載されているだけの存在だ。

その後、規定回数、規定金額以上の遺物等を買取所に持ち込むなどの実績を積むと、真面目にハンターをやる意志と能力があると認定され、比較的見込みがある存在として扱われる。内部処理でハンターランクも上昇する。

そしてハンターランクが10に到達すると、ハンターオフィスからようやく真面なハンターとして扱われるようになるのだ。

ノジマに買取所で渡されたカードは、アキラがランク1から這い上がってきた人物であることを示すものだった。そのような者は基本的に少ない。大抵は途中で諦めて止めるか、あるいは死ぬかのどちらかだからだ。

そしてそこから這い上がってきた少数の者は、比較的有望なハンターとしてそれなりの優遇を受ける。例えばハンター証の再発行の手数料が初回のみ無料になるなどだ。

職員は一通りの説明を済ませてからアキラに小冊

子を渡した。上質な紙の小冊子で表紙には統企連とハンターオフィスのロゴマークが記載されている。先程の説明のより詳細な内容やハンター関連の情報などが纏められたものだ。

職員がアキラの登録処理を進める。

「アキラ様。登録内容の名前の修正を御希望とのことですので、修正登録するお名前を再度お聞かせください」

「アキラです」

アキラが少し不思議そうにそう答えると、職員の女性が真面目な表情で確認を求める。

「アキラ様。今回の登録処理は仮登録から本登録への更新の意味合いが強く、登録情報に関しましては、基本的に不足情報を追記するのみとなります。その上で、今回は私どもの不手際によりお名前を誤って登録されているという状態を考慮しまして、変更登録を受け付けております。以降、登録内容の変更には審査を必須とする変更理由が不可欠となり、理由の如何(いかん)によっては変更を拒否する場合がございます。予(あらかじ)め御了承ください」

加えて、この稀な機会を浪費させないように、職員が更に念を押す。

「名前は、ハンターオフィスが貴方様を識別する要素であり、貴方様個人を説明、認識、確認する固有要素でもあります。対象が属する血族、土地、国、文化、階級などを含める場合もございます。それを踏まえて、登録名は、アキラ、のみで本当によろしいでしょうか?」

アキラはその問いに即答できなかった。

アキラはどこにも属していない。家族はいない。その記憶も無い。気が付いたらクガマヤマ都市のスラム街にいただけであり、スラム街に愛着など持っていない。そこから抜け出す力が無かったからそこにいただけで、そこに所属しているなどと欠片も思っていない。またスラム街に無数に存在する何らかの徒党の構成員でもない。

ずっと独りで行動してきた。自身の呼称を自身で定義した時、アキラ、以外の構成要素は存在しなかった。だからこそ、この機会に自身の呼び名を変えようと思えば幾らでも変えられた。呼び名が急に変わっても不都合など無い。その名を呼ぶ者など、どこにもいないからだ。

最近できた、アルファという例外を除いて。

わずかな沈黙の後、アキラが真面目な表情を浮かべる。

「アキラ。俺の名前はアキラです。それで登録してください。もし変えたくなったらその時に変えます。その時に変えられないのなら、むしろ変えてはいけない気がします」

「畏まりました」

職員は手元の端末を操作した後、アキラに新しいハンター証を手渡した。

アキラが受け取ったハンター証をじっと見る。今までの安っぽい紙切れとは違う硬質プラスチック製のカードだ。そこには材質が紙切れから硬質プラスチックに変わった以上の大きな意味が存在していた。

「紛失にはくれぐれも御注意ください。再発行には費用と審査が必要になります。最悪、これまでの実績を全て失い新規登録と同様の扱いになる場合もございます」

職員が愛想良く微笑んで軽く頭を下げる。

「登録処理は以上になります。アキラ様の御活躍を心からお祈り申し上げます」

悪く言えば事務的に、良く言えば一人のハンターとして応対する価値がある人物だと認められて、アキラは職員に微笑んで見送られた。

アキラがクガマビルの外で真新しいハンター証をしげしげと見ている。そのアキラをアルファが嬉しそうに笑って祝福する。

『アキラ。ようやくハンターになれたわね。おめでとう』

『ありがとう。……今まで俺はハンターじゃなかったのか？』

『今までは自称ハンターってところだったわね。他のハンターに今までの紙切れを提示して俺はハンターだと名乗ったら、残念だけど失笑されるわ』

アキラが新しいハンター証をしみじみと見ながら感慨深い様子を見せる。

『確かにそうだな』

ハンター証にはアキラの名前が正しく記載されている。アキラはそれを読み、少しだけ嬉しそうに笑った。

「俺もようやくハンターを名乗れる身分になった訳か……」

このハンター証はアキラの身分証でもある。もっともこれをそこらの店で提示したところで、素人同然のハンターだと認識されるだけであり、身分証としての効力などたかが知れている。

だがそれでもアキラにとっては大きな前進だ。少なくとも現時点を以て、身分証すら無いスラム街の住人から明確に脱したのだ。

ハンター稼業の実績を積み重ね、このハンター証を提示することが重要で有意義な意味を持つようになった時、アキラはハンターとして成り上がったと自他共に言えるようになる。その第一歩が、今日、ようやく始まった。

放っておくといつまでもハンター証を見続けていそうなアキラに、アルファが苦笑を浮かべながら注意する。

『いつまでも見ていないで、そろそろ仕舞いなさい。そのままだと不審者になるわよ？』

クガマビル周辺は下位区画でも特に念入りな治安維持が敷かれている。警備員から不審者として扱われた際に降り掛かる面倒事は、下位区画の他の場所の比ではない。アキラは少しあたふたとしながらハンター証を仕舞った。

『さて、これでアキラもようやく登録上は一端のハンターになったわ。それに合わせて装備等の面でも一端のハンターになる為に、早速ハンターの必需品を買いに行きましょうか』

『必需品？　何を買うんだ？』

『情報端末よ』

アキラはそのままアルファの案内で、ハンターオフィスの近くにある情報端末の専門店に向かった。

ハンター達は遺跡の位置や内部構造、棲息するモンスターの詳細などの多種多様で有益な情報を、ネットを介して交換、共有、売買している。それらはハンター稼業の効率化を推し進め、遺跡から多くの遺物を企業にもたらし、東部全体の活性化に繋がった。

その情報網の構築を促したのが、東部に広く出回っている情報端末だ。多津森重工がハンター稼業に耐えうる安価で高性能な製品の製造に成功したことで、情報端末はハンター達の間に一気に広まった。現在でもハンター向けの市場は多津森重工の寡占状態が続いており、多津森重工はこれを足掛かりにして東部での影響力を強めて統治企業へ躍進した。

加えて情報端末は多津森重工の影響力により統企連の東部攻略の戦略製品に位置付けられた。その結果、東部全体の利益の為に量産化と低価格化が推し進められ、今ではアキラのような者でも買えるほどに入手しやすくなっていた。

情報端末がハンター達の生活に溶け込むのに従って、企業やハンターオフィスからの依頼を情報端末経由で受ける者も増えた。そして今ではハンターの必需品と呼ばれるまでになったのだ。

アキラは専門店で、アルファに勧められるままに情報端末を購入した。情報端末の代金はアキラの有り金ほぼ全てだ。

ついでに店で情報端末のハンター向けの簡単な初期設定を済ませた。アキラにはその設定内容も設定手順も全く分からなかったが、店員が手慣れた操作で設定した。

その設定作業の途中で、店員からハンター向けの設定にはハンター証が必要だと説明された。アキラは早速ハンター証を使う機会が出来たことに少し喜んでいた。


狭い宿に戻ってきたアキラが少々険しい顔を浮か

べている。ハンター証と情報端末を手に入れた高揚はもう落ち着いている。そして一端のハンターとしてこれからも頑張ろうとこれからのことを考えた途端、現実的な懸念が浮かんできたのだ。

「アルファ。情報端末の代金に有り金を注ぎ込んだ所為で、明日の宿代すら無い状況なんだけど……、大丈夫なのか？」

アルファにも何か考えが有るのだろうと、浮かんだ懸念を解消する言葉を期待していたアキラに、アルファが笑って言い切る。

『大丈夫ではないから明日も遺跡に行くわ』

アキラがもの言いたげな目をアルファに向ける。アルファは黙って笑顔を返す。そのまましばらく黙って見詰め合う。その見詰め合いは、アキラの軽い溜め息を契機に終了した。

アルファと口論しても勝てないのは分かっている。情報端末に有り金を注ぎ込んだが、それだけの意味と価値が有るのだろうとも思っている。理由を詳しく聞き続ければ最終的には納得しているであろう自分も思い描ける。

何より遺跡探索で疲れている。明日も遺跡に行くのなら、無駄な口論で体力を消耗するより早めに休んだ方が良い。そう考えたアキラは、いろいろ思うところは有ったものの、それ以上聞くのは止めておいた。

『弾薬は買い置きがあるから、そっちの方は大丈夫ね』

「……そうだな」

『明日からは遺跡探索に情報端末を活用するわ。今から情報端末の設定をするから手伝って』

「ん？　それはもう店で済ませただろう？」

『あれは一般的なハンター用の設定よ。今からやるのはアキラ用の設定。私のサポートを受けやすいように、思いっきり中身を書き換えるわ。でも情報端末の操作は今の私には出来ないから、代わりにアキラにやってもらうのよ』

「つまり情報端末を使いやすくするのか。分かった」

『最短でも夜中までかかるから、頑張ってね』

「えっ⁉」

アキラが驚いてアルファを見る。そしていつも通りの微笑みを浮かべているアルファの様子から冗談の類いではないと理解すると、急に増した疲労感に引き摺られて、少しだけ表情を引きつらせた。


アキラはアルファの指示に従って情報端末の設定を続けていた。具体的な作業内容は、情報端末の操作部と表示面を兼ねた硬質パネルに触れて、設定情報の入力や選択を続けることだ。もっともアキラには内容など全く分からなかった。

意味不明の図形や記号、文字らしいものの入力や選択を行うと、新たに意味不明の図形や記号、文字らしいものが表示される。それに対し、アルファの指示通りに入力や選択を機械的に繰り返す。それは操作意図の不明な単純作業の連続だ。人の思考力を奪う目的で続けられる何らかの拷問ではないかと疑いたくなるほどだった。

自分は何をやっているのか。本当にこれは情報端末の設定作業なのか。実は噂に聞く魔術や儀式などの一種なのではないか。知らぬ間に何か得体の知れないものを呼び出す儀式でも行ってはいないだろうか。意味も分からずに繰り返させられる単調な操作は、アキラの思考を妙な方向へ誘導し始めていた。

事前の宣言通り、設定作業は夜になっても終わらなかった。アキラは無心で端末を操作し続けていた。そして遂にアキラの作業が終わる。

『アキラ。もう良いわよ』

「……やっと終わったのか」

『正確にはまだ設定処理自体は終わっていないのだけれど、もうアキラの手を煩わせる作業は無いわ。あとは私がやっておくから、アキラはゆっくり休んで』

既に日付が変わっていた。それに気付いたアキラがより一層の疲労感を覚える。倒れ込むように床に横になると、情報端末を近くの床に適当に置く。そして眠気に抵抗せずにそのまま眠りに就いた。

アキラが寝ている間も情報端末は独りでに一晩中

動き続けていた。

　翌朝、アキラはいつものようにアルファの声で目を覚ました。だが視線を声の方に向けてもアルファの姿は見当たらなかった。

「……アルファ？」

「こっちこっち」

　怪訝な顔を浮かべながら、いつもとはどこか違って聞こえる声の方に視線を向ける。床に転がっている情報端末に、笑って手を振っているアルファの姿が映っていた。

　アルファの声がいつもと違って聞こえていたのは、普段の念話ではなく、実際に情報端末から出ていた声を耳で聞いていたからだった。情報端末では音質の再現に限界があり、そこも違和感の元になっていた。

　情報端末を手に取って表示画面の中のアルファと視線を合わせると、アルファが得意げに笑いかけてくる。

「どう？　凄いでしょう。この情報端末は私が乗っ取ったわ！」

「……え、あ、うん」

　アキラの寝起きを考慮しても随分と薄い反応に、アルファが不満げな顔を見せる。

「反応が薄いわね。もっと驚かないの？」

「見えるけど触れない女性が側にいるとか、視界の一部が拡大されたりすることに比べたら大したことはない気がする。それよりも、これからはこの情報端末でアルファと遣り取りするのか？」

「その方が良いならそうするわ。どうする？」

　アキラが少し考えた後に、素っ気ない様子を装って答える。

「今まで通りにしてくれ。いちいち情報端末を見る方が面倒だ」

「分かったわ」

　アルファが情報端末の中から姿を消して、いつものようにアキラの側に現れる。そして情報端末の中とは比較にならない存在感のある姿と声で、嬉しそうに少し悪戯っぽく笑いながらアキラに顔を近付けると、誘うような声を出す。

『やっぱり情報端末の小さな画面越しより、こうやってアキラの側にいた方が良い？』

「あー、そうそう。そうだよ」

アキラは視線を逸らしながら若干投げやりに答えた。

アルファは少し顔の赤いアキラを見て、満足そうに笑っていた。

◆

再びクズスハラ街遺跡に遺物収集に向かったアキラが、遺跡手前の荒野で気合いを入れている。熱が入っているのは、真面なハンター証を得て一端のハンターとなってからの初めての遺跡探査だから、ではない。情報端末の購入で手持ちの金をほぼ使い切り、今日の宿代すら残っていないからだ。

一端のハンターとなったことで、遺物収集以外の金策も可能となった。都市などがハンターオフィスを介して出している依頼を受けられるからだ。都市の周辺を巡回する警備の仕事なども、ハンターランク10になった今のアキラなら断られることも無い。

だがアルファの指示で、当面は訓練と遺物収集の日々を続けることになっている。それがアキラの実力を最も効率的に伸ばせるという判断からだ。アキラもそこは受け入れた。

だが資金難に変わりは無い。収穫無しでの帰還となれば、再びスラム街の路上生活に逆戻りだ。

このままでは、路地裏より遥かにましな狭い宿でも不満を覚えてしまうほどに贅沢に慣れてしまった感覚で、再びかつての路地裏で寝泊まりする羽目になる。それは避けたかった。

アキラが一度深呼吸をして気を引き締める。そして真面目な顔で遺跡へ進もうとする。

「よし。行こう」

『ちょっと待って』

「何だよ」

気勢を削がれたアキラが不満げな顔をアルファに

向ける。ある意味余裕の表れとも取れる表情だ。だがそれも次の話を聞くまでだった。

『銃の腕はそこそこ上達してきたから、今日から訓練内容の比重を変えるわね。具体的に言うと、私の索敵が無い状態でもある程度は動けるようになってもらうわ。これから遺跡に入るけれど、私の索敵は無いと思って行動して』

アキラの表情が大きく揺らいだ。アルファの索敵はアキラの生命線だ。それが無くなればどうなるかなど、考えるまでもない。

「……だ、大丈夫なのか？」

戸惑いと不安を露わにするアキラに向けて、アルファが平然と微笑む。

『大丈夫ではないから訓練が必要なのよ』

「そ、それはそうだけどさ……」

食い下がろうとしたアキラが驚いて言葉を止める。アルファが急に真面目な顔になったのだ。

『アキラがハンターとして成長すれば、他の遺跡にハンター稼業に行く機会も増えるわ。クズスハラ街遺跡だけで稼ぐのでは限界があるからね。でも残念だけれど、私の索敵はクズスハラ街遺跡以外だと精度が格段に下がるのよ』

「……具体的には、どれぐらい下がるんだ？」

『最悪の場合、私の索敵そのものが不可能になるわ』

アキラは思わず顔をしかめた。今のアキラにとって、それは余りに致命的だ。

『勿論その状況でも出来る限りのサポートはするわ。でも限度はある。だから今の内に遺跡での動き方を身に付けてほしいのよ。分かった？』

「……分かった。……今は訓練なんだから、本当に危なかったら教えてくれるんだよな？」

アルファが表情を笑顔に戻して頷く。

『勿論よ。ただしアキラはそれを忘れて緊張感を持って行動してね。訓練にならないから』

「あ、ああ」

『基本的にはアキラの好きなように動いて。それで危険な行動をしたり、しておいた方が良い行動をしなかったりしたら、私がそのたびに指摘するわ。それでは、始めて』

アキラが緊張を抑えようと深呼吸をする。訓練であり実際にはアルファの索敵は生きているとはいえ、それが無い状態を意識し想像して遺跡を見ると、遺跡が急に非常に危険な場所に見え始める。

そして実際に遺跡はその想像以上に危険な場所だ。アルファという存在が遺跡の危険への感覚を鈍らせていただけだ。アキラは自分が抱いていた感覚は慣れではなく甘えだったことを自覚して、それでも遺跡へ覚悟を決めて歩き出す。

『止まって』

そしてその一歩目で、早速指摘を受けた。

「いきなりか」

『まずはここから双眼鏡で遺跡の様子を確認すること。モンスターがいるかどうか。いた場合はそれがアキラでも勝てそうな相手かどうか。より安全な他のルートは存在するか。引き返すべきか。よく考えて決めなさい』

もっともだと納得し、その程度のこともせずに進もうとした自分の未熟さに苦笑する。そして双眼鏡を取り出して遺跡の様子を確認する。モンスターの姿は見えない。隠れているかもしれないが、その確認すらしなかった時よりは大分安全になった。

「大丈夫そうだな」

『進む前に情報端末を見て』

アキラが腕に装着している情報端末を見る。ハンター向け製品の付属品である頑丈なベルトを使用して、見やすい位置にしっかりと固定している。その情報端末の画面にデフォルメされた小さなアルファが映っており、画面の中を指差して操作を促していた。その指示に沿って操作を進めると地図が表示された。

『それはクズスハラ街遺跡の地図よ。単純に遺物収集に励むにしても、当ても無く適当に探すのではなく、事前に探索場所やその移動ルートを決めておきなさい』

地図にはクズスハラ街遺跡の外周部の一部が載っていた。広大な遺跡のごく一部だ。

『遺物が有りそうな場所を探すのも重要。でもそれ以上に、モンスターとの遭遇や交戦時の退路も考慮して移動ルートを決める方が重要よ。それらをよく考えて、状況に応じて適宜修正を加えながら進みなさい』

「よく考えろって言われても、どういうふうに考えれば良いんだ？」

『それを考えるのも訓練の内よ』

アキラが険しい表情で地図を凝視する。地図には様々な情報が記載されている。だがそれらの情報を分析して適切な移動ルートを決定するなどアキラでなくとも難しい。それでも自分なりに必死に考えた上で遺跡に向かっていった。

◆

クズスハラ街遺跡の外周部は廃ビルと瓦礫の世界だ。既に過去に何度も平然と通った記憶がある。その場所を、アキラは記憶の時とは著しく異なる遥かに真剣な表情で進んでいた。

周囲を可能な限り警戒しながら慎重にゆっくりと歩を進める。その過度に精神を磨り減らす警戒も、アキラの生存率向上には大して影響を与えていない。索敵を含めたアキラの動きが素人同然であることに加えて、廃ビルの窓や瓦礫の物陰など、敵が潜んでいる危険のある場所が多過ぎるのだ。

敵の存在を疑い出せば切りが無い。しかし全ての場所を確認する余裕など無い。だが実戦で確認をおろそかにした場所に敵が潜んでいれば、それでアキラの人生は終わる。遺跡とは、本来それほど危険な場所だ。

それでも日々多くのハンター達が命賭けで遺跡に向かい続けている。その命に見合う勝利を得るか、負けて全てを失う日まで。

訓練が続く。数歩、あるいは一歩進むたびにアルファの指摘が入る。足音を立てない歩き方。奇襲される確率が低い移動ルートの見分け方。速やかに反撃可能な体勢の選択と、不安定な足場でその体勢を維持する方法。周囲を見渡した時に確認するべきものの優先順位。その全てがアキラに足りていない。

それらの結果として、アキラは普通に歩けば数分の距離を進むのに1時間かけた。モンスターとの遭遇は無かったが、それでも過度の緊張の連続はアキラを相応に疲弊させていた。

アキラの疲労状態を本人以上に正確に把握しているアルファが、これ以上は危険だと判断して訓練を切り上げる。

『今日はこれぐらいにしましょう。近くに敵はいないから気を抜いても大丈夫よ』

緊張から解き放たれたアキラが疲れから大きく息を吐く。そして振り返り、自分が進んだ距離を確認する。少し先に遺跡と荒野の境目が見えた。自身への落胆で溜め息が出る。

「……これだけしか進んでないのか。先は遠そうだな」

『経験を積めばもっと早く進めるようになるわ。それに情報収集機器とかの高性能な装備を揃えれば索敵も格段に楽になる。訓練して、装備を調えて、地道に強くなっていきましょう。私に任せておきなさい』

アキラを気遣うように優しく明るく自信たっぷりに笑うアルファを見て、アキラも落ちかけていた意気を取り戻した。

「……。そうだな。焦っても仕方無いか」

『そうよ。それでは、ここからは遺物収集に切り替えて、いつものように私の索敵で進みましょうか。行きましょう』

アキラが索敵を完全にアルファに任せて遺跡の奥へ進んでいく。先程進むのに1時間掛かった距離など数分で追い抜いた。

元々は機能的に設計されていた街の通りも、ビルの倒壊などで道を塞がれてしまった所為で、今では半分迷路のようになっている。

アキラは歩きながら情報端末の地図と周囲を見比べていた。そして怪訝そうに軽く首を傾げる。

「アルファ。この地図なんだけど、結構間違ってないか？」

『当然、間違っているわ』

アルファが至極あっさりとそれを認めたことに、アキラが少し驚きながら聞き返す。

「間違ってるのか。しかも当然なのか」

『その地図はネットで無料で手に入るものだからね。かなり低い精度のものよ。もっと高精度の地図が必要なら、相応の金額を出して信頼できる筋から購入しないと駄目よ』

アキラが地図を見ながら唸る。

「……有料か。まあ、そうだよな」

『言っておくけれど、その高価な地図であっても、結局は作製時の情報であって、現地の内容と完全に一致する保証は無いわ。強力なモンスターが遺跡内でその地形を変えてしまうほど暴れることもあるし、ハンターが遺物収集の都合で施設の壁とかを爆破しようとして、加減を誤って施設ごと倒壊させることもあるわ』

アキラは以前に大型の機械系モンスターに襲われた時のことを思い出していた。巨大な砲が周囲のビルを倒壊させた所為で、一帯の光景はかなり変わってしまった。

確かにあのようなことがあれば、事前にどれほど詳細な地図を手に入れていたとしても、その地図に大して意味は無い。そう思い、納得したように軽く頷く。

『他にも地図と実際の地形の差を大きく変える事態は幾らでもあるの。それを踏まえて地図をどこまで信用するか。そこを考えて行動するのも訓練の内よ』

ハンターの中には地図屋と呼ばれる者がいる。多種多様な手段で遺跡の詳細な地図を作製し、その売買で生計を立てる者達だ。

危険な遺跡の内部構造、内部に棲息するモンスターの種類や数、過去に発掘された遺物の内容など、有益な情報が多数記載されている地図は、時にその遺跡で見付かる遺物より高値で売買されていた。

アキラはその話を興味深く聞いていた。ハンターとは遺跡から遺物を探し出したりモンスターを倒したりして、何だかんだと金を稼ぐもの。その程度の狭く薄く浅い認識しか持っていなかったアキラにとって、その地図屋という稼ぎ方は結構な衝撃だった。

「そういう稼ぎ方もあるのか。商売になるほど売れるのか」

『遺跡に事前情報も無く考え無しに突入するのと、十分な情報を揃えて綿密な作戦を立ててから突入するのとでは、生還率に大きな差が出るわ。金で安全が買えるのなら、有料でも買うハンターは多いでしょうね』

「予め遺跡の情報を摑んでおくのもハンターの実力の内ってことか」

『そういうこと。何の情報も無しにクズスハラ街遺跡に行ったアキラがどれほど無謀だったかは、アキラも身に染みているでしょう？』

アキラがアルファと出会った時のことを思い出して苦笑する。

「まあな。確かにあの時アルファと会えなかったら俺は間違いなく死んでいたと思う。本当に危なかった。感謝してる」

アルファが不敵に微笑む。

『その感謝はちゃんと行動で示してちょうだいね。具体的には、私からの依頼を達成できるように頑張るとか。急かすつもりは無いけれどね』

「まあ、気長に待っていてくれ」

『期待しているわ』

アキラは軽い口調で返したが、その言葉と意志に偽りは無い。そのアキラに微笑みを返したアルファも、その言葉と意志に偽りは無い。ただし、内心とどこまで一致しているかは別の話だった。

◆

本日の遺物収集を終えたアキラが持ち帰る遺物の量を確認している。

「アルファ。今日の分だけど、いつもより少し多くないか？」

『アキラもようやく一端のハンターになった訳だから、少し多めにしたわ。これからも少しずつ増やしていきましょう。勿論、アキラの実力に応じて増やしていくわ。良質の装備や弾薬や訓練や勉強や休息の為にも、これからも頑張って稼ぎましょう。アキラだって風呂付きの部屋に泊まりたいでしょう？』

アキラが力強く頷く。

「泊まりたい。それなら持ち帰る遺物の量をもう少し増やしても……」

期待を視線に乗せるアキラに向けて、アルファが力強く微笑む。

『駄目』

「……はい」

アキラが残念そうに少し項垂れる。アルファは楽しそうに笑っていた。

# 第10話　落ちている財布

遺跡から戻ってきたアキラがスラム街を進んでいる。背負っているリュックサックには普段よりも多めの遺物が詰まっている。目敏い者が見れば、遺跡でそれなりの収穫を得て戻ってきたハンターだと、リュックサックの膨らみから簡単に分かる。

都市の下位区画の治安は基本的に防壁に近いほど良く、荒野に近いほど悪い。特に荒野との境にあるスラム街の治安は非常に悪い。

面倒事を避けたいハンターは少々迂回してスラム街を通らずに下位区画に入る。スラム街には遺物の価値に目が眩んで暴挙に出る愚か者が一定数存在するからだ。

スラム街に無数に転がる死体の一部はその愚か者の末路だ。荒野でモンスターと戦う者とそうではない者の差を、末路の具体例となって分かりやすく示していた。

アキラは気にせずにスラム街を通っていた。買取所へはスラム街を通り抜けた方が早く、スラム街育ちなこともあってその治安の悪さへの慣れもあり、ハンターになってからも何度も通ったが何も起こらなかったからだ。

だが今回は事情が異なっていた。アルファがアキラに警戒を促す。

『アキラ。囲まれているわ』

アキラが立ち止まって周囲を確認する。しかし囲まれているようには見えなかった。普段より周囲に少し人が多い。その程度だ。だがアルファの索敵能力に疑いは無く、警戒を強める。

『……勝てそうか？』

包囲が事実であっても、その原因や目的はいろいろ考えられる。軽い因縁を付けるだけ。ちょっとした脅し。周辺にいる別の誰かが対象の包囲であって、それに巻き込まれただけ。だがアキラは既に自分の襲撃が目的だと決め付けており、積極的な応戦を前提とした思考を進めていた。

アルファがアキラのクズスハラ街遺跡での言動、エレナ達を助けた時に男達を躊躇無く皆殺しにした判断基準と行動原理を思い出しながら聞き返す。

『戦う気なの？　今度はどこまでやるつもり？』

『勝てそうにないなら逃げる。そこから先は相手次第だ』

数を揃えて囲んで脅して、それでもその脅しに屈さなければ、割に合わないと大人しく引き上げる。アキラもそれならそれで良かった。ただしその際の交渉で相手に遺物を渡すつもりは、それがたとえ少量であっても全く無かった。

自分はもうハンターになったのだ。以前のように、ありふれたスラム街の子供のように、必死に集めた金を投げ捨てて、差し出して、その隙に逃げるような、見逃してもらうような真似はもうしたくなかった。

だからその先、相手を皆殺しにする必要があるかどうかは、相手次第だ。それが自分に可能であるならそうすると、アキラはもう決めていた。

アルファが思案する。アキラは以前に自分を襲ってもいない者達を皆殺しにしたにもかかわらず、今回自分を襲う者には交渉の余地があるような態度を見せている。それを不可解だと判断しながらも、勝率に問題は無いと判断する。

『それがアキラの考えなら止めないわ。でも私が危ないと判断した時は、ちゃんと指示に従ってね』

『分かってる。俺だって死にたくないからな』

アキラが警戒しながら立ち止まっている間に包囲が完了する。背後や近くの横道などの逃げ場も、スラム街の住人で塞がれている。

そして包囲の中から三人の男がアキラの前に現れる。男達は他の者とは風貌が異なっていた。多少薄汚れて傷んではいるが防護服を着用しており、持っている銃も拳銃などではなく対モンスター用のもの。所謂ハンター崩れと呼ばれる者達だ。

アキラもその男達が周りの者達のリーダーだとすぐに分かった。囲まれても怯えてなどいないと示す為に、毅然と声を掛ける。

「悪いけど、通行料を支払えるほど裕福じゃないんだ。余所を当たってくれないか？」

男達が嗤い出す。そしてその中心にいるシベアという男が首を軽く横に振る。

「嘘を吐くなよ。背中にたっぷり背負ってるだろう？　どこから持ってきたのか知らねえが、そこに行けばもっとあるんじゃねえか？」

アキラが更に警戒を増し、それが表情に出る。それを見たシベアは予想通りだと更に嬉しそうに嗤った。

シベアがアキラを狙ったのは半分偶然ではなかった。獲物の情報を集めて以前から網を張っていたのだ。

スラム街にはその住人で構成される徒党が無数に存在する。その中には所謂ハンター崩れをボスとするところも少なくない。荒野で稼げるほどの実力は無いが、スラム街で暴力的に幅を利かせるには十分な腕と装備の持ち主。そういう者が手下を集めて、あるいは祭り上げられて、集団を形成するのだ。

シベアもその類いの者だ。そこまで大規模ではないが、スラム街にそこそこの拠点を持つ程度には勢力のある徒党を率いていた。そしてその手下に張らせていた網にアキラが引っかかったのだ。

シベアがアキラのリュックサックの中身を想像してからかうように笑う。

「お前もスラム街の人間だろう？　じゃあ助け合わないとな。ほら、俺の徒党は結構な人数を抱えててさ。生活が苦しいんだよ」

シベアは視線で周囲の者達は自分の配下だとアキラに伝えて、暗に逃げ場は無いと脅していた。

「大丈夫だって。有り金全部と、所持品全部と、知ってることを洗い浚い話してくれるだけで良いんだ。命まで取ったりしねえって」

シベアの両隣の男がアキラに向けて銃を構える。相手は格下で逃げ場も無く、自分達は数でも実力でも勝っている。その余裕が笑みに表れていた。ただシベアだけはアキラの表情に怯えの色が無いことに気付いてわずかに警戒していた。

アキラが少し険しい表情をシベア達に向ける。

「……嫌だって言ったら殺すのか？　俺を殺したら情報は手に入らないぞ？」

「それはお前次第だって。お前が死ぬ前に素直に話してくれればいいだけさ」

シベア達にアキラの命を気遣う意志は全く無い。アキラにもそれぐらいは分かった。

アキラが大きな溜め息を吐き、軽く項垂れる。その様子に、シベア達は相手が観念したと思って軽く嗤い、油断した。

アキラはシベア達にわずかに弱気を装う表情を向けると、その裏で覚悟を決める。

「……分かったよ。俺だって死にたくない」

アキラの言葉にシベア達の意識が更に緩む。無意識に銃の引き金から指を離し、銃口を下げてしまう。

『アルファ』

『いつでも良いわ』

その短い念話で、シベア達の末路が確定した。

アキラが急に横を向く。シベア達がその動きに釣られて視線をアキラから外してしまう。次の瞬間、アキラは相手が釣られたかどうかも確認せずにＡＡＨ突撃銃をシベア達に向けると、ろくに狙いも付けずに乱射した。同時にアルファに指示された場所へ全力で駆け出した。

運悪く被弾した者達が悲鳴を上げる。油断して銃口を下げていた者達が慌てて反撃しようとする。だが驚きで反応が遅れている。アキラを囲んでいる配置の所為で射線の先に仲間がいて、仲間への誤射を恐れて発砲を躊躇し、よく狙おうとした分だけ更に遅れる。

反射的にアキラを撃とうとした者もいた。だがそれもアキラには当たらない。アルファは事前に敵の位置等から被弾の危険性が最も低い移動方向と場所を算出しており、アキラの動きをそれに合わせて誘導していた。その計算は正しく、アキラがその場から逃れるまでに撃ち出された少数の弾丸では、アキラへの着弾など許さなかった。

アキラが指示通りに路地の脇道に飛び込む。そこを塞いでいた男達も、突然の事態に驚き、慌て、反応を大幅に遅らせていた。その隙を衝き、男達を至近距離で遠慮無く銃撃する。防護服でもないただの服で対モンスター用の弾丸を防ぐ術は無い。全ての銃弾は男達の体をあっさりと貫通した。

路地に一瞬にして血の池に死体が沈む光景が出来上がる。アキラはその凄惨な現場を気にも留めず、自らが殺した者達に一瞥もせずに駆け抜けていった。

アキラが離れた後、辺りには怒号と悲鳴が飛び交っていた。シベア達の多くは子供を脅せば済む程度の話だと考えており、銃撃戦になるとは思ってもいなかった。威圧用の数合わせとして連れてこられた者達が死の恐怖を覚えて逃げ出し始めていた。

シベア達三人は着用していた防護服のおかげで軽い負傷で済んだ。少々被弾したが戦闘に支障は無い。だが被弾の痛みは相当なもので、その顔には苦悶が浮かんでいる。シベアがその痛みを怒りに変えて叫ぶ。

「ガキが舐めやがって！　お前達はそのままガキの後を追え！　俺は裏から回り込む！　お前ら！　ぼさっと見てないでガキを追って取り囲め！」

シベアの側にいた二人がすぐに指示通りにアキラを追う。だが他の者達は怖がって足を止めていた。

シベアがいらだって舌打ちする。そして動こうとしない者達に銃を向ける。

「とっとと行け！」

シベアは残りの者達が慌てて動き始めたのを見て、もう一度舌打ちした。そして別の路地からアキラの後を追った。

◆

アキラが路地の曲がり角を曲がった少し先で立ち止まり、元来た道の方へ銃を構えている。角が遮蔽物となっているので本来その先は見えない。

だがアキラはその先から迫ってきている敵を壁越しに正確に視認していた。アルファが索敵結果をアキラの視界に拡張表示しているのだ。敵の位置を識別しやすいように、その姿に赤い縁取りまで加えていた。

シベアの一味はシベアに急いで追えと銃を突き付けられてまで急かされていた。加えて逃げた相手は今も必死に離れようとしていると思っていた。その所為で、気配を消すように非常に静かに敵を待ち構えているアキラに気付けず、通路の角をその先の確認もせずに飛び出した。

その無防備に飛び出してきた者達に、アキラが遠慮無く銃弾を浴びせる。先頭の者達がその銃弾を真面に浴びて次々と倒れ、通路を自身の血肉で汚していく。先頭の少し後ろにいた者達が被弾の痛みで苦痛の声を上げ、後続の者達が悲鳴を上げる。

『アルファ。あと何人ぐらいだ?』

『取り囲んでいた連中は少しずつ逃げ始めているから、リーダーとその取り巻きを殺せば終わりよ。だから最低あと三人。あっちに隠れて』

アキラが路地の脇に身を隠す。少し待つと、敵の生き残りが通路の角から牽制射撃をした後に、慎重に先の様子を窺おうとする。

アキラに被弾は無い。そして敵に見付かってもいない。アルファはアキラに被弾の確率が低い場所を的確に指示していた。

加えてアキラは長年の路地裏生活のおかげで誰かに見付からないように隠れる術に長けていた。角から少し顔を出して確認する程度の探し方ではアキラを見付けるのは困難だった。

恐らくアキラは近くにはいない。そう判断した男が角から大きく身を乗り出す。その途端、アキラに眉間を銃撃された。

『あと二人よ。今の内に弾倉を交換して』

『了解』

響き渡る敵の悲鳴を聞きながら、アキラは落ち着いて弾倉を交換した。

◆

シベアは裏手からアキラを追っていた。しばらくは怒りに身を任せて進んでいた。だが時間の経過で少し落ち着きを取り戻すと、その表情が困惑を含んだものに変わっていく。

「……お前ら！　そっちはどうなった？」

無線で取り巻きの男達と連絡を取ろうとするが、全く繋がらない。浮かべているいらだちの表情に、内心の不安をごまかす為の虚栄が混ざり始める。

「……クソッ！」

離れた場所で銃声が響いていたがそれも聞こえなくなっていく。この状況から推測できることは二つだ。アキラを殺し終えて戦闘が終わった。又はその逆だ。

シベアとしては前者であることを望んでいる。無線が繋がらないのは、戦闘で通信機が故障したか、多少負傷してそれどころではないだけ。十分に考えられることだ。

だがそうではない場合の予想が、その予想が当たった場合の光景が、その光景の先にある自身の姿が、既に脳裏に浮かび始めていた。

（……何なんだあのガキは。ただのガキじゃないのか？）

シベアはアキラのことを運が良いだけの子供だと考えていた。あの噂は、死んだハンターの遺物の隠し場所などがスラム街や近場の荒野にでもあって、それを子供が偶然見付けた結果だと考えていた。

それならば遺跡に行く実力など無い者でも、高価な遺物を買取所に持ち込める。多数のハンターが噂を根拠に幾ら探しても未調査部分など結局見付からなかった結果とも辻褄が合う。

素人なので遺物の価値も知らずに買取所に持ち込んだら、予想外の高値で買い取られて変な噂まで広がった。それに驚いてしばらく身を隠して噂をやり過ごしたのだろう。まずはそう推察した。

そこから推測を続ける。もし隠し場所にまだ遺物が残っているのなら、前のような騒ぎにならないように初めの金で装備の見た目だけ整えて、噂が沈静化した頃にまた売りに行くだろう。多分そろそろだ。そう考えて、部下にそれらしい者を探させていた。

そして実際に見付かった子供を見て、シベアは自身の判断の正しさを確信した。その子供は非常に弱そうに見えたのだ。自分でさえ足が竦む遺跡から、荒野から、生還できるような実力者にはとても見えなかったのだ。

しかし確信は崩れ去った。シベアが遂に足を止める。このまま進むと死ぬ気がして、先に進めなくなっていた。

（……逃げた方が良いか？　他のやつがガキを殺せていたなら、後で適当なことでも言ってごまかせば……）

シベアがその場に留まり判断に迷う。それが最大の失策だった。交戦であれ逃走であれ速やかに選択していれば、交戦ならば迎え撃つ時間を生み出し、逃走ならば逃げる時間を稼げていたからだ。時間の浪費がシベアの運命を決定付けた。

銃声が連続して響く。無数の銃弾がシベアに直撃する。防護服の高い防弾性能が致命傷を防いだが、衝撃で銃を落として地面に倒れ込んだ。

そこに更なる銃弾が襲い掛かる。落とした銃を破壊され、負傷と痛みの所為で倒れたまま動きを鈍らせて、シベアは戦闘能力を完全に喪失した。

近くの路地から姿を現したアキラが顔をしかめる。殺す気でしっかり狙ったはずなのにシベアが生きていたからだ。アルファが少し呆れ気味に微笑む。

『外し過ぎよ。もう少しちゃんと頭を狙わないと駄目ね』

『……今後も訓練を頑張るよ』

アキラも軽く溜め息を吐いた。そしてそのままシベアの近くまで歩いていく。今度は確実に止めを刺す為に、銃口を相手の頭部にしっかりと合わせた。

シベアが非常に焦りながら何とか動く手でアキラを押し止める。

「……ま、待て！　俺の負けだ！　悪かった！　金ならやる！　俺は結構溜め込んでる！　だから待て！」

アキラが落ち着いた声で尋ねる。

「俺を狙った理由は？」

「た、大して強くもないのに、大金持ってるガキがいるって話を聞いたからだ！　大間違いだった！　お前は強い！　見逃してくれ！」

シベアが必死に自分を見逃す利点を挙げていく。

「見逃してくれたら俺の代わりに徒党のボスにしてやる！　それにお前もまたこうやって襲われるのは嫌だろう⁉　俺がいろいろ話をつけてやる！　俺は他の徒党にも結構顔が利くんだ！　だから、な⁉」

アキラは命乞いをするシベアをじっと見ていた。アルファはそのアキラを微笑みながら観察していた。

「分かったよ。俺だって死にたくない――」

そのアキラの言葉を聞いたシベアの表情に死地を脱した喜びが浮かぶ。だがすぐに顔を青ざめさせる。

「――まで言ったんだっけ？　続きだ。だからお前が死ね」

アキラが引き金を引く。シベアは至近距離から放たれた銃弾を頭部に食らって即死した。

『アルファ。他の連中は？』

『全員とっくに逃げたわ。お疲れ様』

アキラは微笑むアルファを見て勝利を実感する。そして安堵の息を吐き、続けて溜め息を吐いて表情を曇らせた。

『……なんか、ハンターになったのに人しか殺してない気がする。ハンターってのは、もっとこう、モンスターと戦うものだと思ってたんだけどな』

アキラの嘆きに、アルファが笑って答える。

『大した理由もなくアキラを殺そうとしている点では、モンスターとさほど違いは無いと思うわ。モンスターと戦いたいのなら、早くもっと強くならないとね。今のアキラの実力では、モンスターとの戦闘はお勧め出来ないわ』

『別にモンスターと戦いたい訳じゃない。こいつらだってそうだろう。モンスターと戦うより俺と戦った方が良い。そう考えたから襲ってきたんだ』

アキラが溜め息を大きくする。

『こいつらにとって今の俺は、地面に落ちている財布みたいなものか。早くその扱いから脱却しないと、ずっとこんな感じか……。面倒だな』

『買取所で遺物を売れば、その財布の中身が増える訳だから、気を付けましょうね』

アキラが嫌そうな表情をアルファに向ける。アルファは気にせずに微笑んでいた。

強盗も誰彼構わず襲っている訳ではない。暴力で金を強奪することを躊躇しない者であっても、返り討ちに遭うと判断すれば襲撃を控える。少なくともスラム街で金を保持する為には、手持ちの金を奪われない実力が必要なのだ。

財布に詰まっている金が多いほど、アキラが持っている金が多いほど、より強い者がより多く拾いに奪いにやってくる。アキラを襲って死んだ者達の死体が積み重なって山となり、死体の山とアキラの金を見比べて、割に合わないと判断されるまで。

アキラ達は一度その場を離れて、スラム街を大きく迂回して買取所に向かった。その場に残された死体が、今日も愚か者の末路の具体例に加わった。割に合わない。誰かにそう判断させる実例として。

◆

アキラが襲撃されてから数日経ったスラム街の路地で、シェリルという少女が途方に暮れていた。

スラム街の住人にしては小奇麗な服と、今はまだ色艶を保っている髪と肌は、シェリルがスラム街にしては結構良い生活を続けていた証拠だ。だがそれにも陰りが生まれていた。それはここ数日の路地裏生活の所為でもある。だがそれ以上に、整った顔に浮かぶ曇った表情が、陰りの印象を強くしていた。

シェリルはシベアの徒党に所属していた。しかしその徒党はシベア達が死んだ所為であっさり崩壊した。構成員の生き残りの多くは他の徒党に取り込まれた。

だが移籍に失敗した者達も出た。アキラの襲撃に荷担した者達だ。荷担といっても大半の者はアキラを囲む壁として立っていただけで、実際にアキラを襲った訳ではない。アキラの視界にすら入っていない。そう上手く説明できた者は他の徒党に迎えられた。

しかしシェリルにはそれが出来なかった。シェリルはまだ子供だが優れた容姿をしていた。スラム街での生活が生来の美貌に影を落としてはいたが、それでも目を引く容姿を保っていた。将来は更に美人になるだろう。そう思われて、良く言えばシベアに贔屓されており、悪く言えば目を付けられていた。その所為で襲撃時もシベアに比較的近く、そこそこ安全な位置に立っていた。

スラム街で襲われたハンターが襲撃者達にどこまで報復するかはその者次第だ。アキラはシベア達を殺してその徒党も壊滅させたが、それで終わったと保証できる者はどこにもいない。スラム街の住人などに舐められたら命に関わると考えて、自分の安全の為に執拗(しつよう)に徹底的に報復対象を広げて報復する者もいる。

襲撃時の立ち位置でも、徒党内での立ち位置でも、シェリルは比較的シベア達に近い位置にいた。そのシェリルを自分達の徒党に加えると報復の巻き添えを食らう恐れがある。そう考えた他の徒党の者達はシェリルを拒んだのだ。

シェリルが力無く呟く。

「これからどうしよう……」

スラム街で子供が生き延びるのは大変だ。不可能ではない。ただしそれなりの術に長けている必要がある。

シェリルは一人で生き延びる術ではなく、集団に属して生き延びる術の方に長けていた。集団内外での人間関係や、距離感、付き合い方の把握や調整を得意としていた。その辺りに失敗すると、他の集団に襲撃されたり、集団の利益の為の捨て駒にされたりすると知っていた。アキラはその極端な失敗例と言っても良い。

このまま途方に暮れていても状況は好転しない。それぐらいは分かっているが、状況の改善手段も思い付かない。シェリルはただひたすらに途方に暮れていた。

やがて日が落ち、夜になる。その間もずっと考え続けていたのだが、良い考えは浮かばなかった。焦りと眠気と焦燥が混ざり合い、思考がおかしくなっていく。

普通なら考え付かないことを、頭に浮かんでもすぐに取り下げる思い付きを、疲労と睡眠不足の鈍った頭で考え続ける。少しおかしくなった思考のまま、ひたすら考え続け、いつの間にか眠っていた。

翌朝、シェリルはスラム街の路地の片隅で目を覚ました。しっかり睡眠を取ってすっきりした頭に昨日の思い付きが蘇える。馬鹿げた思い付きは、眠るまでそれなりに考え続けていたおかげで、一応の計画性を持つまでに纏められていた。

(……無理が無いと言えば嘘になるわ。成功する可能性も高くない。失敗すれば最悪殺される。仮に成功したとしても、私はどこまで無事でいられる?)

シェリルは迷っていた。表現を変えれば、昨晩の馬鹿げた思い付きは実行を迷う程度には有効な選択肢になっていた。賭けるに足る程度には、現実味を帯びていた。

そしてその賭けに出ない場合は、徐々に不利になる現在の状況を継続するしかない。いずれ死に繋がるであろう現状を、改善策も無く過ごす日々が続くのだ。

「……やるしかないわ」

シェリルは覚悟を決めた。そして真剣な表情で立ち上がり、賭けの対象を探す為に歩き出す。自分達の徒党を壊滅させた男を見付け出して、自身の明日を賭けて交渉する為に。

◆

アキラはシズカの店に何度も訪れており、既にシズカとは顔馴染み(かおなじみ)になっていた。今日も弾薬補充の為に店に訪れると、シズカはカウンターで二人の常連客と雑談していた。

シズカに声を掛けようとしたアキラが、その常連客達を見て少し怪訝な顔をする。どこか見覚えがあったのだ。するとアルファから彼女達は以前アキラが助けた者達だと教えられた。エレナとサラだ。アキラもそれでしっかりと思い出した。そして少し面倒そうな顔を浮かべた。

シズカが友人でもあり常連客でもあるエレナ達に接客を続けている。

エレナは防護服の上に情報収集機器固定用のベルトを装着している。細身ではあるが女性的な起伏を見て取れる体に、それなりに重量のあるものを支えるベルトが巻き付き、装備品をしっかりと固定する為に軽く締め上げている。それが各部位の造形を際立たせ、肉感的な魅力と機能美を同時に醸し出していた。

サラは黒を基調とした防護服を身に着けている。消費型ナノマシン系身体強化拡張者の影響で体格の変化の幅が大きい体に合わせて、かなり伸縮性が強い防護服を選んでいた。

そしてナノマシンの補充を済ませて以前の体型を取り戻した体が、伸縮性の高い防護服を内側から伸ばした結果、その起伏に富んだ体の線が強調されていた。それはその下の魅力的な肢体を容易に想像させるものだった。

加えて胸の部分は明らかにサイズが合っていない状態だ。豊満な胸の格納は諦められていて、大きく開いた前面ファスナーから胸の谷間が見えている。首からはペンダントが提がっている。ペンダントトップは装飾用に加工された弾丸で、その弾丸が胸の谷間に半分ほど埋もれていた。

シズカがサラに、客向けの愛想も友人への愛想も崩しながら、ややげんなりした様子で話している。

「……その話はよく知っているわ。その謎の人物に助けられたことも。あなた達を襲った連中の所持品が放置されていたから、身包み剝がして持ち帰ったことも。それを売り払ったら思いのほか大金になって、ナノマシンの補充代金を支払っても大分余ったことも。なぜならその話を聞くのはもう五回目だからよ」

シズカの暗にその話はもう良いという言葉に対して、サラはほとんど気にせずにわずかに首を傾げただけだった。

「そうだっけ？　じゃあその時に貰った回復薬の話はした？　当面の消費分も考えて多めにナノマシンを補充したんだけど、貰った回復薬を使ってから、不思議とナノマシンの消費効率が良くなったのよ。エレナの話だと現代製ではなく旧世界製の可能性が高いらしいわ。だからすぐに小さくなると思っていた胸が大きいままで、男達の視線が……」

サラは延々と話を続けようとしている。シズカも話好きの方だが、既に知っている話を何度も聞くのは避けたい。惚気に近い話なら尚更だ。

シズカが話の中断、或いは話題を変更する方法を探していると、来店していたアキラを見付けた。

「あ、お客さんが来たからその話はまた今度ね。いらっしゃい。アキラ」

アキラがカウンターまで来てシズカに頭を下げる。

「こんにちは。シズカさん。また弾薬をお願いします」

「いつもので良いのよね？」

「はい。それと、いつも買うのが弾薬ばっかりで、すみません。新しい銃を買うのはもう少し待ってください」

「いいのよ。消耗品の売り上げだって、積もり積もれば結構な金額になるんだから。下手に稼ごうとせずに、まずは生きて帰ってきなさい」

シズカがエレナ達にアキラを紹介する。

「彼はアキラ。エレナ達と同じハンターよ。ハンターの先輩として何か教えてあげたら？」

「初めまして。アキラと言います。一応ハンターをやっています」

アキラは初対面を装ってエレナ達に軽く頭を下げた。直に会った訳ではないので、一応初対面でもある。

エレナ達はシズカと付き合いも長く、友人としても馴染みの店の店主としても信頼している。そのシズカが紹介するのだから悪い子ではないのだろう。

そう考えてアキラに笑顔を向ける。

「私はエレナ。こっちはサラよ。この店の常連で、私達もハンターをしているの。どっちの意味でもあなたの先輩になるのかしら？　これでも結構実力のある熟練のハンターって言いたいところなんだけど……」

エレナが苦笑して言葉を止め、サラが苦笑しながら続ける。

「……最近ドジって死にかけたばかりなのよね。運良く助かったけど。あなたも気を付けなさい。どんなに注意しても死ぬ時は死ぬ。ハンターってのはそういう稼業だから」

エレナ達の苦笑にはその不運と失態の出来事への想いが滲んでいた。確かに大変で危うい事態だった。それでもその苦笑がどこか楽しげに見えるのは、結果的には当時の苦境を乗り越える契機となったからだ。

アキラが小さく頷く。

「分かりました。気を付けます」

エレナはアキラの素直な返事にどこか満足げに軽く頷いた後、シズカに冗談交じりの口調で告げる。

「お客も来たようだし、私達はそろそろ帰るわ。シズカをいつまでもサラの話に付き合わせるのも心苦しいしね」

「そう言うのなら、エレナがサラの話をしっかりたっぷり聞いてあげなさい。常連客へのサービスにも限度があるのよ？」

シズカの冗談を兼ねた苦情に、エレナも冗談を兼ねた態度で答える。

「多分サラは当事者に話しても面白くないのよ。それに普段は私が聞いているのよ？　店の売り上げに貢献してるんだから、たまには代わってくれても良いじゃない」

その冗談にサラも加わる。

「あら、それなら戻ったらエレナに話を聞いてもらおうかしら」

するとエレナは冗談の成分を大分下げた少し怖い笑顔をサラに返した。

「良いわよ。サラが二度とあんな真似をしないように、しっかり話し合いましょう？」

「シズカ。それじゃあね」

サラはごまかすように笑って一足早く立ち去った。シズカが苦笑する。

「そういうこと。道理でサラが私に話を聞いてもらいたい訳だわ」

「あの手は余りに話が長い時だけよ。それじゃあね」

「ええ。またの御来店を」

シズカは帰っていくエレナ達に軽く手を振って見送ると、気を切り替えてアキラの接客に移った。

「お待たせ。弾薬だったわね。すぐに用意するわ。ちょっと待っていてね」

シズカが店の奥から注文の弾薬類を運んでくる。アキラがそれをリュックサックに仕舞っていると、少し意味深な様子で自分をじっと観ているシズカに気付いた。

「……あの、何か」

シズカはアキラの問いにしばらく答えず、何かを確認するかのようにじっとアキラを見ていた。そして不意に口を開く。

「ねえアキラ。どうしてエレナ達を助けたことを黙っているの？」

アキラは吹き出しそうになるのを何とか堪えた。そして可能な限り平静を装った。

「……あの、言っている意味が、よく……」

「アキラもお金に余裕がある訳ではないのよね？エレナ達に聞いたけど、アキラが倒した強盗達の所持品は結構なお金になったそうよ。倒したのはアキラなんだから、少しぐらいは貰っても良いと思うわよ？」

「……いや、あの」

「アキラにも何か事情があるのよね？　でもその事情が、相手の信用とかそういう類いのものなら、エレナ達が信用できる人物であることは私が保証するわ」

「……その、ですね」

「危険の多いハンター稼業で、お互いに信用できるハンターを見付けるのはとても大切なことよ？　良い機会だと思うけど」

諭すように優しく微笑んでくるシズカの態度に、アキラが表情を少し固くして黙る。

シズカは完全に自分がエレナ達を助けた前提で話している。でも自分が口を割らなければ物証も無いしごまかせるはずだ。アキラはそう考えて黙っていたのだが、シズカが更に続ける。

「エレナ達から話を聞いたけど、アキラは弾丸を1発エレナに渡しているわよね？　私の店で販売している弾薬には、薬莢（やっきょう）に製造番号が記されているの。弾薬の販売ルートの把握や、万一不良品だった場合に製造元に問い合わせる為にね。あれ、私がアキラに売ったやつよね？」

その物証をあっさりと教えられ、アキラは観念した。

「……すみません。黙っていてもらえませんか」

「ああ。やっぱりアキラだったのね。確証が無かったから、鎌をかけてみたの。ごめんなさいね」

アキラは耐え切れずに吹き出した。そして慌てて聞き返す。

「だ、弾丸の話は!?」

「薬莢に製造番号が記されているのは本当よ。でもそれだけでは証拠にはならないわね」

シズカは笑ってそう答えた後、軽い衝撃を受けているアキラに少し申し訳なさそうな表情を向ける。

「ごめんなさい。アキラにも話せない事情があるのでしょうね。このことを黙っているのは約束するわ」

シズカが少し諭すように続ける。

「でもね、さっきも話したけど、信頼できるハンターと縁を持つのは大切なことなの。強盗を兼業しているような質の悪いハンターもいるからね。信頼できる人と組めば、生還する可能性はそれだけ上がるわ。……私にはアキラも、エレナ達も、ハンターは皆どこか生き急いでいるように見えるのよ」

そして少しだけ寂しそうにも見える笑顔を浮かべた。

「ハンターの生き方にケチを付ける気はないわ。でも、友人の生き残り方に、助言ぐらいはしておきたいの。何度も言うけど、あのエレナ達が信頼できるのは私が保証するわ。アキラの気が変わって、エレナ達と渡りを付けたくなったらいつでも言ってちょうだい」

アキラはシズカの打算の無い気遣いを嬉しく思い、笑顔で丁寧に頭を下げた。

「分かりました。あと、心配してくれてありがとうございます」

シズカもいつものように笑って返した。そこでアキラがふと思う。

「でも、薬莢が証拠にならないのなら、どうして分かったんですか？」

「ただの勘よ。明確な根拠なんか無いわ。強いて言えば、さっきも言った弾丸になるわね。サラがペンダントを着けていたでしょう？　あれは自分達を助けてくれた誰かからエレナが貰った弾丸を加工して作ったものなんだそうよ。御守り兼戒めだって言っていたわ。その弾丸が、私の店で売った商品のような気がしたのよ」

付け加えれば、サラがそれを何度も見せてきたので印象に残っていた部分もあったのだが、シズカもそこは割愛した。

「あと、アキラがエレナ達と会った時に、私にはアキラが初対面を装っているように見えたわ。顔も声も名前も分からない恩人の話を聞いた近くで、初対面を装っている誰かがいる。それらにちょっとだけ関連性を覚えた。それだけよ」

アキラが頭を抱える。たったそれだけのことで見抜かれるとは思わなかったのだ。

その後、シズカが少し言い辛そうに続ける。

「あー、それとね？　もし二人に話すなら、早めの方が良いと思うの。で、その理由なんだけど……」

シズカはそこでまた話すのを少し躊躇したが、苦笑いに近い表情で続ける。

「……助けられたのがかなり嬉しかったのか、その話を私に何度もするのよ。その時の表情が……恋する乙女になっているというか……」

黙って続きを聞いているアキラも、話が変な方向に進んでおり、不穏な気配を漂わせ出したことを察し始める。

「……何度も話を聞く内に、話が微妙に変わっていくのよ。年齢性別不明の誰かを、彼、と呼び始めたわ。このままだと不明確な部分をどんどん想定していって、最終的に……いや、これはあくまでも私の予想であって、余り深く考えないでほしいのだけど……」

シズカが苦笑を強くする。

「某富豪の御曹司が趣味でハンターをやっていて偶然サラ達を助けた。助けたのを内緒にするのは、金や身分目当ての女性達に付き纏われるのを嫌った為。金銭的な見返りを求めないのも、高い回復薬を惜しげもなく渡したのも、彼がお金に不自由していないから。……そんなことに、いえ、考え過ぎね」

現状のアキラとは欠片も一致していないが、話の辻褄は合っている。アキラは嫌な汗を浮かべた。

「俺はスラム街の出身なので、金なんか全く無いです。その想像には掠りすらしていません。……やっぱり黙っていてください。お願いします」

アキラとシズカは共に微妙な笑顔を浮かべて笑い合い、それ以上の話を打ち切った。

# 第11話　アキラとシェリル

アキラはアルファと雑談しながらシズカの店から宿への帰り道を進んでいた。その途中、アルファから話題を変えるぐらいの軽い態度で教えられる。

『アキラ。また尾行されているわ』

『またか』

先日襲われたばかりなこともあり、アキラはげんなりした内心を露骨に顔に出した。だがその表情が怪訝なものに変わっていく。

『いや待て、まさか、こんな場所で襲うつもりか?』

都市の治安はその場所の治安維持に努めている組織の力に大きく依存する。防壁の内側は当然として、外側も大抵は民間警備会社が区域の警備を請け負っており、治安を乱す各種要因に対して主に武力で対処している。

比較的スラム街に近い位置にある宿の方向へ進んでいるとはいえ、この辺りはまだそれなりに治安の良い場所だ。そのような場所で先日のような騒ぎを起こすのは、その治安維持で利益を得ている者達を敵に回す行為だ。安全は東部において極めて高い商品価値を持つ。当然、その価値を落とす存在に対する制裁は相応に厳しいものになる。

争いごとを起こすにも時と場所というものがある。スラム街で強盗騒ぎを起こすのとは訳が違う。尾行を即襲撃に結び付けるアキラの思考は大分偏っており、先日の襲撃がその偏りを更に大きくしていたが、それでもここで自分を金目当てに襲う馬鹿はいないだろうとアキラに考えさせるほど、普通は有り得ないことだった。

アキラが警戒と困惑の両方を強めていると、再びアルファの補足が入る。

『アキラを襲おうとしている様子は無いから大丈夫よ。相手は武装もしていないしね。後をつけてはいるけれど、これは尾行が目的というより、アキラに話し掛けるのを躊躇し続けているだけのようにも見えるわ。アキラも自分で確認して』

アキラが振り返ってその人物を探す。アルファのサポートにより拡張視界に該当の人物が強調表示されたのですぐに見付かった。

そこではアキラと同世代の少女が少々挙動不審な様子を見せていた。少女は急に振り返った相手が自分をしっかりと見ていることに気付くと、ますます挙動不審な様子を見せた。その少女はシェリルだった。

アキラはシェリルの様子から、確かに危険は無さそうだと判断して警戒を緩めた。そして相手を放置するのも、走って撒くのもどうかと思い、取り敢えずシェリルに近付いていく。

一方シェリルは自分に近付いてくるアキラを見て緊張を高めていた。今すぐ逃げ出しかねない自分を理性で必死に抑え付けている。

(……落ち着きなさい！　私から話し掛ける手間が省けた！　そう考えるの！　今更後には引けないでしょう!?)

シベア達はハンター崩れとはいえ、小規模の徒党を率いるだけの実力は持っていた。そのシベア達を一人であっさり殺した人物が近付いてきている。しかもその人物は敵に囲まれている状況で躊躇無く交戦を選択した思考の持ち主だ。

もし、相手が自分を以前の襲撃者達の一人だと知っており、あの時に殺し損ねたから見掛け次第殺そうと思っていれば、交渉の余地無く殺されても不思議は無い。殺しを躊躇うとは思えない。シェリルは両手を握り締めてその恐怖に耐えていた。

アキラが自分を知らないこと、あるいは覚えていないこと。それがシェリルの賭けの第一関門だった。

アキラがシェリルの側まで来る。シェリルは何とか笑顔を浮かべようとしていたが、その顔は恐怖と緊張で大分歪んでいた。

「俺に何か用か？」

アキラの装備を間近で見たシェリルが緊張を更に高めた。先日の惨劇を生み出したＡＡＨ突撃銃。安価なものとはいえ、拳銃のような対人用のものとは別物の威力を誇る対モンスター用の銃だ。

その銃で撃たれれば、自分など下手をすると原型が残るかどうかも怪しい。そう思ったシェリルは、思わずあの時の銃撃戦を思い出してしまった。そして想像で死体の山に自分を加えてしまい、口調をたどたどしくしてしまう。

「は、はな、話が……」

「話？　何の話だ？」

アキラは怪訝な顔で続きを待った。しかしシェリルは動揺が激しく続きを上手く話せないでいた。それでも相手の機嫌を損ねないように、荒い呼吸を何とか落ち着かせて頑張って続きを話そうとする。

だがその前にアルファが口を挟む。

『アキラ。一応伝えておくわ、彼女は前にアキラを襲った連中の一人よ。あの時アキラを囲んでいた人間の中に混ざっていたわ。銃撃戦が始まったらすぐに逃げ出していたけれどね』

『そうなのか？　そんなやつが俺に何の話があるんだ？』

『さあ、そこまではね』

シェリルの動揺振りはアキラの警戒心を大分下げていた。だがアルファの話を聞いたことでそれが元に戻る。加えて曲がりなりにも襲撃者達の関係者となれば敵意と不快感が先に出る。それらがアキラの表情と口調にも表れる。

「俺を殺そうとした連中の一人が、俺に何の話があるんだ？」

その言葉でシェリルの頭は真っ白になった。脳が現状の認識を拒否し、視界が大きく歪む。その場に崩れ落ちないのが不思議なぐらいに、全身が震え出す。心を恐怖が満たし始め、この後のアキラの行動を想像させた。

銃を抜き、自分の喉元まで銃口を突っ込み、躊躇無く引き金を引く。自分の頭が吹っ飛び、肉片が辺りに散らばる。その想像が脳裏をよぎり、シェリルの震えが更に酷くなった。

恐怖と緊張から来る吐き気に襲われる。だが胃には何も入っていない。吐けるものは胃液ぐらいだ。そしてそれ以上に、シェリルは今それどころではなかった。

一方アキラはそのシェリルの様子に、完全に毒気を抜かれていた。相手は完全に怯えており、涙腺が決壊し、鼻水が垂れていた。表情は死刑執行手前の囚人のもので、とても何かを話せる状態ではない。その余りの様子にアキラの顔から敵意や不快感が抜け、代わりに困惑が強く表れる。

慌てるアキラをアルファが笑って囃し立てる。

『あー、大変ね』

『お、俺が悪いのか？』

『さあ？　私は事情を把握しているし、消極的とはいえアキラと殺し合った相手がどうなろうと知ったことではないけれど、周りがどう思うかまでは、ね？』

アルファの言葉通り、傍目にはどう考えてもアキラがシェリルを脅しているようにしか見えない。事情を知らない正義感溢れる人物がこの場にいれば、すぐさまシェリルを救おうと奮闘しかねない光景だ。

周辺の治安維持を担当する警備員が変な誤解を起こせば、アキラにも面倒事が降りかかる。

それらに気付いたアキラが、慌てながらもシェリルを何とか落ち着かせようとする。

「あー、なんだ、取り敢えず落ち着いてくれ。俺はそっちをどうこうする気は無い。そっちだってそうだろう？　落ち着いて話をしようじゃないか。何か話があるんだろう？　ほら、深呼吸して、落ち着こう。な？」

アキラの努力も虚しく、シェリルは声も無く泣き続けている。

（……何でこんなことに）

アキラは人知れず世を呪った。

何とか宿の部屋まで戻ったアキラは、そこにシェリルを一緒に連れてきていた。シェリルを放置して逃げ出すという手段を取らなかったのは、そこまで怖がりながらも自分に持ち掛けようとした話の内容が気になったからだ。

シェリルは自分の手を引くアキラに抵抗しなかっ

た。部屋に着いても怯えと動揺が強く残っている状態だが、それでもわずかに落ち着きを取り戻しており、その跡はくっきり残っているものの、涙は止まっていた。

取り敢えず、アキラは今のところシェリルを敵とは思っていない。敵と認識していれば、もっと冷淡に無慈悲に対応している。シェリルが恐怖に歪んだ表情で泣いて命乞いをしようとも、躊躇無く撃ち殺している。

しかし敵ではない少女が酷く怯えた様子で自分の側にいて、それも自分への恐怖で震えている状況は、アキラの対人能力を大幅に超えていた。その所為であたふたとしながら、状況の改善を祈ってシェリルに提案する。

「と、取り敢えず、風呂にでも入ったらどうだ？　落ち着くと思うぞ？」

シェリルはわずかに頷いて風呂場に向かっていった。少し混乱気味のアキラが出した提案は、いろいろと邪推も可能な内容だったが、シェリルにはそれに気付く余裕も無く、気付いたとしても抵抗する気力も無かった。

シェリルの姿が風呂場に消えると、アキラは心労を吐き出すように深く息を吐いた。

『アルファ。何だったんだと思う？』

『いろいろ予想は出来るけれど、彼女に聞いた方が早いわ。取り敢えず、今日の訓練は中止ね。彼女がお風呂から出たらゆっくり話を聞きましょうか』

『そうだな』

取り敢えず自分も平静を取り戻そう。アキラはそう考えてシェリルを待つことにした。

◆

シェリルはぼんやりとしながら湯船に身を任せていた。自身の賭けが第一関門であっさり破綻した時はもう終わったと思ったが、今は少しずつ落ち着いてきた。

ゆったりと湯に浸かっていると、疲労と共に恐怖や緊張、焦りといった余計なものが溶け出ていく。久しぶりの入浴はシェリルの精神安定に大きく役立った。

（……想定していた賭けには負けたけど、まだ生きている。……運が良いんだか悪いんだか。いえ、幸運と考えましょう。あの醜態のおかげで、問答無用で殺されることは多分無くなったわ。宿に連れ込まれたことも、まあ、そっちは想定の範囲内。気は進まないけど、活用しましょう。……効果があればだけど）

事前に覚悟はしていたはずだった。だが挑んでみればその覚悟は相当甘いものでしかなく、結果としてあの醜態を招いた。

しかし休息を得て思考力を取り戻した脳で思い返せば、あの醜態がアキラの警戒を大幅に薄れさせ、自身の命を繋いだのだと理解できる。下手な演技では逆効果だっただろうとも。それを含めて幸運だったとも。

風呂から上がったら当初の頼み事をアキラにしなければならない。その提案が受け入れられるかどうかは未知数だ。今の内に可能性を上げる努力をしなければならない。

シェリルが水面に映る自分の姿を見る。男達から贔屓にされる容姿の少女が映っている。敢えて欠点を挙げるならば胸部の肉付きが少々悪いぐらいだ。

シェリルは自分の容姿が優れたものだと理解している。体を取引材料にした場合、それなりに高い価値が付くとも思っている。もっとも自分に風呂を勧めた時のアキラからは、その手のことを期待している様子は余り感じられなかった。だが気が変わる可能性は十分にあると思っている。

気は進まないが、求められたら差し出さなければならない。着の身着の儘（まま）に近い自分が出せるものなどそれぐらいだ。ならば出来る限りその価値を高めておく。利用できるものは利用する。シェリルはそう判断すると、体や髪を丁寧に洗って可能な限り自分を磨き上げた。

再びシェリルの腹が鳴った。どちらにとっても微妙な沈黙が流れる。

「……話は食べ終わってからにするか」

アキラとシェリルはそのまま食事を始めた。

◆

アキラはシェリルを待っている間に食事をとることにした。冷蔵庫から冷凍食品を取り出し、調理器具に入れて温め終える。そして早速食べようとすると、ちょうど入浴を終えたシェリルが戻ってきた。

その料理を見たシェリルの腹が鳴り、本人よりも強く空腹を自己主張する。アキラとシェリルの目が合う。数秒の見詰め合いの後、アキラは食べようとしていた食事を無言でシェリルの方へ寄せた。そして新しい冷凍食品の解凍を始めた。

沈黙の中、冷凍食品の加熱が進んでいく。その間、シェリルは料理に手を付けずに黙って待っていた。

アキラが加熱の終わった料理を持ってシェリルの正面に座り、相手の様子を確認する。そして十分落ち着いていると判断して、まずは安堵した。これなら話も出来るだろう。そう考えて口を開く。

「まあ、食べながら話を……」


食事を終え、両者の胃袋に会話を邪魔しない程度の食べ物が収まったところで、アキラが気を取り直してシェリルから話を聞こうとする。

「えっと、まずは、俺はアキラだ」

「私はシェリルと言います。シェリルと呼んでください。アキラさん。お風呂と食事をありがとうございました。そして、取り乱して申し訳ございませんでした。御迷惑をお掛けしました」

シェリルは畏まって頭を下げた。それに対し、アキラが良くも悪くも特に気にした様子を見せずに答える。

「アキラで良いよ。……それで、話って何だ？」

アキラが少し表情を真面目なものに変えた。シェリルも覚悟を決めて真剣な表情で答える。

「単刀直入に言います。実はアキラに私達のボスをやってほしいんです」

予想外の内容にアキラが思わず表情を怪訝なものに変える。その様子にシェリルは緊張を高めながらも詳細な説明を続けた。

スラム街の住人はその過酷な生活を乗り越える為に徒党を結成することが多い。安全な寝床の確保、定期的な食料の取得、金策での協力などを組織的に行える利点は、集団行動で発生する欠点を基本的に上回る。たとえ下っ端になろうとも、集団として相互に利用し合える時点で、本当に独りで活動する過酷さと比べれば大抵はましになる。

スラム街でも数は力だ。徒党の運営が上手くいけば、その力による庇護(ひご)と利益を求めて加入希望者も増えていく。そのまま勢力を拡大して周辺の治安に影響力を持つほどになると、その中心人物達はかなり快適な生活を送ることも可能になる。その快適さを求めて更に人が集まり、大規模な徒党に発展することもある。

その大規模な徒党のボスがスラム街の住人ではない場合もある。所謂裏稼業の者。治安の良い場所では営業できない商売に手を染めている者。いろいろ訳ありの者。大抵は大金と強力な武力も保持している為、必然的に徒党の規模も大きくなる。

ハンターやハンター崩れが徒党を率いていることも珍しくない。荒野でモンスターを狩る武力はスラム街でも有用だ。徒党にハンター経験者が加わっていると知られるだけでも、構成員の安全に役立つ。買取所などの馴染みの店に伝を持つ者ならば、スラム街や近場の荒野で集めた屑鉄や拾い物などの売却でも、所詮はスラム街の住人だと足下を見られる恐れが減る。

それらの利点のおかげで、そのハンターに人格等を含めて多少問題があったとしても、徒党内での高い地位を容認される場合が多かった。

ハンターがスラム街の徒党に関わる理由は様々だ。荒野での成り上がりを諦めて、スラム街の裏稼業のような世界での成り上がりに切り替えた。あるいは自身が荒野で成り上がる為に、死んでも構わない人員の調達先が欲しい。ちょっとした隠れ家や倉庫代わりの場所を確保したい。大規模な組織構築の足掛かりにしたい。その他、様々な理由と利益の為に、少なくない数のハンターがスラム街の徒党に関わっていた。

シェリルはアキラに徒党のボスになる利益を説明した上で、更に今ならシベアの代わりにボスの座に就けると教えた。シベア達は統率力などではなく武力、或いは暴力を背景にして徒党を纏めていた。そのシベア達を容易く殺したアキラなら新しいボスになるのは簡単で、襲撃の報復も兼ねてシベアの徒党を奪ったという名目も建つ。問題は無く、利益も多い。そう熱心に説明した。

だがアキラは気乗りしない態度を見せる。

「面倒そうだし、興味は無いな。悪いけど、他を当たってくれ」

「ま、待って！」

話を打ち切ろうとするアキラに、シェリルは慌てて思わず声を上げた。だが続けて言うべき言葉が見付からない。本人に乗り気が無いのは明らかだ。先程の説明より興味を持たせる内容も思い付かない。興味の無い話を無駄に引き延ばし続けても、その分だけ相手の機嫌を損ねるだけだ。

今、アキラの機嫌を損ねるのは非常に不味い。自分は既に襲撃者側の人間だと露見しており、取り敢えず生かされている状態だ。そこで機嫌を著しく損ねてしまえば、その後の判断が、面倒だから見逃す、から、面倒だから殺す、に切り替わっても不思議は無い。

それを恐れたシェリルは、相手への御機嫌取りも兼ねて、出来れば出したくなかった交換条件を自分から口に出す。

「……この話を受けてくれるなら、今からでも私を好きにしてもらって構いません」

アキラが視線をシェリルの体に、胸や脚や腕などに移していく。

シェリルにはそれが自分の体を値踏みしているように見えた。正直良い気分はしないが、一応殺される覚悟ぐらいはしていたのだ。十分許容範囲の出来事だ。興味を持たれる自分の容姿に感謝したいぐらいだ。シェリルは、そう自分に言い聞かせていた。

値踏みを終えたアキラが視線をシェリルの目に戻した。そしてやはり気乗りしない様子で答える。

「好きにしろと言われてもな。強そうには見えないし、こう言っちゃ悪いが、囮にしても捨て駒にしても、連れていくだけ邪魔だ。そりゃ、そっちとしては命懸けで荒野に出るんだから交換条件になると思っているんだろうけど……」

シェリルはわずかな間だけ怪訝な顔をした後、話の食い違いとその理由を理解して軽く絶句する。アキラは自分の体に女としての価値を全く見出していない。先程の値踏みするような視線は、体付きなどから体力や戦闘経験の有無を見定めようとしていただけであり、その上で役に立たないと判断されただけ。それを理解し、アキラのその予想外の反応に驚いていた。

アルファがアキラとシェリルの両方の様子に苦笑しながら補足を入れる。

『アキラ。シェリルはそういう意味で言ったのではないと思うわ』

『じゃあ、どういう意味なんだ？』

『それはあれよ。多分性的な意味での話よ』

『……ああ、そういうことか。なら余計要らない』

ようやく意味を理解した後もアキラの判断が変わらないことに、アルファが少し意外そうな表情を浮かべる。

『いいの？　彼女は結構可愛いし、将来美人になると思うわ。私ほどではないけれど。私ほどではないけれど。私ほどではないけれど』

『二度繰り返せば重要性は伝わる。三度も繰り返すな。その手の要員は何だかんだと理由を付けて服を脱ごうとする全裸押しの人物だけで十分間に合ってる』

アルファが不敵に調子に乗っているような笑顔をアキラに向ける。

『つまり、ハニートラップ防止に精を出した私の努力が実った訳ね』

アキラは余計なことを言ってしまったという態度を見せた。そしてそれをすぐにごまかそうとする。

『ああそうだな。あとは、相手の弱みに付け込んでそういうことをするのは何か嫌なんだよ』

『十分相互利益を確保していると思うけれど。アキラは子供なのに意外とロマンチストなのね。いえ、子供だから、かしら？』

アルファはからかうように微笑んでいる。そして少し臍を曲げたアキラに、表情を普段のものに戻してから提案する。

『アキラ。話を戻すけれど、シェリルに手を出すかどうかは別にして、助けてあげたら？』

『何でだ？』

『この前アキラが言っていたでしょう？　日頃の行いで運が良くなるかもしれないって。アキラは遺跡でも都市でもお構い無しに人にもモンスターにも襲われて、今もこんな状況になっているわ。やっぱり私と出会ったことで幸運を使い切ったのよ』

アキラが微妙な顔を浮かべる。確かにその手のことを口にした記憶はある。エレナ達を助けた時に、正確にはエレナ達を襲った男達を皆殺しにした時に、明らかに気乗りしていないアルファへの言い訳として適当に言ったことは覚えている。

まだあの時のことを根に持っているのだろうか。またあんなことをさせないように、遠回しに釘を刺しているのだろうか。アキラはそう思って表情を少し固くした。

アルファが笑って続ける。

『だから、不幸にもスラム街で生活している可憐な美少女を助けて、そういう善行を積んで、幸運を回復しておいたら？　ちょうど良い機会でしょう？』

アキラは非常に運が悪いとあからさまに指摘されたことで、戸惑いも覚えていた。身に覚えがあるからだ。しかしだからといって、じゃあ助けよう、とも思えなかった。

『……いや、でも、だからって俺がシェリルの面倒

を見るっていうのは……、この前みたいにちょっと
その時だけ助けたのとは訳が違うだろう？　あの時
のアルファはむしろそういうことに反対していな
かったか？』
少し訝しんでいるようなアキラに、アルファが
あっさりと答える。
『あの時はアキラの命が掛かっていたから反対した
だけよ。それに別にシェリルを命懸けで助けろとも、
一から十まで世話をしろとも、責任を持って一生面
倒を見ろとも言っていないわ。少し手伝うだけ、
ちょっと助けるだけ、軽い幸運をあげるだけ。その
程度の話よ』
少し迷いの生まれたアキラに、アルファが更に続
ける。
『仮にシェリルが降って湧いた幸運に溺れて破滅し
ても、それはシェリルの責任よ。アキラが気にする
ことは無いわ。逆にその幸運を足掛かりにして大成
したら、恩返しを期待しても良いかもね。邪魔にな
れば縁を切れば良いだけ。それだけの、軽い話よ』
自覚すらしていなかった懸念と、それへの対処の
仕方を淀み無く説明されて、アキラが表情をわずか
に変える。無意識に酷く面倒で大変なことだと判断
していたものが、取るに足らないささやかで簡単な
ものに変わる。アキラの中でシェリルを手伝うこと
の意味と大きさが、良くも悪くも大幅に下がる。
そうすると、たかがそれだけのことで自分の運が
良くなるかもしれないという、願望とも願掛けとも
呼べる期待がアキラの中で相対的に大きくなった。
「……運か」
アキラは感慨深く呟いた。幸運にしろ不運にしろ、
アキラにとってかなり意味のある言葉だ。
アルファと念話で話しているアキラの姿は、傍目
からは黙ったまま表情をあれこれ変えている不審者
だ。しかしシェリルにはそれを不審に思う余裕は無
かった。
自分の体を取引材料にしても駄目。追加の説得材
料も思い付かない。泣いて縋っても恐らく意味は無

い。正直手詰まりだ。それでも、土下座して慈悲を請うぐらいはやってみるべきか。シェリルがそう悩み始めた時、アキラの呟きが聞こえた。

（……運？）

呟きの意味から現状の突破口を探ろうとしたが、その意味は分からない。焦りと戸惑いの中にいるシェリルの前で、アキラがポケットから一枚のコインを取り出した。ハンター稼業で初めて貰った報酬、三枚の１００オーラム硬貨、その一枚だ。

アキラがコインを指で弾いた。コインは何回転もしながら宙に上がった後、そのまま落下していく。思わずコインを目で追っていたシェリルの前で、コインはアキラの両手に挟まれた。

「表か裏か選んでくれ」

シェリルが驚いた表情でアキラを見る。アキラは黙ってシェリルを見ている。

コインの表裏を当てれば自分の頼みを聞くということだろうか。そんなことで決められてしまうのを嘆くべきか。一度は断られたことが運で覆るかもしれないのを喜ぶべきか。シェリルには分からなかった。

表か裏かしばらく悩んでいたが、考えて分かるものではない。祈りながら決断する。

「……表」

シェリルは選び、答えた。

アキラがシェリルには見えないようにコインを確認する。シェリルの表情に再度緊張が走る。アキラはそのままコインを握って懐に仕舞った。

「条件付きで協力する。俺は徒党のボスにはならない。でもシェリルにある程度は協力する。それで後はシェリルが頑張って何とかしてくれ。つまり、徒党のボスはシェリルがやってくれ。他のやつを徒党のボスにするのはシェリルの勝手だけど、俺はあくまでもシェリル個人に協力する。ボスが替わったからって、そいつに協力したりはしない。この条件で良いなら、受ける。どうする？」

シェリルに断るという選択肢は無い。喜んでアキラに頭を下げる。

「分かりました。お願いします。ありがとうございます」

これでシェリルはアキラという後ろ盾を得た。しかし同時に、徒党のボスにならざるを得なくなった。

これは良いことだったのだろうか。アキラはコインの結果を自分に教えず、正解か不正解かも話していない。シェリルは何となく不安に思い、アキラにおずおずと尋ねる。

「あ、あの……」

「何を聞いても構わないけど、俺が、聞くな、と言ったことに関しては二度と聞くな」

「は、はい」

アキラが釘を刺したのは、虚空を見て表情を変える自分の姿を見たシェリルが、正気や麻薬の使用を疑っていろいろ尋ねるのを防ぐ為だ。

シェリルもアキラの事情に深く関わって機嫌を損ねるつもりなど無い。しっかりと頷いた。

「で、何だ?」

「その、表……だったんですよね?」

アキラが早速先程の言葉で答える。

「聞くな」

「……はい」

シェリルの心に何かがこびりつく。自分は賭けに勝ったのだろうか。それとも負けたのだろうか。

シェリルには分からなかった。

そしてコインの表裏を知っているアキラでも、賭けの結果は分からない。結果が出るのは未来だ。今ではない。

◆

アルファの話は全て上辺だけのものだ。善行で運気が良くなるなど欠片も思っていない。全て口実だ。そして、シェリルを助ける口実でもない。

殺しに躊躇は無く、だがその基準は不明確。そのアキラの行動原理をより良く知る為に、その機会をシェリルに提供してもらう為に、アキラと関わる機会を増やしただけだ。襲撃者達の一味という適度に見殺しに出来るであろう人物を、アキラがどこまで助けようとするか。観察にはちょうど良い対象だった。

全てはアルファ自身の目的の為に。それだけだった。

# 第12話　シェリルの徒党

　アキラは宿でシェリルとの話を済ませた後、シェリルに頼まれて一緒にスラム街を散策していた。

　そこそこ武装した少年と、スラム街の基準では少々上等な服を着ている少女。駆け出しハンターとその取り巻きと考えれば、別に珍しいものでもない。それでも時折興味深そうな視線が向けられる。その光景に何らかの意味を見出した者がいるのだ。

　シェリルの案内でスラム街をいろいろ見て回る。シベアの縄張りだった辺りを重点的に回った後は、そこから大分外れた場所も範囲に加えていく。

　スラム街はそれなりの広さがあり、大小様々な徒党の縄張りが入り組んでいる。それらの縄張りはそれぞれの秩序で動いており、その秩序を知らない者、秩序に組み込まれていない者が下手にうろつくのは危険だ。

　アキラの寝床だった路地裏も、一応はどこかの徒党の縄張りだ。アキラがある意味で見逃されていたのは、そこが勝手に住み着いている者を一々排除するような重要な場所ではなかっただけだ。

　アキラもその程度の知識は持っていた。そしてその秩序を知らない場所には近付かないようにしていたので、スラム街で長年過ごしていたとはいえ、知らない場所は多かった。

「この辺には来たことが無いけど、スラム街にしては随分小奇麗だな」

　周囲には比較的頑丈そうな建物が立ち並んでいる。露店の数も多く、整備不良に見える拳銃、一部刃こぼれしているナイフ、更には簡単なアクセサリーなど、出所不明な様々な品が店先に並べられていた。

　客の姿もそれなりに多い。それはそれらの商売環境を成り立たせる経済、治安、秩序が維持されている証拠であり、ここを縄張りとしている徒党の力の証明でもあった。

　アキラが見慣れない場所に少し興味深そうな視線を向けていると、シェリルが笑って軽く説明する。

「この辺りの建物は、都市が下位区画を拡張しようとして一度しっかり建てたんだそうです。でもそれが頓挫して放置されていたのを、この辺りの纏め役が占拠したって話です」

「へー」

路地裏で寝泊まりしているだけでは手に入らないスラム街の豆知識と、それを知っているシェリルに、アキラは軽く感心した。そして何となくアルファに尋ねてみる。

『今の話、アルファは知ってたか？』

『いいえ。知らなかったわ』

『そうなのか？　アルファにも知らないことは有るんだな』

何となくだが、アルファなら何でも知っている気がする。そう思っていたアキラにとって、知らない、という答えは少し意外だった。それがわずかに顔に出る。しかし話の続きを聞くと、その顔もすぐに変わる。

『私にも知らないことぐらい有るわ。ちなみに、この辺りの開発が頓挫したのは元々そういう予定だったからよ。都市側はこの辺りを真面に開発するつもりなど初めから無かったの。それでも都市の主導なら強引な開発も容易だから、誰かが資金を出してそういうことにしたのでしょうね』

『……知ってるんじゃないか』

『知らなかったのは、それが一般的にどう伝わっているかよ。誰かが不当に占拠している、ということにして、裏で何かやっているのでしょうね。その何かが発覚しても、関係者が責任逃れを出来るような工作も含めてね』

その一般的ではない方の情報をアルファはなぜ知っているのか。アキラはそれが少し気になったが、聞かないことにした。気にするだけ無駄だからだ。

アルファは間違いなく異常な存在だ。自分にしか知覚できないということ以外にも、少し考えるだけで不明な点が山ほど出てくる。しかしそれを意図的に気にしないようにしていた。

アキラにとって重要なのは、アルファが自分の味方だということだ。非常に得体の知れない存在であることに間違いはない。だが自分の味方であるという要素の方が遙かに重要だ。

スラム街の薄汚れた子供に、自分に、手を差し伸べる者などいない。自分を助ける者などいない。アキラはずっとそう思っている。今もだ。極めて稀な例外が存在すると知っただけであり、その程度で世界に対する見方が変わることはない。

だからこそ、アキラはその例外であるアルファの異常性など気にしない。それを気にすることでアルファを失うぐらいなら、目を背ける方を選ぶ。少なくとも、今は。

不意にアルファが少し悪戯っぽい笑顔を浮かべる。

『それにしても、アキラとシェリルが並んで歩いていると、デートみたいね』

アキラが軽く吹き出し、思わず視線をアルファに向けた。突如吹き出して視線を誰もいない場所に向ける人物は十分に不審者だ。

だがシェリルは敢えて反応を示さなかった。既にアキラから、聞くな、と言われているからだ。その疑問から目を逸らすことで日々の安寧を得られるのなら、シェリルは幾らでも黙っている。

『デートって、それは違うだろう?』

『いいえ。合っているわ。反論するのは勝手だけれど、私に討論を挑むなんて無謀よ？』

微妙な顔を浮かべながらも反論を諦めたアキラを見て、アルファが楽しげに笑う。

『という訳で、デートなのだから何か買ってシェリルにプレゼントしましょう』

『……分かったよ。何か買えば良いんだな？』

アキラも別に無理に逆らうつもりは無い。危険なことでもないのだ。その意図は分からなくとも、手持ちの金を少々使っただけでアルファが満足するのならそれで良い。

何よりも、意地を張って下手に反論した結果、シェリルにプレゼントを贈る利点を延々と説明され続けるような面倒事は避けたい。アキラはそう思って近くの露店に向かう。シェリルも一緒に付いていていく。

　露店の店先には様々な売り物が雑多に置かれている。そこに並べられていた整備状態の怪しそうな銃がアキラの目に留まる。治安の悪いスラム街では、確かに銃も重要で大切な物ではある。

（……いや、違うか）

　アキラは軽く首を横に振った。そのような銃を贈って後で暴発でもすれば嫌がらせと変わらない。そもそもデートの最中にその相手に贈る品ではないだろう。そう考え直し、もっと無難な物を探そうとする。

　だが誰かに物を贈った経験など無い所為で、何が無難な物なのか分からない。しばらく悩み、決まらず、アルファに助けを求める。

『アルファ。どれにすれば良いんだ？』

『自分で考えなさい』

　楽しげに笑ってそう答えたアルファに、アキラが不満の意志を念話に乗せて返す。

『……前に分からないことがあったら聞けば教えてくれるって言ったじゃないか』

『だから答えたでしょう？　アキラが自分で選んだものを贈る。それが答えよ』

『そういうことか？　そういう話か？　そういう問題か？』

『そういうことで、そういう話で、そういう問題よ。変な物を贈って微妙な表情をされるのも勉強の内よ。頑張りなさい』

　アルファは楽しげに微笑んでいる。アキラは内心で溜め息を吐くと、諦めて露店の商品の物色に戻った。

「何を探しているんですか？」

　シェリルは軽く話題を振った程度の感覚で声を掛けただけだった。それに対してアキラが少し難しい顔とわずかに躊躇うような口調を返す。

「……ここにあるもので、何か欲しいものはあるか？」

「えっ？」

「あー、ほら、昨日の説明で俺がシェリルを贔屓……違う、面識がある……違う、何だっけ？」

「懇意にしている、ですか？」

「そう、それ。その証拠がいるんだろう？　それなりの物を貰う仲だって。何かプレゼントするから、その証拠の品にでもしてくれ。どの程度役に立つかは分からないけどな」

アルファからは自分で選べと言われたが、贈り先の相手からそれについて尋ねられたので、アキラはそれを言い訳にして、もう直接本人に聞くことにした。変な物を贈って微妙な顔をされるなど、アキラも出来れば避けたいのだ。

◆

シェリルはかなり驚いていた。まさか自分へのプレゼントを選んでいるとは欠片も思っていなかったのだ。そういう気配りを持つ人物だとは全く思っていなかった。

その人物眼は正しく、アキラはアルファに言われてやっているだけだ。シェリルもそこまでは見抜けるはずも無い。その分だけ驚きも大きかった。

「……で、どれにする？」

シェリルは返事の催促で我に返ると、少し大袈裟に嬉しそうに笑った。

「その、プレゼントでしたら、アキラが見立てていただけますか？　その方が効果が高いですから」

本音を言えば、出来る限り高価な品を、と答えたい。高価な品であればあるほど、それだけの品を贈られる相手であるとして、懇意の証拠としての効果も高くなる。必要なら後で換金も出来る。

だが現在の仲で下手に高価な物をねだっても機嫌を損ねるだけだ。加えて露店の品では値段の上限もたかが知れている。そう考えたシェリルは別方向から攻めることにした。

あなたが私の為に真剣に選んでくれたこと。それが何よりも嬉しい。それを口調と表情と仕草から滲み出る雰囲気で強く伝えて、アキラの好感度を稼ぎに掛かった。

だがその細かな機敏はアキラには届かなかった。麗しい少女に強い好意を乗せた表情と声を向けられても、アキラはその顔を緩ませるどころか、更に悩ましいものに変えた。

「……分かった。それなら俺が変なものを選んでも文句を言うなよ？　自分で選ぶなら今の内だぞ？」

シェリルは相手の予想外の反応を内心で意外に思う。しぶとく最後の確認を取ろうとするアキラの態度からは、いつもならば確かにある反応、好感度が上がった手応えなど全く感じられない。

それでもアキラのどこか必死な様子から、自分のセンスで選ぶのを何とか避けたいと思っていることぐらいは簡単に分かった。内心の怪訝な思いを隠しつつ少し考える素振りを見せると、笑って相手の反応に合わせる。

「どんなものでも文句なんか言いませんが、そうですね、ではアクセサリー類を選んでいただけますか？　そういう品の方がそれらしいので」

「そうか。分かった」

アキラがあからさまに少しほっとしたような態度を見せる。それは選択肢が狭まったおかげで変な物を選ぶ恐れが減ったことへの安堵だ。少し表情を緩めてプレゼント選びを再開した。仮に、シェリルがアクセサリー類を指定していなければ、アキラは悩んだ末に、ある程度の確率で銃を選んでいた。

その後もしばらく迷ってから、そこそこ高そうに見えるペンダントを選んでシェリルに贈る。アクセサリー類で、買取所に持ち込めば高値で売れそうな品という基準から選ばれたものだった。

「ありがとうございます。大切にします」

「ああ。まあ、好きにしてくれ」

シェリルは出来る限り嬉しそうに笑って礼を言った。だが無駄に疲れた気がしていたアキラの反応は薄かった。

その後もスラム街をしばらく見て回り、日が落ち始めた頃に解散となる。シェリルが去り際にアキラに深く頭を下げる。

「アキラ。今日はありがとうございました。それと、これからもよろしくお願いします」

「ああ。シェリルも気を付けて帰ってくれ」

「はい。アキラもお気を付けて」

シェリルは名残惜しそうに笑ってアキラと別れた。内心ではアキラの好感度をほとんど稼げなかったことを残念に思いつつ、懇意の証拠となる品を一応手に入れられたことには満足していた。そしてアキラに背を向けてからは、これからのことを考えて真面目な顔を浮かべていた。


アキラはしばらく黙ってシェリルを見送っていた。シェリルの姿が消えてもそのまま帰ろうとしない。そのアキラの様子に、アルファが不思議そうに尋ねる。

『アキラ。帰らないの？』

『ん？　ちょっとな。……ついでだし、初日だし、まあ、念の為だ』

アキラはそれだけ答えると、宿とは逆の方向へ歩いていった。

◆

シベアの徒党の壊滅後、その縄張りはどこの徒党のものでもない空白地となっていた。

他の徒党もいきなり武力制圧を試みるような真似はしない。下手な真似は徒党間の抗争を招いて不要な被害を増やすだけだ。まずは周辺の徒党間で交渉し、空白地を分割するなどの利害調整を済ませるのが先だ。血を流し、力尽くで奪い合うのは、その交渉の場で派手に揉めてからだ。

シベア達の拠点だった建物はその空白地の中心となる場所だ。拠点にはシベア達の金や物資が集められていたが、徒党の生き残り達が他の徒党へ加入する際の手土産として大半を持ち去ったので、わずかに残った物に大した価値など無い。

それでも建物自体の価値は十分に残っている。スラム街の住人が占拠すればその利益は大きい。だが今は人気も無く閑散としていた。誰かが勝手に中に入ると、周辺の徒党に他のどこかが建物の占拠に動き出したと判断されて、抗争の引き金となるからだ。どこの徒党にも属していない者が寝床にするだけでも危険だった。

そのしばらく無人だった建物で、シェリルは人を待っていた。特定の誰かを待っている訳ではなく、呼んでもおらず、そもそも誰も来ないことも考えられる。だが来る可能性は高いと判断し、緊張を抑えてじっと待っていた。

しばらく待っていると、予想通り待ち人が表れる。シェリルが内心の不安と緊張を隠しながら、彼らに不敵で自信の溢れた笑顔を向ける。

「いらっしゃい。私の拠点にようこそ」

彼らはシベアの徒党の生き残りだ。他の徒党に加入できた者も全員が順風満帆な訳ではない。今までと勝手が違って馴染めない。立場等の扱いが悪い。手土産だけ取られて追い出された。そもそも他の徒党に加われなかった者もいる。徒党の壊滅後、その構成員達が抱える羽目になった問題は多い。

そのような者達がアキラと一緒にいるシェリルの姿を見掛ければ、当然確認に来る。

「お前の拠点ってどういう意味だ？　いや、そんなことより、何でお前があのガキと一緒にいたんだ？　シベアを殺したのはあのガキだろう？」

そう言って脅しの入った怪訝な顔を向けてきた男に、シェリルは余裕の笑みを返した。

「私の拠点ってのはそのままの意味よ。今日からここは私の徒党の拠点。アキラと一緒にいたのは、私がアキラと話を付けたからよ。その結果、今日から私がここのボスになったの。だからここは私の拠点なの」

「アキラ？　あのガキのことか？」

「そうよ。良い名前でしょう？　それであなた達はこんな場所に何の用？　忘れ物でも取りに来たの？」

シェリルはあからさまに小馬鹿にする態度を見せていた。確実に反感を買うことを分かった上で、敢えて調子に乗っているかのような態度を見せているのは、そうすることが出来るほどの後ろ盾を得たのだと相手に伝える為だ。

その効果は十分に現れた。男達の態度に反感と警戒が増す。

「……あのガキと一緒にいるお前を見たからそのことを聞きに来たんだよ。それで、話を付けたってどういう意味だ？」

「一から十まで説明しないと理解できないの？　私がボスだって言ったでしょう？　アキラと話を付けて、私の徒党にいろいろ協力してもらうことになったのよ。でもほら、アキラはハンター稼業が忙しいから、面倒なことは私が指示するってこと。彼の代理だとでも思ってちょうだい」

シェリルはまずはそう事態の背景を説明すると、次はどこか意味深に得意げに笑った。

「ただほら、アキラにもいろいろ体面とかあるから、表向きは私がボスってこと。で、実際の指揮も私がするから、やっぱり私がボスなのよ。分かった？」

彼らの一人が少し興奮気味に声を荒らげる。

「シベアを殺したのはあのガキだろうが！　あのガキがシベアを殺しさえしなければ、こんなことにはならなかったんだ！」

それに対し、シェリルが相手を更に馬鹿にするような態度を見せる。

「子供一人を殺すのにあれだけの数を揃えて、しかも返り討ちに遭って死んだ馬鹿がどうかしたって？　馬鹿じゃないの？」

それでいらだちの高まった男がシェリルに凄む。

「おいシェリル。あんまり調子に乗るんじゃねえぞ？　あのガキが幾ら強かろうが、今はお前一人なんだ」

「は？　本気で言ってるの？」

シェリルは馬鹿にするのを通り越して呆れすら感じさせる態度を返した。すると男達が引きつった顔で辺りを探し始める。アキラが隠れていると思ったのだ。

「探しても無駄よ。言ったでしょう？　ハンター稼業が忙しいって。ここにはいないわ」

「てめえ……」

馬鹿にされたと思った男がシェリルに近付く。だがシェリルの次の言葉で足を止めた。

「私があなた達のことをアキラに話していないとでも？　私はあなた達がここに来ることを予想していたのよ？　私が殺されたらあなた達を殺してもらうように頼んでいないとでも？」

「……あのガキがお前の為にそこまでする理由があるのか？　お前が死んだって鼻で笑うだけだろう？」

男はシェリルの言葉を半分はったりと決め付けて、半ば探るように威圧した。だがシェリルの余裕の笑みは崩れない。

「理由ならちゃんとあるわよ？　私はアキラのお気に入りだもの。ほら、プレゼントだって貰ったの。アキラがお気に入りを殺されて笑って済ませるとでも？　本気で言ってるの？」

シェリルが胸のペンダントを指で摘まみ、見せ付けるように少し揺らして見せる。その自信満々に微笑む姿から、男達は虚栄を感じ取ることは出来なかった。シェリルの話を完全に信じた訳ではない。だがアキラに報復で殺される危険を考えれば、半信半疑となった時点でもう強気には出られなかった。

言い争っていた男が舌打ちをして拠点から出ていく。残りの者達も大半がその後に続いた。そして数名の子供だけが場に残った。

険しい表情のまま帰ろうとしない子供達に向けて、シェリルが意図的に棘（とげ）のある笑顔を浮かべて声を掛ける。

「用が無いなら、私の拠点から出ていってくれない？」

「……分かってるだろう。俺達を徒党に入れてくれ」

「私がボスだと認めるのね？　私の指示にちゃんと従うのね？」

「……ああ。お前がボスだ。指示には従うよ」

シェリルが薄く笑う。

「そういうことなら歓迎するわ。でも今日は帰って。私もいろいろ忙しいの。その内にアキラに紹介するから、明日の夜にまたここに来なさい」

子供達は出来れば外より安全な拠点の中にいた

かった。だがボスと認めた者の指示にいきなり逆らう訳にもいかず、顔を見合わせると仕方無く出ていった。

一人だけになったシェリルは拠点の奥の部屋に入ると、そこで耳を澄まし、物音などから自分以外に誰もいないことを確かめる。そして5分経過し、10分経過して、ようやくここには自分しかいないと確信した。

その途端、シェリルの表情ががらりと変わり、必死に隠していた緊張と恐怖が全面に表れる。そのまま叫びそうになるのを辛うじて噛み殺した。深呼吸を繰り返して何とか平静を取り戻そうとする。

「……危なかった！　……危なかったわ！　殺されるところだった！　でも、生き延びたわ！」

シェリルはアキラという後ろ盾を得た。だがそのアキラも常に側にいる訳ではない。シェリルには側にアキラがいない状態でも殺されない環境が必要だ。その環境構築の第一歩、命を賭けた初手がようやく終わったのだ。

恐らくこれでしばらくは大丈夫。少なくとも現状で打てる手は全て打った。あとはもう賭けだ。そう考えながら、ゆっくりと床にへたり込む。緊張が緩むと同時に疲労を覚え、そのまま倒れ込むように横になる。意識が睡魔に飲まれていく。

（……昨日はお風呂に入れたのに）

眠りに就く直前、ふとシェリルはそんなことを考えた。

◆

拠点の外では、先程の者達の一部がそのまま帰らずに残っていた。

「おい。本当にやるのか？　シェリルの話が本当ならヤバいぞ？」

「だからってあのガキにこの拠点を渡せって言うのかよ。この拠点を手に入れれば俺達の地位だって上がるんだ。黙って捨てられねえよ」

「でも相手はハンターだぞ？　そこらでモンスター

と殺し合ってる連中だぞ？　大丈夫なのか？」

「あんな話、どうせただのはったりだ。でなけりゃそのハンターに適当なことを言われただけだ。貰った物を自慢してたが、あんな物そこらの露店で売っていそうな安物じゃねえか。お気に入りだなんて言われて調子に乗っているだけだ。今の内にあのガキを殺せば有耶無耶（うやむや）になるさ」

「で、でもなあ……」

　男達はシェリルの襲撃を計画していた。だがその意欲には各自に大きな差があった。不安げな者。焦りを滲ませている者。それらをごまかすように嘲りと不機嫌さを露わにしている者。大まかな意志は共有しているものの、統率は取れていない。

　シェリルが一度は壊滅した徒党を件のハンターと話を付けて復活させたことにより、拠点とその周辺の縄張りは空白地では無くなった。スラム街の慣例から判断すると、そのハンターが襲撃の報復としてシベア達の徒党を縄張りごと乗っ取ったことになる。

　ではその縄張りを奪う為にハンターと殺し合うかと問われれば、それが割に合うかどうかの判断も含めて、当面静観というのが通常の判断となる。

　だがシェリルの話をどこまで信じるかということを加味すると、ここでシェリルを殺して拠点を制圧するという選択肢も生まれる。仮に一部本当だったとしても、そのハンターも徒党の構築にどこまで前向きかは怪しいのだ。シェリルを殺せばいろいろと有耶無耶になる可能性は十分にある。

　成功すれば、その利益は大きい。拠点と縄張りをどこかの徒党に引き渡せば、その徒党での地位は大幅に引き上がる。その利益とハンターの報復の危険性が男達の判断、半信半疑の割合を乱し、彼らを積極的な者達と消極的な者達に分けていた。

「シジマさんだってここを欲しがっているんだ。ここをシジマさんに渡せば俺達の地位は安泰だ。それをあんなガキに掻（か）っ攫（さら）われてたまるか。そうだろう？」

「でもシェリルの話が本当で、そのハンターにそれがバレたらどうするんだよ。ヤバいって」

「そのハンターが近くにいるのなら、さっきシェリルが連れてきていたはずだ。やるなら今の内なんじゃないか？」

「どこかに隠れていたりは……」

「しねえよ。第一シェリルが本当にそのハンターと話を付けたかどうかも怪しいんだ。抱かれている最中に適当なことを言われただけかもしれねえ。金もねえガキとの約束なんか、ハンターがいちいち守るかよ」

「そ、それもそうか……。でもなあ……」

相談にも満たない意見の言い合いだったが、それでも意欲の偏りを大きくする効果はあった。男達が実行に移す側と退く側に大きく分かれる。そして実行に移す側の代表格の男が相手のやる気の無さに舌打ちする。

「分かったよ。俺達だけでやるから、お前らはそこで突っ立って見張りでもしてろ。それで良いな？ここにいるんだ。それぐらいはしろよ」

「まあ、それぐらいならな。分かった」

「よし。行くぞ」

襲撃者達はお互いに頷いて銃を構えると、拠点の中に突入しようと動き出した。

次の瞬間、彼らは銃撃された。頭部を撃ち抜かれて即死した者も、腹部に被弾して即死は免れた者も、運良く重傷で済んだ者も出たが、襲撃者達はその全員が地面に崩れ落ちた。

退く側の者達が悲鳴を上げながら周囲を見渡す。すると少し離れた路地の陰から銃を構えたアキラが出てきた。そのまま彼らの近くまで来て足を止める。

アキラは平然としていた。人を殺した直後にもかかわらず、乱れも動揺も見られなかった。そのアキラの様子を見た男達がわずかに震え出す。

「お、お前は……」

アキラが端的に告げる。

「俺はシェリルと話を付けたハンターだ。言うまでも無いが、念の為に警告しておく。シェリルに手を出すな。分かったな？」

「わ、分かった」

アキラが軽く頷いて引き返そうとする。その途中、地面に転がっていた男達の一人が恐怖と苦痛に震えながら最後の力を振り絞って銃を向けてきたので、歩きながら銃口を向けて引き金を引き、数発撃って念入りに殺した。

残りの生存者達にも止めを刺して明確な死体に変えていく。その光景を見て、結果的に懸命な選択をした無傷の男達が小さな悲鳴を上げた。

そのまま帰ろうとするアキラの背に男の声が届く。

「……お、おい、シェリルと話を付けたんなら、何であの時一緒にいなかったんだ?」

アキラが振り返る。そして平然とした顔で近くの死体を指差す。

「見れば分かるだろう?」

アキラはそれだけ言って立ち去った。

男が表情を歪めて呟く。

「あの時いなかったのはわざとかよ。質が悪いな」

アキラはシェリルを襲おうと考える者達を誘き出す為にわざと一緒にいなかったのだ。男達はそう判断した。そして仲間の死体を見て表情を歪める。襲撃に加わっていれば、自分も死体に加わる羽目になっていたと怯えていた。

平然と銃を突き付けてくる質の悪いハンター崩れが死んだと思えば、平然と殺しを行うもっと質の悪いハンターが後釜に座った。そう思った男が思わず愚痴を零す。

「……簡単に殺しやがって。やっぱりハンターはどいつもこいつも腐ってやがる」

男は無意識にそう口に出したことに気付くと、慌てて周囲を見渡した。そしてアキラの姿が無いことに軽く安堵の息を吐いた。

生き残った者達が顔を見合わせると足早に去っていく。その場には誤った選択をした者達の死体だけが取り残された。

◆

シェリルを襲おうとした男達を殺した後、宿への帰路で、アルファがアキラに先程のことを軽く尋ねる。

『アキラ。あれで良かったの？』

『ああ。初めからシェリルの護衛をずっと続ける暇なんか無いんだ。あの脅しが利けばしばらくは死なずに済む。後はシェリルの運次第だろう。……アルファはあれじゃ不満なのか？』

この様子ならばアキラがシェリルを理由にして無駄な危険を冒す確率は低い。アルファはそう判断し、アキラという人格への理解を少し進めた。

『いいえ。アキラがそれで良いなら私は構わないわ。それより、明日は今日の分も合わせてしっかり訓練をするからね』

『わ、分かったよ』

アルファは脅かすようにそう言い少し不敵に、楽しげに微笑んでいた。その様子にアキラは訓練の厳しさを想像して、表情を引きつらせた。

外の状況など知らないシェリルが拠点の前に転がっている死体に驚いたのは翌朝のことだった。

◆

シェリルはアキラと話をしようと、朝から宿の前でアキラを待っていた。しばらくすると荒野に出る準備を済ませたアキラが出てきたので、笑って声を掛ける。

「アキラ。おはようございます」

「おはよう。朝から何か用か？　今から遺跡に行くから手短にしてくれ」

「あ、はい」

シェリルは自分なりに好感を得やすい笑顔を作ったつもりだった。だがアキラの反応は酷く鈍いもので、過去の成功例のような反応は全く感じられない。手強い。わずかな戸惑いを覚えながら内心でそう思いつつ、すぐに気を取り直して手短に用件に入る。

徒党の現在の状況。拠点の場所。アキラと連絡を取る方法の相談。それらのことを要点を纏めて伝えた。続けて、新入りと顔合わせをしたいので、今日の夜に拠点に来てほしいと伝える。同時に、相手の来訪をとても期待しているように、どこか媚びるような表情や仕草を、何気無い風を装ってアキラに向けた。

しかしアキラの反応は鈍かった。それでもシェリルはめげずに続ける。

「あとですね、出来れば定期的に私の拠点に顔を出していただけないでしょうか？　その、暇な時で構いませんので」

「暇な時で良いのなら、俺は貧乏暇無しでいろいろと忙しいから、その機会は無いな」

シェリルが笑顔を引きつらせる。アキラの態度から冗談ではなく素で本気で言っていると理解したからだ。

実際にアキラは定期的な予定を加えることで、今後の行動に制限が加わるのを無意識に嫌がっていた。明日をも知れぬ身のハンター稼業。それを受けると場合によっては定期的に約束を破る契機となりかねない。ならば守れない約束はしない。自覚は無いが、そう考えていた。

シェリルもそこまでの機敏は読み取れず、少し焦って食い下がる。

「そ、そこを何とかお願いできませんか？」

暇なら顔を出してほしいという明確な日時の指定すら無い曖昧な頼みすら断られるようだと、今後の徒党の運営に多大な支障が出る。スラム街の者達から、アキラに切り捨てられた、と思われた時点でシェリルは詰む。アキラが拠点に全く顔を出さなければ、その危険は跳ね上がる。

このままでは不味いと、シェリルは培った経験を駆使して表情を作り、アキラを見詰めて懇願した。

だがアキラの反応は相変わらず鈍かった。面倒そうな態度を隠そうともせずに、少し強引に話を切り上げる。

「……その辺は後で相談しよう。まあ、行ければ今日の夜ぐらいに一度顔を出すよ。詳しい話はその時だ」

取り敢えず約束は取り付けたと、シェリルは半分自身をごまかして安堵した。そしてこれ以上機嫌を損ねないように話を切り上げる。

「わ、分かりました。では詳しいことはその時に拠点で相談するということで。お待ちしています」

「用件はそれだけか？」

「はい。……あ、そういえば、実は私の拠点の前に死体が転がっていたんですけど」

「死体？　スラム街なんだ。別に珍しくないだろう」

「いえ、まあ、ちょっと死体の数が多かったので、物騒だなと思っただけです。アキラなら大丈夫だと思いますけど、立ち寄る際には一応御注意をと、それだけです」

「そうか。分かった。じゃあな」

「はい。お気を付けて」

シェリルはアキラを愛想の良い笑顔で見送った。そしてその姿が見えなくなると、その顔を怪訝そうなものに変える。

（……あいつらを殺したのはアキラかもしれないって思って聞いてみたけど、外れかしら？　でも、話をごまかしたような感じもあったわ。やっぱりアキラの仕業なの？）

まずはそうだと仮定して、次にそれを自分に隠す理由を考える。しかし納得できる理由は思い付かなかった。恩に着せるにしろ、どうでも良いにしろ、隠す理由にはならない。

（分からないわ。……まあ、何らかの抗争に巻き込まれて殺されただけかもね）

シェリルは身に着けているペンダントを何となく見てみる。昨日アキラに貰ったものだ。

（やっぱり安物よね。昨日はこれで私がアキラのお気に入りだって通したけど、少し無理があった気がするわ。アキラに金を渡してでも、もうちょっと良いやつを買ってもらった方が良いかしら？）

アキラの協力を取り付けたものの、まだまだ前途多難な状況だ。シェリルは次の手を思案しながら帰っていった。

# 第13話　運が悪い者達

　アキラがクズスハラ街遺跡の近くで拡張視界上のモンスターを標的に射撃訓練を続けている。

　標的はもう攻撃されるまで棒立ちの的では無く、周辺をうろつく移動目標に変わっている。更にはアキラに気付いて襲い掛かるように変更されていた。

　背から生やした銃器類で反撃するもの。食い殺そうと勢い良く駆け寄ってくるもの。映像だけの存在とはいえ、様々なモンスターを相手に動じず、騒がず、冷静に銃撃する訓練が続く。

　落ち着いて照準を合わせたとしても、今のアキラの実力ではモンスターの弱点を正確に撃ち抜くのは至難の業だ。倒し切れなかったモンスターの攻撃で、アキラの死亡判定も増えていく。そのたびに死因に応じた負傷を負ったアキラの死体が積み重なっていく。

　身体部位の欠損どころか、上半身や下半身を丸ごと失ったもの。全身に銃弾を山ほど浴びて挽き肉と化したもの。映像だけの存在とはいえ、無数のアキラが無惨な死体と化し、積み重なって山となっていた。

　アキラがその山を見て、顔を歪めながら呟く。

「訓練とはいえ、作り物とはいえ、自分の死体を見るのは慣れないな」

　アルファが少し真面目な顔で忠告する。

『慣れてもらっても困るわ。訓練だからと軽んじずに真剣にやりなさい。実戦で同じ目に遭わないようにね』

「分かってるよ。……それはそれとして、東部にはあんなモンスターが山ほどいて、ハンターにはそれを鼻歌交じりで倒せる連中が幾らでもいるんだよな。いや、それがハンターとしては普通なのか？」

　訓練を続け、成長の手応えは感じている。だが現時点の実力と目指すべき実力との差をそれ以上に実感し、アキラが溜め息を吐く。

「真面なハンター登録を済ませてようやく普通のハ

ンターになったと喜んでたけど、この調子だと実力の方もその普通になるのは一体いつになるんだか……」

たとえ目指す先が遥か遠方であっても地続きならばと、歩みを止めずに進み続ける者もいる。だが大半の者は遠過ぎるからと歩む前に諦める。或いは途中で挫折する。アキラも今のところは歩き続けているが、それが続く保証などどこにも無い。

依頼達成の道半ばでアキラに挫折してもらってはアルファも困る。そこでアキラを元気付けるように明るく笑い、その道程への印象の書き換えを図る。

『装備の差も大きいからそこまで悲観することは無いわ。お金を貯めて良い装備を買えば結構何とかなるものよ？』

「そうなのか？」

『そうよ。参考までに教えると、以前にアキラが助けたエレナとサラなら、今アキラが戦っているモンスター程度、相手が群れでも多分余裕で倒せるわ。鼻歌交じりかどうかまでは知らないけれどね』

アキラはかなり驚いていた。幾らアルファのサポートを得ていたとはいえ、自分が助けなければ恐らく死んでいた者達が、そこまで強いとは思っていなかったのだ。

「あの二人、そんなに強いのか？　じゃあ何であの時は負けてたんだ？」

このある意味でエレナ達に対する不当な評価は、アキラの戦闘経験の浅さや自身の実力の軽視による部分が大きい。アルファはそれを分かった上で、敢えてそこには触れずに答える。

『対人戦と対モンスター戦の違いもあるし、色無しの霧の影響なども関係するけれど、一番の要因を挙げるなら、物凄く運が悪かった、としか言えないわ。あの二人はアキラの足跡を追っていたようだし、アキラの不運でも伝染ったのかしらね？』

アルファが冗談交じりにそう言うと、アキラが非常に嫌そうな顔を浮かべる。

「……そういう謂われの無い中傷は止めようじゃないか」

『あら、ごめんなさい』

アルファは軽く笑って謝った。アキラは黙って射撃訓練に戻った。その沈黙には心のどこかで、そうかもしれない、と思ってしまったことへのごまかしが含まれていた。そしてそのごまかしを兼ねて訓練に熱を入れた結果、遠過ぎる目標への危惧などすぐに忘れてしまった。

その結果に、アルファは満足げに笑っていた。


アキラは射撃訓練を終えると、続けて索敵訓練を兼ねた遺跡探索を開始した。まずはいつものように双眼鏡で遺跡周辺の様子を確認する。問題無ければそのまま遺跡に進み、慎重に奥を目指すことになる。

だが今回はいつも通りにはならなかった。アキラが自力で周辺の安全確認と移動ルートの思案を続けていると、アルファから普段は自力での訓練だからと止めていた指示が出る。

『アキラ。双眼鏡を情報端末に接続して』

「ん？　分かった」

指示通りに双眼鏡から端子を伸ばして情報端末に繋げると、アルファが制御下の情報端末を介して双眼鏡を操作し始める。画像の拡大率が急激に変わり続け、レンズの稼動部が上下左右に動き続ける。レンズの可動域の外は、アキラがアルファの指示通りに双眼鏡を動かして対処する。

双眼鏡越しの景色は目まぐるしく変化し続けており、アキラには何が映っているかの判別も難しい状態だ。だがアルファはその全てをしっかりと認識していた。そして急に表情を険しくすると、叫ぶように指示を出す。

『アキラ！　すぐに遺跡へ急いで！　早く！』

その理由を問う時間が命取りになる。アキラは以前の経験とアルファの態度からそれを察し、すぐさま走り出した。

『何があったんだ!?』

本来ならここまで急いで走りながら会話など出来ない。だが念話ならば呼吸を乱すことも無く、全く問題無い。これも念話の利点だ。

『遺跡の方でトレーラーがモンスターの群れに襲われているわ』

『待ってくれ。何でそれで、遺跡の方へ急ぐんだ？　逃げるなら方向が逆だろう？』

『アキラ。何を聞いても立ち止まらずに走り続けてね。モンスターの群れはそれなりに規模が大きいの。トレーラーの人達も応戦しているけれど、殺されるのは時間の問題よ』

アキラの顔が怪訝に歪む。だが走る速度は緩めない。指示に逆らうと死ぬ危険が跳ね上がる。その経験が生きていた。

『だから、それなら尚更走る方向が逆だろう？　見ず知らずの人を命懸けで助けに行く義理は無いぞ？』

自分の都合とはいえ、アキラは以前にその見ず知らずのエレナ達を助けていたのだが、それを完全に棚に上げていた。アルファも普段ならその指摘ぐらいはしていたが、今は割愛する。

『勿論よ。アキラの命を最優先に、一番安全な場所に誘導しているわ』

『だから、何で、それで、その群れの方向に急がなきゃいけないんだ？』

そのもっともな疑問に、アルファが状況の酷さを添えて答える。

『残念だけれど、アキラも既にモンスターの群れに捕捉されているのよ。今から都市の方向へ逃げ出しても、確実に追い付かれて殺されるわ。何の遮蔽物も隠れる場所も無い荒野で、あの数のモンスターと戦っても勝率はゼロよ。今のところはトレーラーの人達を最優先に襲っているけれど、それが済んだら次はアキラの番になるわ』

アキラが表情を険しく嫌そうに歪ませる。

『各個撃破される前に合流して応戦しないと、全員殺されるってことか！』

『そういうことよ。それにアキラだけで逃げるとしても、私のサポートを十分に発揮できる遺跡の中でないと、生き残るのは難しいわ。でもまずは向こうとの合流よ。一緒に応戦した方が生き残れる可能性が高いわ』

アルファが険しい表情でアキラを急かす。

『だから急ぎなさい。遅れると、アキラ一人でモンスターの群れと戦う羽目になるわよ』

アキラが一度あっさり見捨てた相手の奮闘を、必死な顔で遠慮無く願う。

『トレーラーの人達！　俺が行くまで頑張ってくれ！　ちくしょう！　これも俺の不運の所為か!?　今後の運を使い切った影響なのか!?』

『誰の不運かは知らないけれど、もしそうなら、今のところはトレーラーの人達がアキラの不運を肩代わりしてくれているってことね。……やっぱりアキラは、私との出会いで運を使い切ったみたいね。まあ、その分のサポートは私がきっちりやるけれど、アキラも頑張ってね？』

アルファは苦笑を浮かべている。つまり、真剣で険しい表情よりは顔を緩ませていた。

アキラはそのアルファの様子を見て、その程度には状況が改善したと思いながら、自身の運の悪さを肯定するアルファの言葉に表情を歪めつつ、生き残る為に全力で走り続けた。

◆

トレーラーがクズスハラ街遺跡の東の荒野を進んでいる。過酷な荒野の長距離移動を前提に設計された大型トレーラーだ。屋根には機銃も搭載されていた。

そのトレーラーにはカツラギとダリスという二人の男が乗っていた。

カツラギは主にハンターを商売相手にしている中年の武器商人だ。移動店舗を兼ねたこのトレーラーで長年商売を続けている。金遣いが荒く、命の扱いはもっと荒いハンター達を相手に、長年商売を続けて身に付けた抜け目の無さが雰囲気に滲んでいた。

ダリスはカツラギの相棒だ。商売人というよりは店の武力要員であり、普段は店の護衛や店員などをしている。カツラギより一回り若い外見だが戦闘の経歴は十分長く、その雰囲気が強く出ている。店の作業着を兼ねた防護服を着ているカツラギとは異なり、強化服を着用していた。

統企連の支配地域である東部、その更に東には未調査領域や未踏領域などと呼ばれる広大な地域が広がっている。山のように巨大なモンスターが平然と闊歩(かっぽ)しており、その余りにも過酷な環境の所為で、統企連の力を以てしても一向に調査の進まない危険地帯だ。

だがそこには、そのようなモンスターを生み出せるほど高度な文明の遺跡も多数存在している。その危険に見合う利益を生み出す旧世界の英知の宝庫なのだ。

東部の東端地域は統企連の支配地域とその危険地帯の境であり、最前線と呼ばれている。未踏領域に眠る英知を求める統企連が、領域踏破の為に莫大な金を注ぎ込み続けている場所だ。

当然、そこで活動するハンターは高ランクの一流ばかりであり、ハンター稼業においても最前線である。大企業でさえ気を使うハンターチームや、統企連に喧嘩を売れるほどの実力を持つ個人など、最高峰のハンター達が活動する場所だ。

カツラギ達はその最前線付近で商品を仕入れた後に、クガマヤマ都市に戻る途中だった。最前線への道も当然危険で輸送費も相応に高額になる。普通は大企業の輸送業者などが多数の護衛を雇って運送する。そこを危険を顧みずに個人で輸送すれば、命を賭けるに足る莫大な金が手に入る。

もっともそれは商品の売り先があればの話だ。最前線付近で使用される装備品は、当然その危険地帯に見合った一級品ばかり。クガマヤマ都市の周辺で活動するハンターにとっては余りに高額高性能な品であり、ある意味で無用の長物。普通は買い手など付かない。

だがカツラギは自身の商才を以て、その賭けに近い商談を成立させた。自前のトレーラーにその商品をたっぷりと積み込み、遠路遥々(はるばる)輸送し続けて、クガマヤマ都市までの距離はあと少し。カツラギ達の賭けは実りつつあった。

だが今は、背後から延々と追ってきている危険から逃れる為に、急遽進路を変更していた。乗り心地より、とにかく速度を。その共通認識の運転の所為で激しく揺れる車内の中、ダリスが声を荒らげる。

「だからもっと真面な護衛を雇えって言っただろうが！」

カツラギが叫び返す。

「うるせえ！　その真面な護衛を雇える金が無かったんだから仕方ねえだろうが！　お前だって納得しただろう！　第一お前が移動ルートを途中で変更なんかするから、こんなことになったんだろうが！」

「うるせえ！　護衛の契約期間が短くて当初の迂回ルートだと間に合わなかったんだろうが！　もっと金があれば最短ルートなんか通らずに済んだんだよ！」

「金か！　やっぱり金が無い所為か！」

「金だ！　やっぱり世界は金だな！」

カツラギ達が豪快に笑う。半分自棄になっている笑い声が運転席に反響した。

カツラギ達を自棄にさせる要因はトレーラーの背後にあった。モンスターの群れが地響きと咆哮を響かせ砂塵を巻き上げながら、強靭な体力でカツラギ達を延々と追い続けているのだ。

トレーラーの屋根の機銃で弾倉を空にするまで撃ち続け、無数のモンスターを肉塊に変えても無駄だった。群れは欠片も怯まずに、死んだ仲間の肉塊を踏み潰しながら走り続け、執拗に追ってくる。しかも移動中に周辺のモンスターを巻き込んで次第に規模を拡大させていた。

護衛として雇っていたハンター達は、群れの規模が自分達には手に負えなくなるほど拡大した時点で、カツラギ達を見捨てて逃げていった。

護衛達を擁護するのであれば、そもそもモンスターの群れに追われる羽目になった原因は、輸送を急いだカツラギ達が契約上の走行ルートとは異なる道を通った所為だ。要は契約違反が招いた結果であり、護衛達を不義理と呼ぶかどうかには解釈の余地がある。

加えて別れた時に群れの半分を引き付けてくれたので、料金分の仕事はしたとも言える。その点においては、逃げた護衛達に感謝するべきかもしれないが、それでカツラギ達に感謝の念が湧くかどうかは別の話だ。

カツラギ達の笑い声が次第に小さくなる。命の危機の所為で変な高揚状態だったが、笑い声が消えるとその高揚も消えていった。

落ち着きを取り戻したダリスが、冷静さを保つ為に半ば暗示を兼ねて真面目な表情を浮かべる。無理矢理に平静を保った頭は現在の悲観的な状況をその冷静さで自身に理解させ、軽い溜め息を吐かせた。

「……で、どうするんだ？　このままだと本気でヤバいぞ？」

カツラギも険しい表情で真面目に答える。

「分かってる。取り敢えず目的地は変更だ。クズスハラ街遺跡へ向かう」

「あそこへ？　何でだ？」

「このままクガマヤマ都市に向かったら、俺らの生死にかかわらず、俺らは終わりだろうが」

モンスターの群れから逃れようと、それらを引き連れて都市に入ろうとする者の末路は決まっている。都市に武力で群れごと粉砕されるのだ。

それで大抵は死ぬ。仮に生き残った場合は、都市からその防衛費に加えて治安維持への悪影響などを理由に損害賠償金を請求される。全財産の没収程度では全く足りない巨額の負債を背負わされ、その返済の為に死んだ方がましな扱いを受ける。

しかしそれが周知されていても、どうしようもなくなった者が一縷の望みを掛けて都市に入ろうとすることがある。アキラが過去に経験したモンスターによるスラム街の襲撃は、大体はそのような者が原因だった。

「あのな、カツラギ、俺もそれぐらい分かってる。聞いているのは、クズスハラ街遺跡へ向かう理由だ」

「遺跡はそこのモンスターの縄張りだ。俺らを追っている連中もその縄張りを意識して、遺跡の中までは追わないかもしれない。それにあそこの奥部はこの辺でも屈指の高難度だ。あいつらぐらい一掃できるハンターがいるかもしれない。緊急依頼はもう出したよな？」

「ああ。依頼を受けてくれるハンターがいれば良いんだが……」

通常ハンターオフィスを介して依頼を出す場合、依頼内容の確認等を含めた審査を通すので、それなりに時間がかかる。しかし今すぐに助けてほしい状況など即時性を求める場合は、緊急依頼とすることで最低限の審査のみでの即時依頼が可能になる。

基本的に切羽詰まっている者が依頼主なので報酬も比較的高額になりやすく、受けて損は無いと多くのハンターが引き受ける。後が無いからと報酬に虚偽を記載すると、ハンターオフィスへ詐欺を働いたことになり相応の報いを受けるので、ハンター側も比較的安心して依頼を受けることが出来る。

それらの理由により、広域通信で助けを無差別に求めるよりは救援が来る可能性が高く、荒野で窮地に陥った者がよく利用していた。

カツラギが真剣な表情で話を打ち切る。

「このまま都市には向かえない以上、一番助かりそうな場所はそこしか無い。あとはもう俺らの運試しだ。行くぞ！」

カツラギ達はそのままクズスハラ街遺跡に乗り込んだ。そして大型トレーラーでも通行可能な道を選んで突き進む。だが遺跡内の地形など知っている訳が無く、ネットから適当に手に入れた地図にも間違いがある。そのまま奥まで逃げ進めるかどうかは運だった。

そして不運となった。カツラギ達は瓦礫が散乱する袋小路(ふくろこうじ)に飛び込んでしまい、トレーラーを一度停めるしか無くなった。不運は更に続いた。追ってきたモンスターの群れは、縄張り意識など無視してそのまま遺跡に入ってきたのだ。

ダリスが覚悟を決めて叫ぶ。

「カツラギ！　ここで迎え撃つぞ！　急いで機銃に予備の弾薬を装填しろ！　装填が終わったら運転席

に戻って機銃で応戦しろ！　この期に及んで弾代がどうこうとか馬鹿なことをほざくんじゃねえぞ！」

「分かってる！　お前も気を付けろ！」

ダリスが車外に出て銃を構える。カツラギも予備の弾薬の用意を急いだ。

◆

アルファに敵襲を告げられて必死に走っていたアキラは、既にモンスターの群れを視認できる距離まで遺跡に近付いていた。

群れの方もアキラに気付き、その一部が襲撃対象をカツラギ達からアキラに切り替えた。そして続々とアキラに迫っていく。

それを見たアキラが、走りながらＡＡＨ突撃銃を握り締めて、表情をより険しくする。

『アルファ！　気付かれたぞ！　このまま進んで大丈夫なのか!?』

アキラを先導しているアルファの表情も同様に険しい。だがその指示に揺らぎは無い。

『大丈夫！　このまま進みなさい！　移動ルートは適時指示するわ！　それと、今の内に回復薬を服用しておいて！』

『また負傷前提で戦うのか!?』

『その回復薬には体力の消費を抑える効果もあるの！　もう休憩する暇なんか無いと思いなさい！　あとは訓練と同じように、私の指示通りに動けば大丈夫よ！』

『俺は訓練で何度も死んでるんだけど!?』

『死なかった時と同じようにやるの！　急ぎなさい！　来るわよ！』

アキラは走りながら回復薬を取り出し、視界の先にいるモンスターの群れを見ながら飲み込んだ。そして、その回復効果を必要とする戦闘への覚悟を決めた。

指示に従って立ち止まり、敵の群れに向けて銃を構える。同時に視界がアルファのサポートにより戦闘用に拡張される。迫りくるモンスター達に、撃破の優先順位が表示される。個体ごとの弱点も強調表示される。銃口から伸びる弾道予測の青緑も視界に加わる。

アキラは真剣な表情で最優先の撃破対象へ銃口を向け、照準を敵の弱点に合わせて引き金を引いた。

荒野に銃声が響き渡り、銃口から勢い良く撃ち出された弾丸が、アキラを目指すモンスター達に直撃する。弱点に命中しなくとも、対モンスター用の弾丸の威力を以て、その肉を引き裂き、骨を砕き、内臓を破壊して致命傷を負わせた。

腕や脚に被弾した個体が動きを鈍らせながら転倒した。運悪く急所に被弾した個体が即死して、駆けてきた勢いのままに地面を転がっていく。

視界に表示されていた銃撃箇所の点が線に変わる。その線に合わせて銃を横に振りながら引き金を引き続け、敵の群れを薙ぎ払う。無数の銃弾を浴びたモンスター達が倒れ、怯み、動きを止める。

その隙にアキラは地面に表示されている移動ルートに沿って指示通りに走り、次の最適な銃撃位置に移動すると、再び指示通りに銃撃を開始した。

アルファは非常に的確な指示を常に出し続けている。その指示はその全てが、モンスターの動きを予知に近い領域で予測し、アキラの未熟な動きによる失敗すら計算に入れた、最大効率の内容だ。

アキラはその指示に自分の能力が許す限り従い続けた。その結果、アキラの傍目からの実力は、本来の実力を遥かに超えたものとなっていた。その余りの戦果にアキラ自身も驚愕するほどだった。

その戦果を出し続け、モンスターの群れを蹴散らしてようやく遺跡まで辿り着いた頃、アキラの頭にある疑問が浮かぶ。

『アルファ。ちょっと聞いて良いか？』

『こんな時に余裕ね。何？』

『倒したモンスターの中に、訓練で戦った記憶のあるやつが混じっていたんだけど、何か弱くないか？』

『いいえ。大体あんなものよ』

『じゃあ、何で俺は訓練で何度もやられてたんだ？』

『訓練の個体は、戸惑ったり、怯んだり、怯えたり、逃げたりしないからよ。息絶えるまで機械的にアキラを襲うように行動パターンを設定したわ』

『何でそんな設定にしたんだ？』

『下手に簡単に勝ってしまったら、モンスターは恐ろしいものという感覚が鈍るかもしれないでしょう？　その予防よ。おかげでアキラはこんなに必死になって戦って、ここまでの成果を出しているわ。設定しておいて良かったでしょう？』

　アルファは少し得意げに微笑んでいた。

『……まあ、そうだな』

　今は戦闘中で、実際に役に立ったのだ。アキラはそう考えることにして、少しだけ湧いていた感情を抑えた。そして気を切り替えて先を急いだ。

◆

　カツラギ達は必死の抵抗を続けていた。既にトレーラーの周囲にはモンスターの死体の山が幾つも出来ている。機銃掃射で原形の大半を失った死体からは血が大量に流れ出ており、積み重なった死体の山から流れ出た血が集まって、地面に赤く広い池を作っていた。

　その血臭が遺跡のモンスターを呼び寄せる前に片を付けなければならない。さもなくば、荒野と遺跡の両方のモンスター達を相手にする羽目になる。

　これだけ殺したのだ。怯んで逃げてくれても良いだろうが。そう無意識に望むカツラギ達を嘲笑（あざわら）うように、モンスターの群れは仲間の死体など気にも留めず、肉塊と化した同胞を遠慮無く踏み付け、血で泥濘（ぬかる）んだ地面を蹴り、意気揚々と次々に襲い掛かる。

　カツラギがトレーラーに近付くモンスター達を機銃で片っ端から粉砕している。ダリスは目標が物理的に動けなくなるまで銃弾を撃ち込み続けている。銃撃を緩めれば、目の前の死体の山と血の池に、自分達の血肉を加えることになる。それを阻止する為に全力を尽くしている。

　火力はカツラギ達が圧倒的に上回っている。モンスターの死体の山は今も増え続けている。それでも続々と増援が現れる所為で、群れは一向に減る気配を見せなかった。カツラギ達の焦燥が色濃くなっていく。

カツラギが余りの敵の多さに悪態を吐く。

「クソ！　きりが無い！　俺なんかをお前らで分け合っても、分け前はソーセージ1本分にもならねえだろうが！　そこらの死体でも食ってろ！　山ほどあるだろうが！」

状況は劣悪だ。そこに更に劣悪になる理由が加わる。

「ダリス！　機銃の弾が切れる！　予備の弾薬を再装填するまで、そっちは保つか!?」

ダリスが表情を非常に険しくする。機銃の掃射が一時的にでも止まると、そこから一気に追い込まれかねない。だが駄目だとも、無理だとも口には出せない。機銃の援護が完全に止まれば、どちらにしても詰むからだ。

「……急げ！」

ダリスは代わりにそう叫んだ。

機銃の掃射が一時的に止まる。群れの大半、今まで制圧射撃で抑えていたモンスターが、一気に襲い掛かってくる。ダリスは自分の対応能力を明確に超える敵の群れが迫りくる光景を見て、自身の冷静な部分が冷たく告げる言葉を聞いた。

無理だ。その言葉を疑えず、ダリスは死を受け入れた。

次の瞬間、それを現実にするはずだったモンスター達の一体が、眉間に被弾して派手に転倒した。その個体が障害物となり、他の個体の攻撃をわずかな時間だけ食い止める。そのわずかな時間の間に、更なる無数の銃弾がモンスター達に浴びせられる。そして次々に死んでいく。

我に返ったダリスが応戦しながら銃声の方向を見る。そこには、近くのビルの窓辺から銃撃を続けるアキラの姿があった。

◆

遺跡に入ったアキラは、アルファの的確な指示に従って効果的な射撃位置に着くと、廃ビルの窓辺から銃撃を開始した。そこから周辺のモンスターの死体の山を見て、自身の銃撃でもその山を少し大きくしながら顔を歪める。

『幾ら何でも多過ぎるだろう。俺はあんな数のモンスターに襲われるところだったのか？』

アルファがその微笑みで状況の有利を伝えながら釘を刺す。

『その恐れはまだ消えていないわ。援護の手を緩めては駄目よ』

『当たり前だ。あんなのに襲われてたまるか』

アキラは訓練の成果を最大限出しながら、この機を逃したら後は無いと、必死になって応戦し続けた。

アキラの援護により、場の均衡がカツラギ達の方へ傾いていく。

本来は、ＡＡＨ突撃銃が1挺加わった程度でどうこう出来る状況ではない。だがアルファの指示通りにモンスターを倒すことで、まずは機銃掃射再開までの時間稼ぎに成功する。

続けてアルファが最も効果的な指示を出し続け、アキラがそれに応えることで、全体の効率を最大まで上げ続けていた。

カツラギ達もアキラの援護にすぐに気付き、戦い方をそれに合わせた形に変えていく。カツラギが機銃の装弾を続けながら笑って呟く。

「……緊急依頼の成果が出たか？　よし。運が向いてきた。もう少しだ」

アキラの支援を得て、カツラギが制圧射撃を再開する。多数のモンスターが再び死体の山に加わった。

その後もアキラはカツラギ達と協力し、互いに援護しながら敵の殲滅を急いだ。そして更に二回の機銃の弾薬補充を経て、ようやく場のモンスター達を倒し終えた。

戦闘終了後、アキラがカツラギ達の下に行くと、カツラギ達はかなりの驚きを見せた。自分達を援護していた者が子供だとは思っていなかったのだ。

だがアキラへ向ける態度に子供だからと軽んじる様子は全く無い。今し方、その実力を証明し終えたばかりだからだ。

カツラギが安堵の笑みで愛想良く声を掛ける。

「助かったぜ。緊急依頼のハンターか？」

アキラが少し不思議そうに答える。

「緊急依頼？　違う。俺も襲われて逃げてきたんだ」

「そうなのか？　お互いについてなかったな」

カツラギは自分達があの群れを連れてきたとは教えなかった。聞かれなかったからだ。

アキラも深くは尋ねなかった。自分の不運の所為ならば、囮役を押し付けたようなものだからだ。

場にわずかに流れた微妙な空気を掻き消すように、カツラギが豪快に笑う。

「俺はカツラギだ。あっちのやつはダリスだ。このトレーラー兼店舗で商売をしていて、クガマヤマ都市へ戻る途中だったんだ」

「俺はアキラだ。一応ハンターをやっている。この辺にいたのはたまたまだ」

「おっ！　ハンターならお客さんだな。これも何かの縁だ。助けてもらったことだし、何か買うなら安くしておくぜ？　ダリス！　お前も礼ぐらい言っておけ！」

機銃の整備で離れていたダリスが叫ぶ。

「分かってるよ！　俺はダリスだ！　ありがとうな！」

「俺達は機銃の整備が済み次第、クガマヤマ都市に向かう。乗っていくか？　こんなことがあったんだ。今更遺跡探索でもないだろう」

アキラも流石にこれから訓練を再開する気にはなれない。

『アルファ。帰っても良いよな？　いや、帰る。帰るからな』

アキラのどこか必死な様子に、アルファが少し楽しげに笑う。

『分かったわ。今日は帰りましょう』

元より大丈夫だろうと思っていたものの、アキラは少し安堵した。

「お願いします」

「よし！　乗った乗った！」

　カツラギは豪快に笑ってアキラをトレーラーに乗せると、ダリスに機銃の整備を手早く終えさせ、勢い良く車両を発車させた。進行方向にモンスターの死体の山があったが、荒野仕様車両の出力で笑って豪快に吹き飛ばした。

　飛び散るモンスターを見てアキラが少し引き気味になる。だがカツラギ達は全く気にせずに、むしろ笑い声をより大きくさせていた。

# 第14話　不運と幸運と偶然の繋がり

　トレーラーがアキラ達を乗せて荒野を進んでいる。クズスハラ街遺跡はクガマヤマ都市の近場にあり、アキラでも一応徒歩で行ける距離ではあるが、それでも普通は車両で行く距離だ。

　カツラギとダリスは激戦の勝利後で上機嫌だ。モンスターの群れに長時間追われていた分だけ喜びも大きく、道中の苦難や最前線の様子を笑いながらアキラに語っていた。

　今までスラム街で過ごしてきたアキラには、そのような話を聞く機会など滅多に無い。興味深そうに聞いていた。

「へー。東部の東側って、そんな感じなんだ」

「そうだぞ。未到達領域との境目、最前線だからな。あの辺のハンターは戦車ぐらい持ってて当たり前。俺達が銃を持つ感覚で戦車を持ってるんだ。まあ戦車ぐらい持ってないと、どうしようもないぐらいモンスターが強いってことでもあるんだがな」

「そんなところから商品を運んできたのか。仕入れだけでも、そんなに大変なのか。商売って大変なんだな」

「まあな。仕入れの他にも、顧客とのコネとか、商機を摑む手腕とか、いろいろ必要だ。どれも仕入れと同じぐらい大変なんだぞ？」

「うーん。凄いんだな。俺には無理だ」

　アキラは素直に感心していた。その様子を見て、カツラギが楽しげに苦笑する。

「まあ、今回の仕入れが特に大変過ぎたってのは認めざるを得ねえ。それを基準に考える必要はねえよ。お前もやってみれば、意外に何とかなるかもしれないぞ？」

　アキラは商売を始める自分を少し想像してみた。だが成功のイメージは全く浮かばなかった。カツラギがアキラの表情からそれを察して笑い声を大きくする。

「まあ、成り上がる手段はそれぞれだ。お前はハンターで成り上がれば良い。俺は商売でいく。それだけだ。俺も今はこんなトレーラーで商売しているが、今回の儲けを足掛かりに規模を大きくして、いずれは統治企業に、更には五大企業に加わってやる」

　アキラが少し驚く。スラム街育ちのわずかな知識でも、それがどれほど途方も無いことなのかぐらいは理解できる。

「五大企業って、そこまで言うのか。夢にしても凄いな」

「統治企業になった暁には企業通貨を発行する。通貨名はカツラギだ。商品の値札に5万カツラギとか書かせてやる」

　笑って自身の夢を語っていたカツラギが、その表情を少し真面目なものに変えた。

「……この積み荷はその夢の第一歩なんだ。だから、お前には結構真面目に感謝してるんだぜ？　積み荷を捨てて逃げたりせずに済んだからな」

「そうか。じゃあ今回の手助けは貸しにしておいてくれ。そんなに商売上手なら役に立ちそうだ」

「良いぞ。だが商品の値引きは手加減してくれよ？　さっきも言った通り、俺には金が要るんだからな」

　手段は違えど東部で成り上がろうとする者同士、談笑もそれなりに盛り上がっていた。その最中、その談笑に混ざっているかのようにアキラの側で微笑んでいたアルファが、その表情を再び険しいものに変える。

『アキラ。今すぐに右の窓から双眼鏡で外を確認して』

　再び態度を変えたアルファの様子から、アキラがすぐに警戒と緊張を高める。急いで前と同じように双眼鏡を情報端末に繋ぎ、アルファの操作に合わせて外の様子を確認する。拡大表示された荒野の一点から土煙が立ち上っていた。

「……カツラギ。あのモンスターの群れはあんた達が連れてきたんだよな？」

　カツラギが苦笑いを浮かべてごまかそうとする。

「……バレてたか。いや、あれはだな？」

「誰が連れてきたのかなんてどうでも良いんだ。教えてくれ。あれは、群れの一部だったのか？」

　カツラギがアキラの様子から事態を察して、表情を一気に険しくする。

「ダリス！　車の索敵機器の索敵範囲を最大まで広げろ！」

「そこまで広げると、小粒なモンスターを見付けにくくなるぞ？」

「良いからやれ！」

　ダリスもカツラギ達の様子から不穏な状況を察し始めると、索敵機器の設定を急いで指示通りに変更した。その索敵結果を凝視したカツラギの表情が更に険しくなる。

「索敵範囲を3時の方角に60度まで狭めろ！」

　ダリスは指示内容を一瞬だけ訝しんだ。その設定では指定の方角以外の索敵が不可能になり、奇襲を受ける確率が急上昇するからだ。だがすぐに指示に従った。そして、再度変更された索敵結果を見て、カツラギと一緒に表情を強張らせた。

　アキラが非常に険しい表情で返答を催促する。

「忙しそうなところ悪いけど、俺の質問に答えてくれ。……あんた達が連れてきたモンスターの群れは、あとどれだけ残ってるんだ!?」

　双眼鏡で確認した土煙の発生源は別のモンスターの群れだった。カツラギ達が見た索敵結果には、遠方からトレーラーの方へ殺到する大量の反応が映っていた。

　多種多様な生物系モンスターが群れを成し、勢い良く地面を蹴って走り続けている。大型もいれば小型もいる。4本脚の肉食獣が土を蹴って巻き上げながら疾走し、6本脚や8本脚の獣が後に続く。

　機能美を漂わせる体躯で合理的に走る個体がいる。機能美に喧嘩を売った歪んだ体にもかかわらず、過度な筋力と微細な動作で無理矢理素早く走る個体がいる。

　鱗(うろこ)を纏った大型犬や、毛皮を生やした爬虫類(はちゅうるい)がいる。十数の目を持つ顔がある。巨大な口しか無い顔がある。無数の牙を生やした口がある。歯が一切無く、丸呑(まるの)みしか出来ない口がある。

旧世界の生体技術で過酷な環境に適応した生物がいる。その生体技術による異常なまでの生命力で、周囲の環境など無視して変異した生物がいる。

そのどれもが驚異的な体力で、東の荒野から獲物を食い殺す為にずっと走り続けていた。


カツラギ達を延々と追い続けていたモンスターの群れは、種類や個体ごとの移動速度の差から徐々に幾つかの集団に分かれていき、以降はその集団の単位で移動していた。

先程アキラ達を襲ったのはその先頭集団だった。足の遅い後方の集団は途中で追跡を諦めて元の棲息地に戻るなどしており、引き剥がしに成功していた。

そして今まさに、中途半端な移動速度だった中程の集団が、先頭集団から大分遅れてようやく追い付こうとしていた。

カツラギ達が険しい表情で対応を話し合う。まずはダリスが問う。

「カツラギ。このまま都市に進んだらどうなる？　間に合うか？」

カツラギが首を横に振る。

「駄目だ。間に合わない。俺達が群れを連れてきたと判断される。これ以上進むと、俺達も都市の防衛隊にあの群れごと殺される」

ダリスが溜め息を吐いた。次はカツラギが提案する。

「あの群れの速さを索敵反応の移動速度から予想すると、トレーラーを全速力で走らせれば、恐らく俺達の方が少し速い。逃げ回って時間を稼ぐってのはどうだ？　群れとの距離を十分取ってから都市に入るんだ」

今度はダリスが首を横に振る。

「無理だ。長距離移動でトレーラーのエネルギー残量はぎりぎりだ。逃げ回っている途中で切れる」

互いの案を互いに却下したカツラギ達が溜め息を吐いて少し黙る。次の案も出ないようなので、アキラが提案する。

「もう一度遺跡に戻るってのはどうだ？　今度は俺

が遺跡の中を案内する。あそこの地形には詳しいんだ。行き止まりで立ち往生ってことは避けられると思う。エネルギー切れでトレーラーを捨てるにしても、荒野よりは遺跡の方が逃げ場も多いし、敵も撒きやすいと思うけど……」

アキラは、実際にはアルファが案内するという点を除けば、自分でも良い案だと思っていた。だがカツラギが強い拒絶を示す。

「駄目だ！」

驚くアキラの態度を見てカツラギが我に返る。そしてどこか重苦しい険しい表情で理由を付け足す。

「……遺跡にはさっき殺したモンスターが山ほど散らばってる。それらの血臭やら何やらが、もう他のモンスターを大量に誘き寄せているかもしれない。最悪、遺跡奥部の強力なモンスターまで呼び寄せていたら、絶対に勝てない」

アキラはカツラギをわずかに訝しみ、その真偽を尋ねる視線をアルファに送った。それを受けて、アルファが真面目な表情で答える。

『トレーラーを捨てたくない私情が含まれているのは確かよ。でも説明した内容に嘘は無いわ。今更遺跡に戻っても、状況が悪化するだけよ』

自身の案を却下されたアキラも、同じく溜め息を吐いた。

「ここで迎え撃つしかないのか……。そうだ。最前線から運んできたっていう装備は使えないのか？凄く高性能なんだろう？」

カツラギが首を横に振る。

「無理だ。強化服は個人用の調整をしないと使えない。最短でも4時間かかる。銃器類の方は対応する特殊な弾薬が必要で、それは積んでない。弾薬類の運搬は別ルートだからな。……クソッ！」

この場で迎え撃つのが最善手。アキラ達は全員そう理解した。理解と把握の程度に多少の差異はあり、それがそれぞれの表情の微妙な違いに表れていたが、楽観の気配など欠片も無いのは全員同じだった。

アキラ達が迎撃の準備を始める。カツラギはトレーラーを出来る限り有利な地形に停めると、機銃の残弾を出来る限り再装填しやすいように配置していく。アキラとダリスはトレーラーから降りて配置に付く。交戦まで、あと数分しかない。

アキラはアルファの指示通りに準備を手早く済ませる。ＡＡＨ突撃銃の弾倉を再装填し、リュックサックから予備の弾倉を全て取り出して近くの地面に置く。回復薬を事前に服用し、効果切れと同時に追加分を服用できるように口の中にも含んでおく。回復薬のカプセルの被膜を解いて、中身を服のポケットに入れておく。これでアキラの、精神面以外の準備は完了だ。

アルファはいつものようにアキラの側に立っていた。アキラはその様子に不安と心強さの両方を覚えながら、少し開き直ったような態度で尋ねる。

『アルファ。正直に答えてくれ。勝てそう……、いや、勝ち目は有るか？』

質問は、勝てそうか、と聞いた場合、負けそう、と返ってくる気がして、途中で変えられていた。

アルファがいつものように笑って答える。

『勝率は有るわよ。私もサポートするから頑張りなさい』

嘘は吐いていない。ただし正確な勝率を伝えるとやる気を損ない、ただでさえ低い勝率が更に下がるという判断から、具体的な数値を教えるつもりは全く無かった。

『そうか。勝ち目は有るのか』

アキラもそれ以上は敢えて聞かなかった。知らない方が良いことは、知らなくて良い。そこにはその共通認識があった。

アキラが銃を構える。そしてアルファを見て、何かを話そうとして、それを止めた。するとアルファが敢えて楽しげに笑ってみせる。

『アキラ。前にも言ったけれど、アキラが私と出会う為に支払った幸運以上に、私がアキラの世話をしっかり焼いてあげるわ。だから、アキラは何があっても諦めては駄目よ。私のサポートは、アキラの意志とやる気と覚悟を前提にしているの。それを忘れないでね。アキラにやる気が無いのなら、サポートを止めても良いのよ？』

そのアルファのどこか挑発するような楽しげな笑顔を見て、アキラが苦笑した。

『そうだった。意志とやる気と覚悟は、俺の担当だったな。それじゃあ、まあ、こんな状況だけど、しっかり世話を焼いてくれ』

アルファが満面の笑みを浮かべて自信たっぷりに答える。

『任せなさい』

アキラも軽く笑って返した。心に湧いていたわずかな諦めが完全に消え失せて、代わりに最後まで足掻く意志で満たされた。

アキラは覚悟を決めた。これでアキラの準備は全て整った。


カツラギはモンスターの群れを既にトレーラーの機銃の射程内に収めている。だが撃たない。接近の阻止を目的とした牽制射撃では意味が無いからだ。無駄撃ちを抑える為にも、最低でもモンスターの強靭な肉体に重傷を与えられる距離まで、敵を引き付ける必要がある。

アキラ達もそれを分かっている。だから掃射の催促などせずに黙って銃を構えて、同じように敵を引き付けていた。

カツラギ達が逃走中に遠距離攻撃持ちの個体をほぼ潰し終えていたので、今の群れにいるのは基本的に近接攻撃しか出来ない個体だけだ。そのおかげで、大量のモンスターが殺意を剝き出しにして迫ってきているという恐怖に耐えさえすれば、効果的な銃撃位置まで敵を十分に引き付けられる。

アキラ達はその恐怖に十分に耐えた。確実に致命傷を与えられる距離まで引き付けた群れに、機銃が掃射を開始する。大量の銃弾が群れの前面の個体に着弾し、目標の原形を四散させ、その血肉を後方のモンスターに飛び散らせる。

その血煙の中から、後続のモンスターが仲間の血肉を浴びながらも欠片も怯まずに突進する。そのモンスターに向けて、アキラが照準を合わせ、引き金を引く。撃ち出された弾丸が目標の眉間に着弾し、個体を即死させる。その死体を飛び越えてきたモンスターも、すかさず銃撃して撃破する。

その次も、その次の次も、アルファのサポートを得て、本来の実力を遥かに超えた動きで撃ち倒す。だがそれでも群れへの影響はごくわずかでしかない。後続は次々に湧いてくる。絶望的な耐久戦が始まった。

◆

死に物狂いが基本の激しい戦闘が続く。アキラは敵をどれだけ倒したのかも、戦闘が始まってどれだけ経ったのかも忘れて、モンスターをアルファの指示通りにひたすら狙撃し続けていた。

対モンスター用の弾丸はその威力に応じて反動も強い。引き金を引くたびにその反動で体に強い負荷が掛かり体力を削っていく。事前に服用した回復薬がその負荷を回復し続けているおかげで、戦闘能力を何とか維持し続けていた。

弾切れになるとすぐに弾倉を交換する。服に仕舞える分などすぐに使い切った。空になった弾倉を排出しながら、地面に置いておいた弾倉を摑んで急いで装填する。目に見えて減っていく残弾に焦りを覚えながら、それでもケチらずに撃ち続ける。そこを惜しんでしまえば、敵を抑え切れない。

銃を支える腕の痛みから効果切れを悟ると、口に含んだままの回復薬を少しずつ飲み込んでいく。回復薬の効能が体にじわじわと回っていく。回復薬無しならば、既に身体への負荷に耐え切れず倒れていた。

戦闘に支障が出ないように、だが苦痛に負けて残りの回復薬を全て飲み込んでしまわないように、服用量を微妙に調整しながら、歯を食い縛って引き金を引き続ける。撃ち出された銃弾は、全て十全に役目を果たしている。だが、それでも敵は大量に残っていた。

アルファの指示はほぼ完璧だった。モンスターの個体差による移動速度の差異まで把握して、敵の接近を可能な限り遅延させるように攻撃対象を指示し続けている。先に倒した死体が他の個体の進行方向を塞ぐように、怯んで逃げようとする個体が他の個体を邪魔するように、様々な手段で可能な限り時間を稼げるように、最適解の指示を出し続けていた。

ただしアキラがその指示通りに動けるかどうかは別だ。アキラの技量の低さに加え、緊張、焦り、疲労、様々な要素が動きを鈍らせていく。指示通りに動けているのは指示全体の半分にも満たない。アルファはその結果を含めて逐次変化する状況に即座に対応し、次の指示を出し続けていた。

状況に転機が生まれた。他の個体より格段に素早いモンスターがアキラの前に飛び出してきたのだ。当然アキラはそのモンスターを集中的に狙った。複数の銃弾がしっかり命中したのを見て、それで倒したと判断して、すぐに他のモンスターを狙おうとする。アルファが次の対象を指定する前に。

以前に似たような状況でモンスターを倒せた経験が油断を生み、次々に現れる敵が焦りを生み、積み重なった疲労が軽率を生み、アキラは判断を誤った。

『まだ死んでいないわ！』

アルファの叫ぶような叱咤を聞いて、アキラは慌てて照準を先程の個体に戻した。だが既に手遅れだった。モンスターは重傷を負いながらもアキラとの距離を詰め終えていた。無数の弾丸を全身に浴びながらも欠片も怯まずに突撃してくる。そして被弾しながらアキラに勢い良く飛び掛かり、そのまま押し倒した。

アキラの頭部を狙ったその一撃が辛うじて外れたのは、モンスターが被弾の衝撃で体勢をわずかに崩していたからだ。そのおかげでギリギリのところで死を免れた。

だがその命も風前(ふうぜん)の灯火(ともしび)だ。モンスターはアキラを押し倒しながら再び頭部に食らい付こうと大口を開けている。

迫りくる死がアキラの体感時間を大幅に歪める。

酷く遅い世界の中で、前にもこんなことがあったな、と以前にスラム街でモンスターに襲われて死ぬ寸前だった時のことを思い出す。そして、反射的に同じ行動を取る。自分を喰おうとするモンスターの大口に、握っていたＡＡＨ突撃銃を自分の腕ごと捩じ込んだ。

　銃口を喉の奥に強く押し付けられたモンスターが、その不快感に一瞬だけ動きを鈍らせる。そのわずかな隙を衝き、大口の牙が自身の腕を食い千切る前に、アキラは笑って引き金を引いた。

　口内から発射された無数の銃弾がモンスターの頭部に撃ち込まれる。頭部を破壊されたモンスターは後頭部から弾丸を吐きながら絶命した。

　アキラがモンスターの死体を脇に退ける。勝利の喜びは右脚の激痛で中断された。飛び掛られた時の攻撃で右脚が大きく引き裂かれていた。

　アルファが非常に険しい表情と厳しい口調で指示を出し、死地から脱した気の緩みと激痛でアキラの意志が止まるのを防ぐ。

『早く治療しなさい！　ポケットに回復薬があるでしょう！』

　アキラは激痛に耐えながら、ポケットに入れておいたカプセルの内容物を傷口に直接塗り込んだ。更なる激痛がアキラを襲う。

『気絶しては駄目よ！　気を失ったら死ぬだけよ！　しっかりしなさい！』

　大量に直接投与された回復薬は使用量に応じた激痛をもたらした。辛うじて気絶せずに済んだアキラが苦悶の表情でよろよろと立ち上がる。そしてまだ残っていた回復薬を服用した。

　回復薬に含まれている治療用ナノマシンが使用者の痛覚を感知して傷口に集まり即座に治療を開始する。治りかけの傷口が無理な動作によって悪化し、負傷と治療を繰り返していく。

　アキラはその状態のまま、激痛に耐えながら銃撃を再開した。倒れている間に他のモンスター達はかなりの近距離まで近付いていた。一度の判断の誤りは状況を相応に悪化させていた。

　アキラ達は必死の抵抗を続けていたが、状況は悪

化の一途を辿っていた。モンスターの群れは既に接近戦と呼んで差し支えない距離まで近付いていた。

カツラギが運転席で弱音を漏らす。

「……機銃の弾が尽きる。……終わりだ」

その声は連絡用のマイクを通してトレーラーの外まで響いていた。ダリスも弱音を零す。

「……ここまでか」

アキラは黙っていた。話す余裕が無いだけだったが、内心、同意はしていた。そして、遂に機銃の弾丸が尽きた。

アルファが微笑んでアキラに告げる。

『終わったわね――』

その終わりを告げるのに相応しい柔らかな微笑みを見て、アキラが力無く軽い苦笑を浮かべる。

「……そうだな」

『――助かったわ』

「……。えっ!?」

アキラがアルファの予想外の言葉に驚きの声を上げた。同時に、榴弾（りゅうだん）の雨がモンスターの群れに降り注ぎ、無数の爆発音と共に周辺の個体を木っ端微塵に吹き飛ばした。

更に大量の対物弾頭がアキラ達の近くの群れに浴びせられ、群れの構成要素を粉砕してトレーラーの周囲の安全を確保していく。

突然の事態に混乱しているアキラが、笑って荒野を指差しているアルファに気付く。慌ててその方向を見ると、荒野仕様の車がモンスターの群れに激しい砲火を浴びせながら近付いてきていた。

アキラの視界がアルファのサポートで拡張されて、車の様子がよく分かるようになる。するとアキラの表情が驚きに染まった。

「あいつらは……！」

車には見覚えのある女性ハンター達が乗っていた。それは以前にアキラが助けたエレナとサラだった。

サラは車上でその体格とは不釣り合いなほどに大きい銃火器を構えていた。大口径の銃口から榴弾が連続して撃ち出されている。

「エレナ！　予定の場所とは随分違うけど、救出対象はあれでいいのよね！」

エレナも車両の機銃を操作して大量の弾丸を豪快に撃ち出している。

「あってるわ。緊急依頼にはクズスハラ街遺跡と記してあったけど、ここまで逃げてきたんでしょうね。そのまま粉砕して」

「了解！　弾薬費は依頼者持ち！　引き続き派手にやりましょう！」

そのまま一方的な攻撃が続く。資金面の余裕を取り戻したエレナ達がモンスターの群れの駆除用に用意した高額高威力の弾薬は、その価格に見合った働きを見せていた。

嵐のように撃ち込まれる弾丸に、雨のように降り注ぐ榴弾に、モンスターの群れが飲み込まれて消えていく。アキラはその様子を半ば唖然としながら眺めていた。

一帯を壊滅させる激しい攻撃によって、アキラ達をあれだけ苦しめたモンスターの群れは、あっさり殲滅された。

◆

戦闘を終えたアキラ達はエレナ達と合流すると、すぐにクガマヤマ都市には向かわずに一度トレーラーの中に集まった。移動店舗を兼ねたトレーラーの中は意外に広い。そこで両グループの交渉役であるカツラギとエレナが緊急依頼の後処理の話を進める。

アキラは交渉の邪魔をしないようにカツラギ達から離れた。そして一緒に離れたサラに改めて深々と頭を下げる。

「助けていただいて、本当にありがとうございました。おかげで死なずに済みました」

「いいのよ。これも仕事。気にしないで。アキラ達が頑張ったおかげで数が減ってたから、予想より楽に片付けられたしね」

サラは機嫌良く笑っている。アキラの前にある豊満な胸が、実際にサラに掛かった負担がごくわずかだったことを示していた。

「でもアキラがいたのにはちょっと驚いたわ。モンスターの襲撃に巻き込まれるなんて、ついてないわね」

「はい。本当に、本気でそう思っているところです。……少しでも運を良くする為に、御守りでも買った方が良いんでしょうかね？」

アキラが苦笑しながら冗談交じりにそう話すと、サラが軽く笑ってその話に乗る。

「確かにその辺は運よね。事前にどれだけ情報収集を済ませても、それでも予想外のことは、起きる時は起きるから。私達も以前は大変だったわ。……御守りか。買うのも良いけど、幸運が起きた時の何かを御守りにするのも良いと思うわ。私はこれよ」

サラはそう言って防護服の前ファスナーを開けると、身に着けていたペンダントのペンダントトップ、装飾用に加工された弾丸を胸の谷間から取り出した。

「ちょっと前に死にかけた時に、偶然助けてくれた人から貰った物を加工したものなの。その時の慢心と幸運を忘れないようにね」

「そ、そうですか」

アキラはサラの胸の谷間を間近で見て、自分でもよく分からない動揺と僅かな照れを覚えた。だが何とか平静を保った。

サラはアキラの様子が微妙におかしいことに気付いたが、死線を越えたばかりで動揺や高揚も残っているのだろうと考え、特に気にすることはなかった。

アキラの側で、アルファが楽しげに意味有りげに笑っている。

『良かったわね。日頃の行い、あの時のアキラの行いが早速アキラを助けてくれたわ。どうしたの？嬉しくないの？』

『いや、勿論嬉しい。ほら、やっぱりあの時に助けておいて良かったじゃないか』

『そうよね。死なずに済んだ上に、美人の胸の谷間も見れたしね』

アルファは楽しげに悪戯っぽく笑っている。

『触るつもりが無いのなら、私の胸でも良いと思うけれど。その気は無くとも、実際に手を伸ばせば触れるという点が重要なの？』

『うるさい。黙ってろ』

アキラが表情を変えないように少し顔を硬くする。アルファはその様子を見ていっそう楽しげに笑っていた。

◆

モンスターの群れとの戦闘をアキラは生き延びた。それはアキラの実力と覚悟だけでは足りなかった。アルファの強力なサポートを得てもまだ足りなかった。つまり、本来はどうしようもない出来事であり、逃れられない死で終わるはずだった。

その死を覆したのは、自身では善行とはとても呼べない行為が繋いだ幸運だった。その意図が無かったにしろ、恩が仇以外で返ってきたという、アキラには珍しい出来事のおかげだった。

この出来事がアキラに与えた影響は意外に大きかった。本人は気付いていない。だが、確かな変化だった。

〈下巻につづく〉

## 上 誘う亡霊

キャラクターステータス
## Character Status

I〈上〉終了時（カツラギのトレーラー防衛戦後）のアキラのステータス。

遺跡に初めて足を踏み入れた際は、ボロボロな服装にハンドガン一挺という無謀としか言いようのない装備状態だったが、アルファとのクズスハラ街遺跡の探索で得た報酬で、新品のAAH突撃銃を購入。さらにシズカから安価な防護服を譲り受け、モンスターに対抗しうる武装となる。

十数回以上の遺跡探索を経て、ハンターランクは10に昇格。これにより、ようやくハンターオフィスから正規のハンターとして認められた。

NAME 名前
アキラ

SEX 性別
男

HOMETOWN 出身
東部クガマヤマ都市

JOB 職業
ハンター

HUNTER RANK 階級
RANK 10

EQUIPMENT 装備

WEAPON 武器
ハンドガン
AAH突撃銃

ARMOR 防具
安価な防護服

TOOL 道具
汎用情報端末

武器解説
## Weapon Guide

# HANDGUN
## ハンドガン

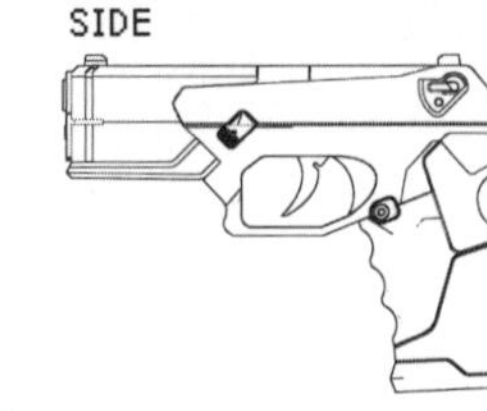


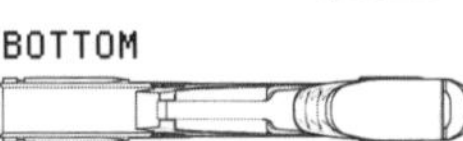


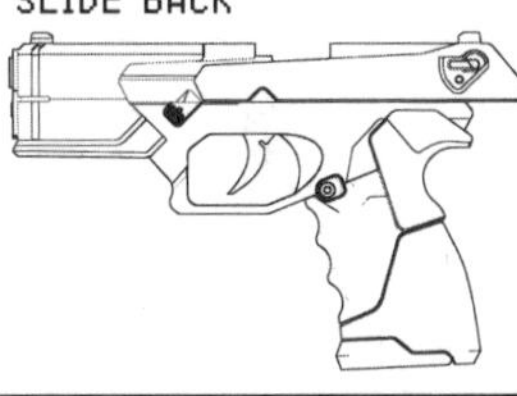


アキラの初期装備。
東部に広く出回っているごく普通のハンドガン。対人用として設計されたものであり、対モンスター兵器としての威力は期待できない。

# AAH ASSAULT RIFLE
## AAH 突撃銃

東部で広く製造・販売されている対モンスター用突撃銃。100年ほど前に登場した傑作アサルトライフルの基本設計を受け継いでいる。

対モンスター用の銃としては比較的安価で、耐久性に優れ、故障も少ない。模造品や、改造品も多く、それら亜種も含めて、一括りにAAH突撃銃と呼ばれている。

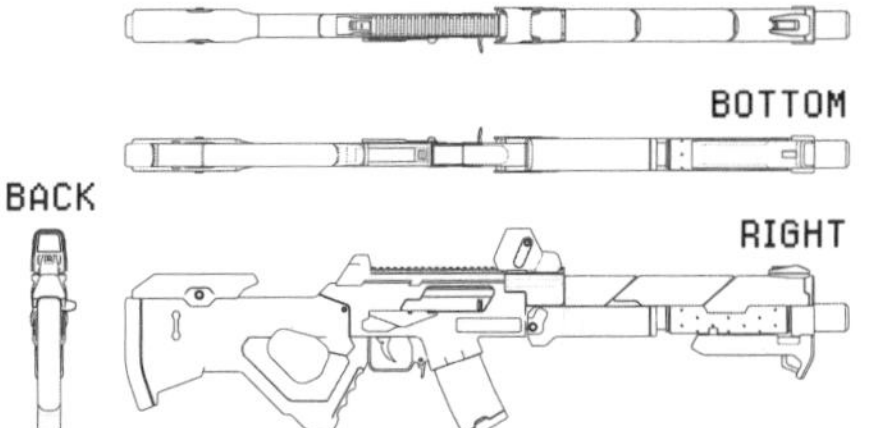

>Episode
001

上 誘う亡霊

モンスター解説
Monster Guide

# WEAPON DOG
ウェポンドッグ

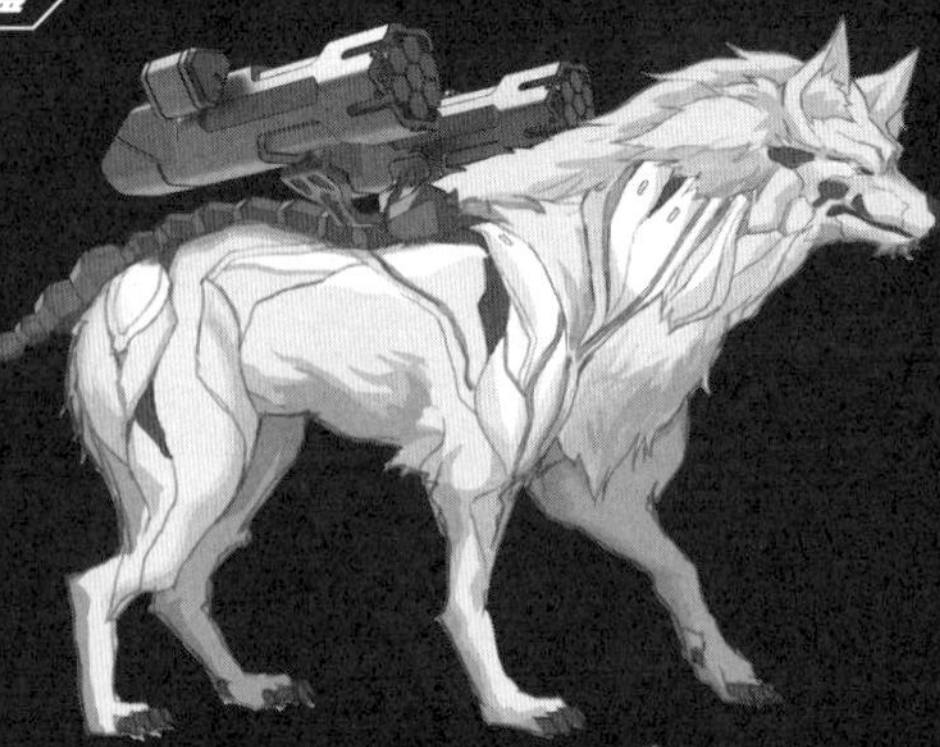

ミサイルポッド
武装タイプ

ガトリング砲
武装タイプ

TOP

FRONT

全長２メートル前後の犬型モンスター。

元々は都市部の警備を行う為に生み出された人造生物で、文明が滅びた後も自己改造を繰り返し、野盗から遺跡を護り続けている。

金属等を経口摂取して、材料に応じた火器を背中に生成するのが特徴で、小型のガトリング砲のほか、ロケット弾や、ミサイルポッドを生やした個体など多数のバリエーションが目撃されている。

基本群れをなして行動し、群れの中でもっとも強力な武装を持つ個体がリーダとして集団を率いる。

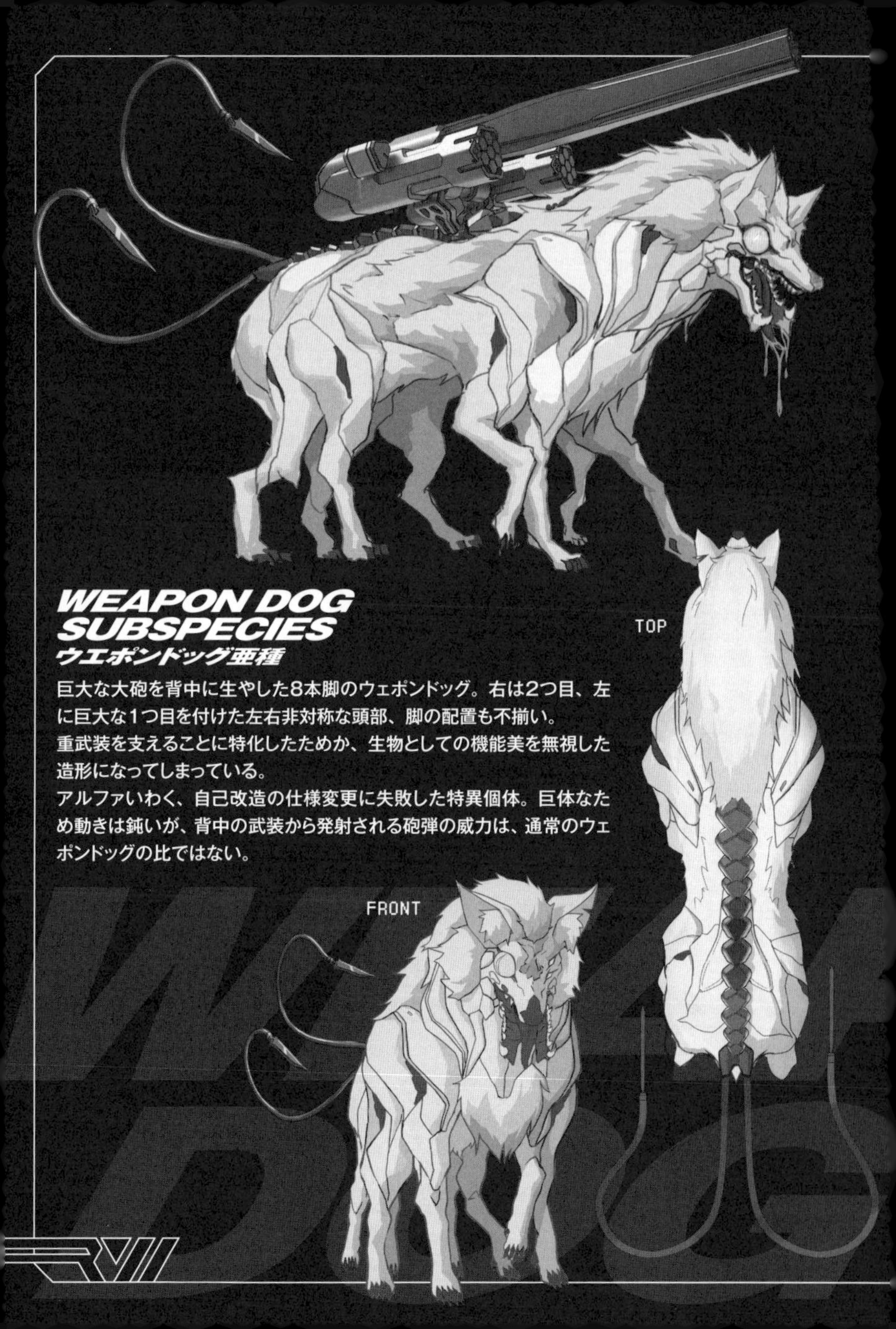


## WEAPON DOG SUBSPECIES
### ウエポンドッグ亜種

巨大な大砲を背中に生やした8本脚のウェポンドッグ。右は2つ目、左に巨大な1つ目を付けた左右非対称な頭部、脚の配置も不揃い。

重武装を支えることに特化したためか、生物としての機能美を無視した造形になってしまっている。

アルファいわく、自己改造の仕様変更に失敗した特異個体。巨体なため動きは鈍いが、背中の武装から発射される砲弾の威力は、通常のウェポンドッグの比ではない。

# 少年よ成り上がれ——！

アルファの導きによって、ようやく真面な
ハンターとして第一歩を踏み出したアキラ。
そんなアキラに更なる試練が待ち受ける。
巡回依頼をこなしている最中に訪れた急報。
それは遺跡からクガマヤマ都市に向かって
かつてない大規模なモンスターの群れが侵
攻しているというもので——。
無理無茶無謀が揃った危険なミッションに、
アキラは躊躇わず己の命を賭ける！

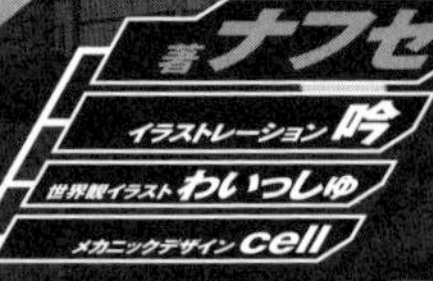

著 ナフセ
イラストレーション 吟
世界観イラスト わいっしゅ
メカニックデザイン cell


NEXT EPISODE >>>

## リビルドワールドI
## Rebuild World
### 下 無理無茶無謀

## 7月17日発売予定！

# リビルドワールドI〈上〉
## 誘う亡霊

著者／ナフセ
イラスト／吟　世界観イラスト／わいっしゅ　メカニックデザイン／cell

2019年5月17日　初版発行

発行者／郡司 聡
発行／株式会社ＫＡＤＯＫＡＷＡ
〒102-8177　東京都千代田区富士見2-13-3
0570-06-4008（ナビダイヤル）
印刷／図書印刷株式会社
製本／図書印刷株式会社

【初出】
本書は、2018年にカクヨムで実施された「電撃《新文芸》スタートアップコンテスト」で《大賞》を受賞した
『リビルドワールド』を加筆修正したものです。


ISBN978-4-04-912394-4　C0093　Printed in Japan

カスタマーサポート（アスキー・メディアワークス ブランド）
[電話] 0570-06-4008（土日祝日を除く14時～17時）
[ＷＥＢ] https://www.kadokawa.co.jp/（「お問い合わせ」へお進みください）



本書に対するご意見、
ご感想をお寄せください。

電撃文庫公式サイト
読者アンケートフォーム　https://dengekibunko.jp/
※メニューの「アンケート」よりお進みください。

ファンレターあて先

〒102-8584　東京都千代田区富士見1-8-19
電撃文庫編集部

「ナフセ先生」係
「吟先生」係「わいっしゅ先生」係
「cell先生」係

この物語はフィクションです。実在の人物・団体等とは一切関係ありません。

# Unnamed Memory Ⅰ
## 青き月の魔女と呪われし王

著／古宮九時
イラスト／chibi

**読者を熱狂させ続ける**
**伝説的webノベル、**
**ついに待望の書籍化!**

「俺の望みはお前を妻にして、子を産んでもらうことだ」
「受け付けられません！」
　永い時を生き、絶大な力で災厄を呼ぶ異端——魔女。強国ファルサスの王太子・オスカーは、幼い頃に受けた『子孫を残せない呪い』を解呪するため、世界最強と名高い魔女・ティナーシャのもとを訪れる。“魔女の塔”の試練を乗り越えて契約者となったオスカーだが、彼が望んだのはティナーシャを妻として迎えることで……。

電撃の新文芸

# リアリスト魔王による聖域なき異世界改革Ⅰ

**これは新たな伝説の１ページ――**
**「小説家になろう」連載半年で**
**1,000万PV突破の異世界魔王英雄譚（リビルディング・マイソロジー）！**

「ボクが女神ね。こんにちは、魔王アシュタロト。それともアシトのほうがいいかな。好きなほうを選んで」
　気まぐれな女神によって転生したそこは、七二人の魔王が君臨し、勇者、人間が混在する混沌とした異世界。
　世界の再構築を命じられた新米魔王アシュタロトは、この地で、後に語り継がれる伝説の新たな１ページを紡ぐ――類い稀なる知略と戦略を武器に新米現実主義魔王（リアリスト）の、果て無き理想を懸けた異世界魔王英雄譚！

著／羽田遼亮
イラスト／ゆーげん

電撃の新文芸

# 竜魔神姫（トンデモナイゼ）ヴァルアリスの敗北

## ～魔界最強の姫が人類のグルメに負けるはずがない～

著／仁木克人
イラスト／茨乃

**魔界最強の姫VS人類のごはん**
**世界の命運を賭けた**
**爆笑グルメバトル開幕！**

「くっ、何故こんなにも美味しいのだぁぁぁぁ！」
　魔界最強の姫ヴァルアリスは、人類を滅ぼすべく東京に降り立った。しかし、ヴァルアリスを待ち構えていたのはカレー、ラーメン、パンケーキなどのあまりに美味な人類の料理！　はたしてヴァルアリスは食の誘惑に打ち勝ち、人類を根絶せしめることができるのか!?
　ヴァルアリスの可愛さ×ご飯の美味しさにニヤニヤが止まらない最強グルメコメディ開幕！

電撃の新文芸